ダンジョンに出会いを求めるのは間違っているだろうか 19

大森藤ノ
OMORI FUJINO

イラスト デザイン ヤスダスズヒト
YASUDA SUZUHITO

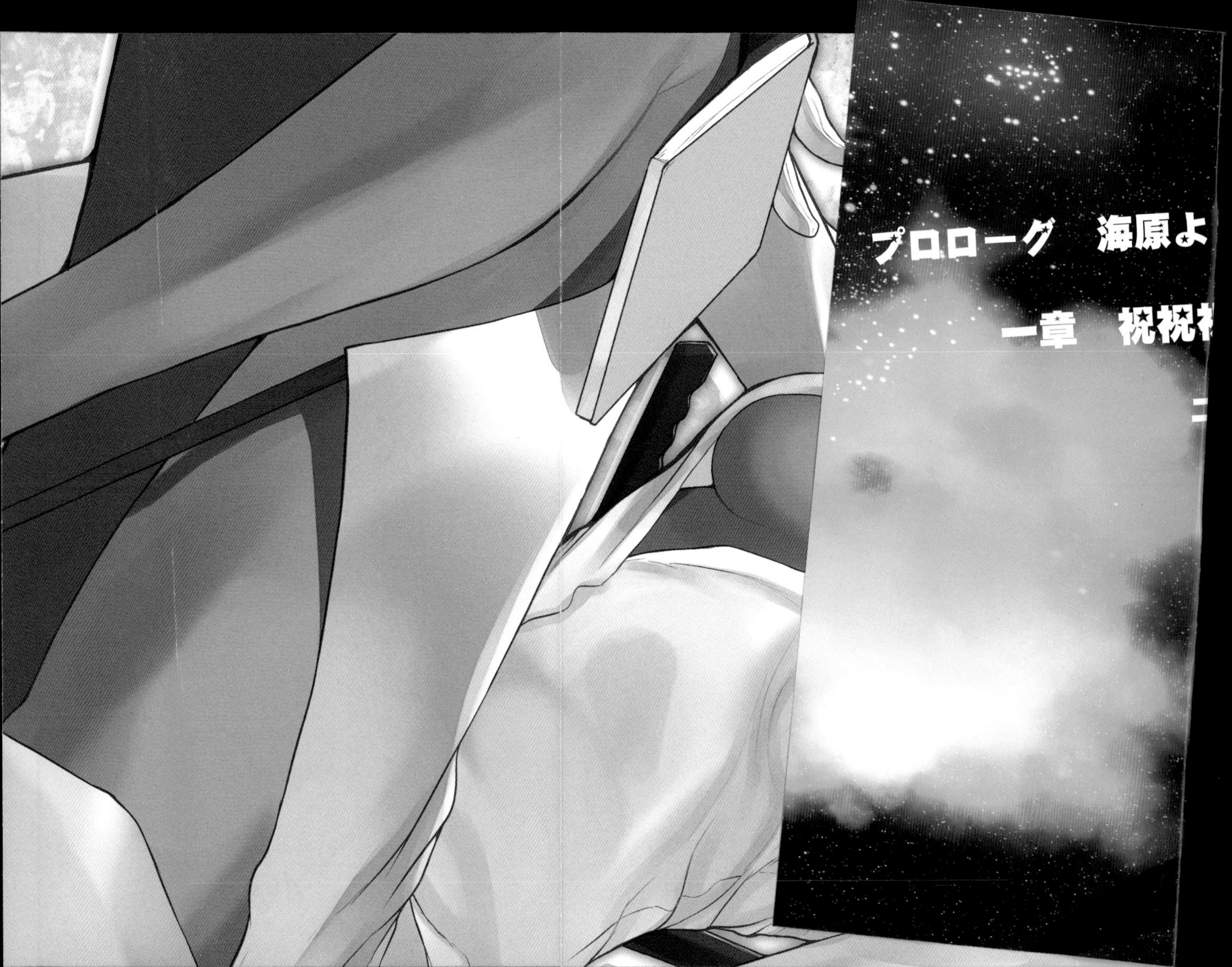

プロローグ　海原よ
一章　祝祝

ダンジョンに出会いを求めるのは間違っているだろうか

19

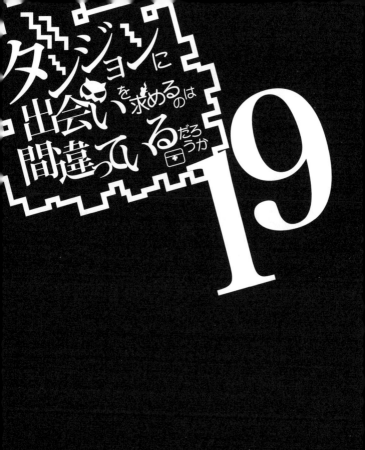

ヘスティア
HESTIA

人間や亜人を越えた超越存在である、天界から降りてきた神様。ベルが所属する【ヘスティア・ファミリア】の主神。ベルのことが大好き！

ベル・クラネル
BELL CRANEL

本作品の主人公。祖父の教えから、「ダンジョンで素敵なヒロインと出会う」ことを夢見ている駆け出しの冒険者。【ヘスティア・ファミリア】所属。

ニイナ・チュール
NINA TULLE

『学区』の生徒で【バルドル・クラス】所属のハーフエルフ。

エイナ・チュール
EINA TULLE

ダンジョンを運営・管理する「ギルド」所属の受付嬢兼アドバイザー。ベルと一緒に冒険者装備の買い物をするなど、公私ともに面倒を見ている。

ヴェルフ・クロッゾ
WELF CROZZO

ベルのパーティに参加する鍛冶師の青年。ベルの装備《兎鎧(ピョンキチ) Mk= Ⅱ》の制作者。
【ヘスティア・ファミリア】所属。

リリルカ・アーデ
LILIRUCA ARDE

「サポーター」としてベルのパーティに参加しているパルゥム（小人族）の女の子。結構力持ち。
【ヘスティア・ファミリア】所属。

サンジョウノ・春姫
SANJONO HARUHIME

ベルと歓楽街で出会った極東出身の狐人（ルナール）。
【ヘスティア・ファミリア】所属。

ヤマト・命
YAMATO MIKOTO

極東出身のヒューマン。一度囮にしてしまったベルに許されたことで恩義を感じている。
【ヘスティア・ファミリア】所属。

CHARACTER & STORY

迷宮都市オラリオ——『ダンジョン』と通称される壮大な地下迷宮を保有する巨大都市。冒険者志望の少年、ベル・クラネルはこの街で神ヘスティアと出会い、【ヘスティア・ファミリア】に入団する。憧れの【剣姫】アイズ・ヴァレンシュタインに認められようとダンジョン探索に明け暮れる中で、サポーターのリリや鍛冶師のヴェルフ、極東出身の命や狐人の春姫も同じファミリアの一員に。

フレイヤの『魅了』を乗り越え、【フレイヤ・ファミリア】との『戦争遊戯』に臨んだ【ヘスティア・ファミリア】と派閥連合。

強靭な勇士《エインヘリヤル》の戦略と力に翻弄されながらもついにベル、リュー、ミア、ヘディンによってオッタルを打倒し、ベルはフレイヤの前に辿り着く。彼女の胸から花を掴み取り、『戦争遊戯』に決着をつけたのだった——。

シル・フローヴァ SYR FLOVER
酒場『豊穣の女主人』の店員。偶然の出会いからベルと仲良くなる。

リュー・リオン RYU LION
もと凄腕のエルフの冒険者。
現在は酒場『豊穣の女主人』で店員として働いている。

アーニャ・フローメル ANYA FROMEL
『豊穣の女主人』の店員。
少々アホな猫人（キャットピープル）。シルとリューの同僚。

クロエ・ロロ CHLOE LOLO
『豊穣の女主人』の店員。
神々のような言動をする猫人（キャットピープル）。ベルの尻を付け狙う。

ルノア・ファウスト LUNOR FAUST
『豊穣の女主人』の店員。
常識人と思いきや、物騒な一面を持つヒューマン。

ミア・グランド MIA GRAND
酒場『豊穣の女主人』の店主。
ドワーフにもかかわらず高身長。冒険者が泣いて逃げ出すほどの力を持つ。

ヘルメス HERMES
【ヘルメス・ファミリア】主神。派閥の中で中立を気取る優男の神。フットワークが軽く、抜け目がない。誰からかベルを監視するよう依頼されている……？

アイズ・ヴァレンシュタイン AIS WALLENSTEIN
美しさと強さを兼ね備える、オラリオ最強の女性冒険者。渾名は【剣姫】。ベルにとって憧れの存在。現在 Lv.6。【ロキ・ファミリア】所属。

オッタル OTTARL
ファミリアの団長を務めるオラリオ最強の冒険者。
猪人。

アレン・フローメル ALLEN FROMEL
【フレイヤ・ファミリア】に所属するキャットピープル。Lv.6 の第一級冒険者にして『都市最速』の異名を持つ。

ヘグニ・ラグナール HOGNI RAGNAR
ヘディンの宿敵でもある黒妖精（ダーク・エルフ）。
二つ名は【黒妖の魔剣（ダインスレイヴ）】。
実は話すことが苦手……？

ヘディン・セルランド HEDIN SELLAND
フレイヤも信を置く英明な魔法剣士。
二つ名は【白妖の魔杖（ヒルドスレイヴ）】。

アルフリッグ・ガリバー ALFRIGG GULLIVER
小人族にして Lv.5 に至った冒険者。四つ子の長男で、ドヴァリン、ベーリング、グレールの三人の弟がいる。

ヘルン HELUN
フレイヤに忠誠を誓う女神の付き人。『名の無き女神の遣い（ネームレス）』の渾名で知られる。

レオン・ヴァーデンベルク LEON VERDENBERG
『学区』の教師。【バルドル・クラス】所属。

バルドル BALDER
【バルドル・クラス】主神。『学区』を立ち上げた張本神で、最高責任者。

イラスト・デザイン
ヤスダスズヒト

プロローグ　海原より訪れる物語

「すごかった‼」

ミィシャは叫んだ。

エイナがもう何回聞いたかもわからない喝采《かっさい》を、それはもう高らかに。

「【ヘスティア・ファミリア】と【フレイヤ・ファミリア】の戦争遊戯《ウォーゲーム》！　ほんと〜〜〜〜にっ、すごかったっっ‼」

「ミ、ミィシャ、もうちょっと声を抑えないと……」

冒険者達がダンジョンへもぐり、『ギルド本部』に訪れる者も減る昼下がり。

受付窓口と隣接した事務室で騒ぐ同僚、ミィシャ・フロットに、作業机《デスク》で書類をまとめていたエイナは手を止めて呼びかけるが、結局は無駄に終わる。

「みんなウンウンって頷《うなず》いてくれてるから大丈夫だよ！　それくらい、すごかったもんっ！」

周囲を見れば他のギルド職員も、受付嬢もミィシャの言う通り頻《しき》りに頷き、暇さえあれば一つの話題で持ちきりとなっていた。

その話題とは、五日前に開催されたばかりの『戦争遊戯《ウォーゲーム》』。

『派閥大戦』と名付けられた、派閥連合と最強派閥《フレイヤ・ファミリア》による世紀の一戦である。

「どこの場面を切り取ってもすごかったし、第一級冒険者はみんなワケわかんないし！　しかもそんな中で、弟くん達があの【猛者《おうじゃ》】を倒しちゃうなんて！」

桃色の髪を揺らしながら、身振り手振りを交え、ミィシャは子供のようにはしゃぐ。

あの凄《すさ》まじい大戦を見てからというもの、ずっとこの調子だ。

今でも興奮が醒《さ》めやらないのか、

「【疾風】の援軍からこうババーーン!!　って！」

「【白妖の魔杖《ヒルドスレイヴ》】の行動は驚いたけど痺《しび》れちゃったな～！」

「【猛者《おうじゃ》】って強過ぎる！」

「でもでも、やっぱり弟くんが一番カッコ良かったよ～！」

などなど。

当時の光景を振り返っては頻りに感想を述べるほどだ。

ミィシャの気持ちは、わかる。

実際、今もありとあらゆる冒険者や街の住人が、あの激闘について盛り上がっていることだろう。もしかしたら、都市を出た諸外国でも。

あの【フレイヤ・ファミリア】を打倒したという偉業は、それほどまでの熱狂に値する。

エイナとて、それは理解しているのだ。

理解はしているのだが。

「弟くんの大活躍にエイナも鼻が高いんじゃない？」

「鼻が高いなんて……私は別に、何もしていないし」

「そんなことないよ～!!　きっと今回の結果を受けて、弟くん担当のエイナのお給金も上がっちゃうよ！　うらやまし～！」

悪気の欠片《かけら》もなく、ミィシャはエイナまで褒《ほ》めそやす。

他の受付嬢からも「よっ、出世頭代表！」なんて称賛交じりに茶化される。

エイナが返せるのは、苦笑しかなかった。

「私は、喜ぶとか、応援するとか、そんな余裕もなかったから」

「エイナ……？」

「今も目を覚ましたら、全部夢だったんじゃないか、って怯《おび》えちゃうっていうか、不安になるっていうか……とにかく、そんな気持ち」

それが素直な思いだった。

エイナの担当冒険者は一連の騒動のまさに渦中の人物で、あの『派閥大戦』に至るまで、本当に色々ありすぎて心も体もちっとも休まらなかった。

心臓が落ち着くことはなく、夜も眠れなかった。

いざ戦争遊戯《ウォーゲーム》が始まれば絶望的な戦いに終始青ざめ、体のどこかしらが常に震えていた。

涙だって何度も流してしまった。

ベル達の勝利が決定した瞬間には、その場にへたり込んでしまったほどだ。

そして全てが終わった今でも、いつかのように記憶を誤認していないかと疑ってしまう始末で……とにかくミィシャ達のようにはしゃぐ気力は空っぽのままだった。

早い話、すっかり緊張疲れを起こしてしまったのである。

「う〜ん、そっかぁ。まぁエイナは弟くんのこと、大好きだもんね〜！」

「だ、大好きって……ミ、ミィシャ！」

そんなエイナの気を知ってか知らずか、ミィシャはころころ笑う。

エイナは顔を赤くして声を荒らげるが、

「でもさ、それならやっぱり祝おうよ！　エイナがガンバレ〜ってずっと応援してた【白兎の脚《ラビット・フット》】を！」

もっともらしいことを言われて、毒気を抜かれてしまった。

もぅ、と唇を尖《とが》らせたい思いだったが……すぐに、ふっと頬《ほお》を緩める。

（確かにどっと力が抜けちゃって、それどころじゃなかったけど……今度ベル君と会ったら、いっぱい褒めてあげよう、かな？）

戦いが終わった後、当事者のベルも、ギルド職員であるエイナも、戦争遊戯《ウォーゲーム》の後処理でばたばたし過ぎたため、まったく会えていない。

次に会う時、彼に告げる言葉は考えておいた方が良さそうだ。

無難に『お疲れさま』？

それとも『心配したよ』？

あるいは『すごかった』？

もしくはもしくは――。

『頑張ったね』

『どきどきした』

『格好良かったよ』

『大好きだよ――』

「って、なんでよ‼」

「エイナ⁉」

両手で頭を抱え作業机《デスク》に突っ伏すエイナに、ミィシャがぎょっとする。

他の職員達もその奇行にびくっとなる。

ちょっと最後のは飛躍し過ぎだしワケがわからないが、けど、まぁ、うん、今ベルと近い距離で見つめ合ってしまえば口を滑らせてしまう可能性というか自信がエイナにはあった。何だったら、感極まって抱きしめてしまうかもしれない。

それこそベルが美の神《フレイヤ》のモノになっていたら、エイナの想いは吐き出すこともできない後悔となって今後の人生について回っただろう。だから抱擁《ほうよう》も告白めいた台詞も何だったら二人きりの食事《ディナー》に誘っちゃう選択《ルート》が存在するのもしょうがないのではなかろーか。

(と、とにかく、変なことしないように考えておかないとっ)

尖った妖精の耳も、頬もほんのり紅く染めたエイナは、眼鏡の位置を直しながら、ようやく顔を上げた。

「それに、もたもたしていると『学区』が来ちゃうしさ」

そこで。

少年のことばかり考えていたエイナは、ミィシャのその言葉に、動きを止めた。

「『学区』が来たら来たで、職員達《わたし》また忙しくなっちゃうし～！」

「……」

はしゃいでいた姿から一転、うあーんと変な声を出し始めるミィシャ。

動きを止めていたエイナは、無言で窓の外を見た。

「そっか……もう、そんな時期か」

季節はもう立冬《りっとう》目前。

大陸の最西端に位置するオラリオも気温が下がり始め、冬の気配を纏《まと》いつつある。

残り僅《わず》かな秋の日差しが青空からそそぐ中、エイナは眼鏡の奥で、遠くを眺めるように、その緑玉色《エメラルド》の瞳を細めた。

「オラリオに来るんだ……あの子」

『塔』が見える。

蒼穹《そうきゅう》を貫かんと言わんばかりに天を衝《つ》く、白亜《はくあ》の巨塔が。

神塔《バベル》の名を持ち、世界最長とも呼ばれている建造物は、海の上からでもはっきりと見えた。

あの塔の下に広がるのは『英雄の都《みやこ》』。

この下界に一つしか存在しない迷宮都市にして『世界の中心』。

何かが変わるのではないかと期待して、けれど本心では訪れたくなかった、『彼女』の目的地。

「あそこが、オラリオ……」

大海を雄々しく移動する『巨大な船』。

その甲板《デッキ》の上にたたずむ少女は、切なげに緑玉色《エメラルド》の瞳を細めた。

「お姉ちゃん……」

一章　祝祝祝勝会

西の山脈に太陽の光が沈みきった、夜。

頭上に輝く星々に負けないほど魔石灯の光を氾濫《はんらん》させ、オラリオは眠らない都市とも呼ばれる所以《ゆえん》を見せつける。いつもより喧《やかま》しく、そして眩《まぶ》しいのは、とある『大戦』の影響がまだ残っているからに他ならないだろう。

都合八本の大通りを中心に鳴り止まない怒鳴り声や悲鳴、そして歓声。

飲んでは食べて、飲んでは笑う冒険者達と神様相手に、それぞれの酒場も自慢の酒と料理を遺憾《いかん》なく振る舞って、都《みやこ》の賑《にぎ》わいを助長させる。

僕達がいる『豊穣の女主人』もその一つだった。


「それじゃあ戦争遊戯《ウォーゲーム》の勝利を祝って――かんぱぁぁぁーい!!」


『うおおおおおおおおおおおおおおおおおおおおおおおおおおお!!』

ヘスティア様の音頭とともに、無数の杯が音を立てて重ねられた。

店内を埋めつくすのは人、人、人、更に沢山の神様達。

今夜の豊穣の酒場は、【ヘスティア・ファミリア】とその懇意派閥で貸し切られていた。

言わずもがな、戦争遊戯《ウォーゲーム》の祝勝会だ。

「飲んでるかぁ、【リトル・ルーキー】い~~~~~!?」

「いや、まだ始まったばかりですし……！　というかモルドさん、今の僕の二つ名は【白兎の脚《ラビット・フット》】……」

「バカヤロー!!　今《いま》飲まねえで何時《いつ》飲むってんだぁぁ!?」

首に回された太い腕に、潰れた声を返していると、もう既にお酒臭い息を顔全体に浴びる。

赤ら顔のモルドさんは僕を捕まえたまま、杯を持った右手を高々と掲げた。

「俺達はぁ、あの【フレイヤ・ファミリア】に勝ったんだぞぉおおおおおおお!!」

『『『イエエエエエーーーーー!!』』』

モルドさんの大きな胴間声に、ガイルさんとスコットさんが、ボールスさんと迷宮の宿場街《リヴィラ》の住人達が、更に【マグニ・ファミリア】のドルムルさん達ドワーフが、歓声を揃《そろ》える。

『派閥大戦』で力を貸してくれた沢山の冒険者達は、最初から大盛り上がりだった。

それくらい喜びたいのはよくわかる。

それくらいの『偉業』を成し遂げたのだと、ちゃんと理解しないといけない。

【ロキ・ファミリア】とも並ぶ『都市最大派閥《フレイヤ・ファミリア》の打倒』。都市の外では世界中が大騒ぎになっていると聞くし、冒険者歴が長く、迷宮の宿場街《リヴィラ》の大頭であるボールスさんが、あんなに喜んでいる姿も見たことがない。

戦った人達、全員が、摑《つか》み取った栄光に酔いしれる権利がある。

……少し、飛ばし過ぎのような気もするけど。

「今日は俺様のおごりだぁぁぁぁ!! 何せ【フレイヤ・ファミリア】からブンどった金が山ほどあるからなぁ～～～!! お前等どんどん食え！ そして飲みやがれぇぇぇぇぇぇ!!」

「うおぉぉぉぉ！」

「さすがボールス!!」

分配された【フレイヤ・ファミリア】の資産──戦争遊戯《ウォーゲーム》の報酬に浮かれきって、ボールスさんもモルドさん達もすっかり財布の紐が緩んでる。とにかくお酒を呷《あお》って有頂天なボールスさん達の姿に、僕が苦笑を浮かべていると、

「あの調子では褒賞もあっという間に使い果たすだろう。すぐに頭を抱える姿が目に浮かぶ」

「あ……ルヴィスさん」

「奴等は気にするな。我々は我々で、勝利を噛《か》み締めようではないか。エルフの盟友」

歩み寄るエルフのルヴィスさんが、氷と妖精《アルヴ》の清水《せいすい》が入ったグラスを差し出してくる。

僕はちょっとくすぐったいものを感じつつ、自分の杯を軽く重ねた。

勝利の美酒っていうものに酔えるほど、まだ大人じゃないけど……一緒に戦った人達と喜びを分かち合うことは、今の僕にもできた。

「料理あがったニャ～！」

「それより酒っ!! 酒が足りないニャア～！」

ルヴィスさんの手を借りてモルドさん達の輪から抜け出すと、僕の前を猫人《キャットピープル》の店員さん

達が大忙しとばかりに横切っていく。

今日の『豊穣の女主人』は普段の装いと異なり、いわゆる立食形式《ビュッフェ》。

椅子は全て片付けられ、開放感溢《あふ》れる空間を演出している——というより、こんな形にしなければ、まともに人が入りきらなかったのだ。

参加者は【ヘスティア・ファミリア】の懇意派閥と言いつつ、迷宮の宿場街《リヴィラ》の住人を始め、割と節操がない。戦争遊戯《ウォーゲーム》で一緒に戦った人達の中でも僕達と面識がある人や神様が足を運んでくれた、という感じだろうか。神様達が出席される神会《デナトゥス》なんかはともかく、こんなに他派閥の団員が入り交じるなんて滅多にないんじゃないだろうか。

「桜花《オウカ》さん、千草《チグサ》さん、それに飛鳥《アスカ》さん達も。戦争遊戯《ウォーゲーム》で助けてくれて、本当にありがとうございました！」

「いえっ、そんな！　むしろ大切なところで力になれなくて……ごめんなさい！」

「ああ。俺達は【月桂の遁走者《ラウルス・フーガ》】の命令に従って、斬り倒されただけだからな」

「ちょっと！　ウチが殺したみたいに言うの、ヤメてよ！　こっちだって【黒妖の魔剣《ダインスレイヴ》】にしっかり斬り刻まれたんだから!!」

「ダ、ダフネちゃんっ、落ち着いて〜！」

【タケミカヅチ・ファミリア】のところへ行って感謝を告げれば、千草《チグサ》さんが慌てて両手を振って、桜花《オウカ》さんは渋そうな顔で無念を口にし、隣にいたダフネさんがお酒を吹き出しかねない形相で叫ぶ。必死になだめるカサンドラさんに、笑いを堪《こら》えるのにちょっとだけ苦労した後、僕は更にその隣を見た。

「あの、ナァーザさん、ミアハ様……壊れた義手の方は……？」

「大丈夫……私達も分けてもらった報酬《おかね》で、新しい『銀の腕《アガートラム》』、作れそうだから……」

「以前の分の借金《ローン》は払えぬままだが、なに、差し引きゼロ《プラスマイナス》というやつだ。いや、隣人《ベル》達の助けになったというのなら、十分な得であろう」

右腕側の袖口を縛っているナァーザさんは、ミアハ様と一緒に穏やかな笑みを浮かべた。

戦争遊戯《ウォーゲーム》の中で『銀の腕《アガートラム》』が壊れたと聞いていたから、思わずほっとした。もし、このままだったら、ダンジョンにもぐり続けて義手を弁償しようとさえ思っていたから。

「アミッド達に金をくれてやるのは癪《しゃく》だけど……ミアハ様の言う通り、見返りは十分。私、Lv.3に【ランクアップ】しちゃったし」

「えっっ⁉　本当ですか⁉」

「うん。だから祝って。……まぁ、怪物《モンスター》と戦えない時点で、大した役には立てないけど」

『階位昇華《レベル・ブースト》』中は、獲得できる【経験値《エクセリア》】が半減するって話なのに！

ナァーザさんによれば、他にもサミラさんやレナさんなど、戦闘娼婦《バーベラ》を中心に昇華《ランクアップ》した人達がかなりいるらしい。戦争遊戯《ウォーゲーム》の賠償金や名声の他にも、『大きな戦果』はこんなところにも存在していたのだ。

まさかの報告に仰天する僕はあらためて、戦った相手のでたらめさを実感してしまった。

「ベル・クラネル？　そんな挨拶回りみたいなこと、しなくていいのよ？」

「ああ。お前が最も傷を負って、誰よりも最後まで戦ったんだからな」

「フラフラしておらんで、どっしり構えておれ！」

「ええっと……それでも、力を貸してくれた人達には『ありがとう』っていう感謝は伝えたくて……。それだけ、すごい戦いでしたから」

ヘファイストス様、タケミカヅチ様、それに椿《ツバキ》さんには、胸の中の気持ちを整理して、ちゃんと言葉にした。けじめではなくて、今の想いを伝えておきたいということを。

そんな僕に、ヘファイストス様は微笑《ほほえ》ましそうにしていたかと思うと、すぐに眉を急角度に持ち上げて「それならヘスティアにさせなさい！　主神なんだから！」とおっしゃられた。無力な僕は思わず「は、はい！」と直立不動の姿勢を取る。

笑うタケミカヅチ様達の前から失礼して、他の人達のもとへ足を運んでは挨拶をする。

冒険者を中心に大勢いる人達の中に、エイナさんの姿はない。

冒険者、というか派閥のこういう集まりに管理機関《ギルド》の人間がいるのはよろしくないのだそうだ。あと他にいないのはヘルメス様達。戦争遊戯《ウォーゲーム》には直接参加していないから、と断られてしまった。その代わり高いお酒と一緒に「勝利の宴《うたげ》を楽しんでくれ！」と伝言《メッセージ》を頂いた。

ヘルメス様達以外にも、フェルズさんやフィンさん、ティオナさんにティオネさん……ここにはいない人達にいっぱいの力を借りた。

「アイズもね、喉《のど》が嗄《か》れるくらい応援したんだよ！　今は変な声になってて、会うのが恥ずかしいんだって！　だから、治ったらアルゴノゥト君のところに行くよ！」

……アイズさんのことも、ティオナさんにそう教えてもらった。

視界に広がるこの光景は、そんな人達のおかげで得たということを忘れてはいけない。

やっぱり自分達だけで勝ったなんて、自惚《うぬぼ》れることはできなそうだ。

「本当に【フレイヤ・ファミリア】に勝ってしまうなんて、今でも信じられません！　目を覚ませば全て泡沫《うたかた》の夢だったのでは……！」

「縁起でもないことを言わないでください、命《ミコト》様！　とんでもない綱渡りを延々とさせられて、地獄と冥界を四往復くらいさせられたんですよ⁉　もぉーやりません！　絶対リリはあんなことやりません‼　絶対に絶対に絶対にっ～～～～～～～～～‼」

「お、落ち着いてください、リリ様！」

一通り挨拶を済ませ、酒場中央の卓《テーブル》に戻ると、興奮醒《さ》めやらない命《ミコト》さんが、高周波《ヒステリー》もかくやといったリリが、必死に鎮めている春姫《ハルヒメ》さんが声を上げていた。

戦争遊戯《ウォーゲーム》に勝ってなお、ここのところ毎晩『死闘の悪夢』にうなされているリリは、今日ばかりはお酒で酔っ払えないことを恨んでいるようだった。『神酒』の一件でお酒を避けるようになってしまったとはいえ、まさに『飲まなければやってられるか！』の心境なんだろう。

「もぐっ、むぐっ……むはっ！　それくらいすごい戦いだったからね！　何が何でも勝たなきゃならなくて、本当に命懸けだったよ！」

早い者勝ちと言わんばかりに料理に手を伸ばしながら頷く神様に、僕は苦笑を深める。

うん、でも、まぁ、リリの言うことも、わかる。

僕もできれば……思い出したくないし。

都市最強《オッタルさん》にボコボコにされてメタメタにされてボロボロにされたせいで、心傷《トラウマ》を負ってる気がする。具体的には、今も浮かべている笑みが痙攣《けいれん》する程度には条件反射が……。

「まぁ、それはいいんだが……」

「ちっともよくありませんっっ!!」

リリに噛み付かれるのを他所《よそ》に、杯を傾けていたヴェルフは、視線を横手に向けた。

「……何で、ここに負けた連中もいるんだ？」

そちらを決して見まいとしていたリリが、そして僕達も、ヴェルフの視線を追う。

果たしてそこにいたのは、大皿と大量の酒瓶を抱える小人族《パルゥム》の四兄弟だった。

「ただの奉仕だが？」

「ただの屈辱だが？」

「この恥辱、永劫《えいごう》忘れまい」

「「「許すまじベル」」」

「何で僕なんですか⁉」

四つ重なる同じ声と同じ口調に、思わず『【フレイヤ・ファミリア】のベル・クラネル』だった時の調子で突っ込んでしまう。

ガリバー四兄弟、もといアルフリッグさん達は物騒な砂色の鎧《よろい》と兜《かぶと》を装着したまま、その上から白の前掛《エプロン》をかけ、絶賛『給仕』の仕事を行っていた。

いや、アルフリッグさん達だけじゃなく――【フレイヤ・ファミリア】全体が。

「敗者の末路にして代償、これこそ我等の罪……果てるは晩餐《ばんさん》の奴隷。フ、フフフッ、数多《あまた》の眼差《まなざ》しに辱めは受けぬ。我が身も神聖なる厨房へ逃亡せん……！　……し、しちゃダメ？」

「ダメですー。厨房はもう間に合ってますからー。というか『戦いの野《フォールクヴァング》』並みに重労働って、おかしいですって、この酒場ぁー……」

人見知りを全開にして挙動不審の極地に至っている黒妖精《ダーク・エルフ》、ヘグニさんの懇願をあっさりと切り捨て、治療師《ヒーラー》のヘイズさんがすすーと両腕に乗せた料理皿を運んでいく。

手慣れているように見えるヘイズさんも、いつかの『戦いの野《フォールクヴァング》』で見たように……うん、なんていうか、疲れ果てた老人の目をしていた。

「いやぁ～、いつもと比べれば仕事が楽だな～！　ほんのちょっとだけど！」

「そのとーり！　手に入った奴隷のおかげで、いつもよりちょっと、ほっっっっっっんとうにちょっとだけマシニャア！　おらおら負け犬ども、ミャー達の代わりに働くニャ！」

働き回るアルフリッグさん達やヘグニさん達を愉快とばかりに、ルノアさんとクロエさんがニヤニヤと眺めているけど…………まぁ、そういうことだった。

【フレイヤ・ファミリア】は、よりにもよって戦争遊戯《ウォーゲーム》に勝利した派閥連合の祝勝会で、強制労働を課せられている。

【フレイヤ・ファミリア】の事実上の解体を受け、ミアさんはここぞと団員達――特にヘイズさん達満たす煤者達《アンドフリームニル》を、強制労働者として酒場に引っ張ってきたのだ。いや、無理やり所属させたと言ったほうが正しいだろうか。曰《いわ》く、

「あのアホ女神は好き放題やって、眷族《バカタレ》どもの方はウチのバカ娘《むすめ》どもを散々イタぶってくれたからね。落とし前はつけさせてもらうよ！」

らしい。

ミアさんの性格から言えば当然と言えば当然なのかもだけど、強靭な勇士《エインヘリヤル》も第一級冒険者達もお構いなく使役するなんて……本当に凄まじい。ここからは見えないけど、ヘイズさん以外の満たす煤者達《アンドフリームニル》が働き回ってる厨房もすごいことになってそう。ちなみに、男ものの制服は揃ってないので、ヘグニさん達《たち》第一級冒険者含めて男性団員は普段の戦闘衣《バトル・クロス》、女性団員のみ『豊穣の女主人《フレイヤ・ファミリア》』の象　徴《トレードマーク》である若葉色の制服を着せられている。

あの最強派閥がまさかの店員を務めるとあって、店内の反応は様々。

ヴェルフのようにげんなりするか、それか怯えるか。

あとはモルドさん達のようにニヤニヤ笑って悦《えつ》に浸るか。

美神の眷族とあって見目麗しい女性団員《ヘイズさんたち》の給仕姿に気分を良くしてる人達は多いけど、手を出そうものなら即刻叩《たた》き伏《ふ》せられるから、酔ってるボールスさん達ですら一線を越えないよう心がけている。鼻を伸ばしながら冷や汗を湛《たた》えるなんて、器用な真似をしているくらいだ。

「――鼻の下を伸ばして何をじろじろと見てるのですか、汚物。なんておぞましい生物《いきもの》。早く瞳を潰した後に地獄へ落ちなさい、性獣《せいじゅう》」

「伸ばしてない！　伸ばしてないです⁉　だから睨《にら》むだけで人を始末できそうな殺気を出すのはやめてくださいっ、ヘルンさんっ……！」

直後、ぞっとするような冷たい声が延髄《えんずい》の辺りを串刺しにしてきて、顔を見ずとも相手の正体を察してしまった僕は、振り向きざま彼女の名を叫んでいた。

顔の右半分を隠す灰色の長髪に、極寒の冷気を纏ってなお美しい相貌。

『魔女の弟子』なんて言葉がぴったりのヘルンさんは、ヘイズさん達と同じく酒場の制服を着せられて、僕の真後ろに立っていた。

普段は黒色のドレス然とした格好なので、今着《き》ている可愛らしい若葉色の制服は新鮮に映って見惚れてしまう――なんて余裕もなく、首筋から汗を流す僕は頬の周辺を引きつらせ、彼女の眼差しに気圧《けお》されながら……何とか下手くそな愛想笑いを浮かべた。

「へ……ヘルンさんも、似合ってますよ？　その格好……」

すると、ヘルンさんは目を大きく見開いて、かぁ～～～っ、と。

そんな音が聞こえてきそうなくらい、赤面した。

「淫獣！　淫獣っ！　淫獣ッッ!!」

「なんで⁉」

「下衆《ゲス》な眼差しで私の無様を視姦《しかん》するなんてっ、いい加減にしてっ!!　ううっ、なぜ私までこのような格好を……！　シル様はともかく、私なんて似合うわけが……！」

「貴方の裏切りのせいで負けたようなものですから、率先して罰を受けるのは当然でしょー。それよりきりきりきり働いてくださ～い、ヘルンー」

「ヘイズ……！　くぅぅぅ～～～～～～～～うっ!!」

僕が悲鳴を上げるのを他所に、黒の靴下《タイツ》に包まれた、ほっそりとした脚を必死に隠すように、ヘルンさんは決して短くはない膝下のスカートの裾を下へ引っ張る。そして、そんな彼女をヘイズさんが無慈悲に切り捨てる。薄紅色の髪の同僚を睨もうとして、結局失敗し、何も言い返せないヘルンさんは赤くなったまま震えていた。

派閥の中で『裏切り者』扱いされていたヘルンさんも、主様の、、、一声があって赦《ゆる》されているらしい。赦されているけど、ヘイズさん達からしてみれば『報いはしっかり受けなさいー』ということで、誰よりも早く『豊穣の女主人』の店員としてねじ込まれたのだとか。

滅多に人前に姿を現すことのない『女神の付き人』故に、さっきから好奇の視線を浴び続けている。『クール系ヤンデレ美少女のプリティー絵面キター！』と主に男神様達を中心にやんややんやと褒めそやされている……。

「やっぱり、全て何もかも全部貴方のせい!!　全部貴方が生きているせい!!　恥を知れええええ!!」

「ひぃいいいいいいいっ⁉」

今は頭の後ろで結い上げている長髪を揺らし、左目に涙を溜めては詰め寄ってくるヘルンさんに、僕も必死に泣き叫んだ。

食器《フォーク》を持って無理心中でもしてきそうな彼女は「ハイハイいきますよー」とヘイズさんに引きずられていったものの、その後もずっと射殺《いころ》しかねないほどにこっちを睨んでくる。

「やっぱりこの人選、間違ってるだろ……。連中が気になって酒に酔えやしないぞ」

そんなこんなで青ざめる僕を、不憫《ふびん》そうに片腕で支えてくれるヴェルフが溜息《ためいき》をつくと、

「まぁ、いいじゃねえかよ。『店番』以外にもアイツ等は役に立ってるし」

「そーそー！　戦争遊戯《ウォーゲーム》が終わってから、春姫《ハルヒメ》ったら狙われっ放しだったよ～！　【フレイヤ・ファミリア】が『護衛』についてなかったら、どうなってたかわかんないくらい！」

戦闘娼婦《バーベラ》のサミラさんが笑い、同じ女戦士《アマゾネス》のレナさんが身振り手振りを交えて訴えた。

彼女達が言っているのは他でもない――春姫《ハルヒメ》さんの『階位昇華《レベル・ブースト》』のことだ。

「戦争遊戯《ウォーゲーム》で『階位昇華《レベル・ブースト》』が明るみになった途端、どこぞの刺客が送り込まれるのが日常茶飯事になっちまったからね。だからバラすなって言っただろう、ヘッポコ狐《ぎつね》」

「あううう〜〜。申し訳ありませぇぇん……！」

アイシャさんにわしゃわしゃと金の髪ごと頭をかき交ぜられ、春姫《ハルヒメ》さんが身を小さくする。

都市中《オラリオ》が観戦していた戦争遊戯《ウォーゲーム》の中で何度も【ウチデノコヅチ】を行使したため、春姫《ハルヒメ》さんの『階位昇華《レベル・ブースト》』はもはや周知の事実となっている。一定時間内とはいえLvを一段階引き上げる反則的な妖術の存在を、やはりというか誰もが放っておいてくれなかったらしく……誘拐、拉致《らち》、あるいは取り引きなど、様々な悪意と騒動が春姫《ハルヒメ》さんのもとに集まったのだ。

僕や命《ミコト》さん、それにアイシャさんやサミラさん達戦闘娼婦《バーベラ》も徹底的な警備体制を敷いていたんだけど……そんな時に『護衛』として配備されたのが、【フレイヤ・ファミリア】だった。

「全ては宿命……哀れな狐《きつね》は贄《にえ》の祭壇に捧《ささ》げられし定め。ならばその因果の螺旋《らせん》を断ち切るのも、禍根を生みし我等が咎《とが》……」

「なに言ってんだ、お前」

側を通りかかったヘグニさんがぼそぼそと呟《つぶや》き、ヴェルフが白けた眼差しを向ける。

えっと、『春姫《ハルヒメ》さんが狙われるようになったのは自分達と戦ったせいだから、責任をとって護るよ』って言ってるんだと思う。多分……。

「あの、ヘグニさん？　ちなみに何回くらい、春姫《ハルヒメ》さんは危ない目に遭ったんですか……？」

「どうだろ……。今日まで俺とヘディンが交互に見張ってたけど……俺の方で把握してるだけでも、七十と一回は潰してる」

「ひえっ」

戦争遊戯《ウォーゲーム》が終わってまだ一週間も経っていない中、未遂とはいえ凄まじい襲撃回数に、変な声を出してしまった。

春姫《ハルヒメ》さんの『階位昇華《レベル・ブースト》』の凄まじさもさることながら、やはりオラリオは物騒な場所なのだと再認識する。いや、まぁ、都市外《そと》の勢力なんかも介入はしてるんだろうけど……。

「……サミラさん達もそうですけど、ヘグニさん。春姫《ハルヒメ》さんを守ってくれて、ありがとうございます」

「んんっ……照れるから、そんなあらたまらなくて、いいよ」

僕の前では変な言葉遣いをあまりしなくなったヘグニさんは、頬をちょっとだけ染めつつ、目を別の場所に向けた。

「それに……感謝するなら、どうか俺達じゃなくて、あの方に言ってくれ。全部、あの人が頼んだことだから」

彼の視線を追わなくても、そこに誰がいるかなんてわかった。

さっきから酒場の中で一番働き回っている、薄鈍色《うすにび》の髪を揺らす『女の子』だ。

「シルちゃ～ん！　このトマトのパイ、おかわりしてもいいかしら～？」

「は～い！　デメテル様～！」

「シル嬢ちゃんよぉ、酒《さけ》追加だ～！」

「はーい！　ニョルズ様ぁー！」

「「「シルちゃ～ん！　オレ達にお酌してぇ～～ん！」」」

「うう～～～っ！　わかりましたぁぁっ!!」

参加してる神様達の度重なる注文に、ぱたぱたと走り回るシルさんが、今にも天井を振り仰ぎそうなくらい、もはや破れかぶれに返事をする。その光景にヘファイストス様は気味がいいとばかりに意地悪く微笑み、タケミカヅチ様やミアハ様は苦笑していた。

都市《オラリオ》を捻《ね》じ曲げた『美の神』様は、もういない。

もうとっくにこの地を発った。そういうことに、なってる。

大規模かつ強力な『魅了』の反動か、オラリオが『箱庭』に変わる前後の記憶を保持している下界の住人は、ほとんどいないらしい。つまり『女神《フレイヤさま》』が『街娘《シルさん》』だと知っている人は、僕達を含めて限られた人達だけ。

一方で、神様達の中でシルさんの正体は、もはや知れ渡っている。

迷宮都市がもう『魅了』の脅威に怯えない中、神様達だけは何食わぬ顔でシルさんをイジったり、イジメに来るのだ。派閥連合の代表だったヘスティア様が『シルさんの存在』を許したとはいえ、この程度の恥辱なんて然るべき、なのだそうだ。

そしてシルさんも、それを受け入れている。

今日まで沢山の人に謝って、沢山の人に文句を言われて——時にはその頬を引っ叩《ぱた》かれたらしい――彼女は、今も罰を受けてる真っ最中。

生温《なまぬる》い、なんて言う人は女神様達を中心に大勢いるらしいけど……あの人はもう地位や名誉、富すらも手元には残っていない。

なら『女神』じゃなくて、一人の『少女』として償うべきだ。

【フレイヤ・ファミリア】の人達だって、この酒場で労働している理由はミアさんに従わされている以外にも、シルさんの負担を少しでも減らそうとしているからだと思う。

今も忠誠を捧《ささ》げる眷族として、その罰を分かち合うために。

「シル～～～～～～～!!　兄様はどこニャ!?　今日こそちゃんとお話するのニャア！　それで、ちゃんと家族に戻るのニャー！」

「えっと、屋根の上じゃないかな？　悪い人が近付かないように見張ってると思うよ」

「わかったニャ！　じゃ、ミャーは兄様のところに行くからサボるニャ！　ミャーの分まで頼むニャ、シル！」

「えっ!?　アーニャ待ってっ！　私ももう限界だから！　お願い本当に待ってっ、アーニャー!?」

だだだーっ！　とアーニャさんが店内から疾走して、ドタドタドタッ！　と天井の方から猫とは思えない足音を響かせた後、これまた猫の鳴き声とは思えない二つの声が響き始める。

「寄るなっ！」とか「抱き着くんじゃねえ！」とか「兄様～！」だとか、そんな感じ。

声はすぐ遠のいていったから、多分屋根《やね》伝いに二匹の猫の追いかけっこが始まったんだと思う。

シルさんのおかげで、アーニャさんもすっかり元気を取り戻している。

全てがもと通り、なんてそんな都合良くはいかないと思うけど……『豊穣の酒場』は以前の日常を取り戻しつつあった。

「……シルさん、僕も手伝いましょうか？」

あまりにも忙しそうな姿に苦笑も売り切れになってしまって、僕が声をかけてみると、

「ダメですよ、ベルさん。ベルさんは私のことを見張る約束でしょう？」

シルさんはやんわりと断った。

「『いい子』になれない私は、ベルさんがいなくなったら、また悪い『魔女』になっちゃうかもしれません。だから頑張る私のこと、ずっと見ていてくださいね？」

約束ですよ。

私の騎士《オーズ》さん。

そんな風に、シルさんは言った。

朗《ほが》らかに笑った。

女神なんて知らない、本当の女の子のように。

……守らなきゃいけない笑顔だ。

異端児《ウィーネ》達と結んだ約束と同じように、決して破ってはいけない、僕だけの偽善《エゴ》だ。

宴会一色に盛り上がり続ける酒場で、僕とシルさんは、気付けば初めて出会った日のように

笑い合っていた。

「──そうだぜベル君!!　こんな腹黒くて面倒でヴァレン何某《なにがし》君より遥《はる》かに厄介なシル何某《なにがし》君なんて甘やかしちゃあダメだ!!」

「ぐほぉ!?」

そこで、横合いから高速タックルを頂戴した僕は、咄嗟《とっさ》に神様の体を抱きとめた。

「シル何某《なにがし》君も気を付けてくれたまへ!!　ベル君は君のオーズなんちゃらなんかじゃなくて、ボぉ・クぅ・のぉ!!　ベル君だからねぇぇ!!　騙《だま》されやすいこの子を誘惑しようったって、まーたボクが焼き祓《はら》ってやるからなぁぁー!!」

母親にしがみ付く子供のように僕と合体する神様は、女神様《フレイヤ》の名は呼ばないものの、面と向かった相手に『シル何某《なにがし》』と言うあたり絶賛《ぜっさん》悪意を滲《にじ》ませていた。しかも巻き舌で。

勝ち誇った笑みを作るヘスティア様に、さしものシルさんもむっとする。

「げほっ、ごほっ……か、神様、シルさんも反省してますし、そんな言い方は……」

「甘いよベル君!　ジャガ丸くん小豆クリーム味より甘ぁぁい!　このシル何某《なにがし》君は一番ヤバいラスボスも同然なんだ!!　隙を見せたら指パッチンなんかしちゃって、例の猛者《おうじゃ》君をけしかけてくるに違いない!!　また誘拐されちゃうぞ!」

「あはは。そんなわけないですよ」

「うふふ。そうですよー。──あ、指が滑りました」

神様の剣幕に僕がつい笑ってると、パッチンと。

満面の笑みを浮かべるシルさんが、綺麗《きれい》に指を弾き鳴らした。

「──追加の料理です。お待たせしました」

直後、猪《いのしし》の巨人が、瞬間移動のごとく僕達の目の前にそびえ立つ。

「うわァアアアアアアアアアアアアア⁉　本当にけしかけるヤツがあるかぁーーー⁉」

というかその巨軀《ナリ》で店員《ウエイター》とか馬鹿を言うなよ猛者君《おうじゃくん》キミィ⁉」

「────（ぶくぶくぶくぶくぶくぶくぶくぶくぶくぶくっ）‼」

「ってベルくぅうううううううううううううううううううんっ⁉」

眼前にトレイを持った巌《いわお》のような巨体が出現した瞬間、僕は可及的速やかに意識を暗闇へと旅立たせた。主に連続再生《フラッシュバック》する一撃必殺《ボコボコ》とか洗礼《ボコボコ》とか無限死闘《ボコボコ》の悪夢のせいで。

「何をやっているんですかぁ、ヘスティア様ぁ⁉」

「ベル殿が白目を剝《む》いて泡をぉ⁉」

「しっかり心傷《トラウマ》になってるぞオイ⁉」

「べ、ベル様ぁーー⁉」

神様の絶叫の後にリリ、命《ミコト》さん、ヴェルフ、春姫《ハルヒメ》さんの悲鳴が聞こえたような気がしたけど、床に引っくり返った僕に確かめる術《すべ》なんてない。

「まぁベルさん、大変！　息をしていません！　ここは私が人工呼吸を！」

「させるかぁコラァーーー‼　やっぱり全然反省してないじゃないかシル何某《なにがし》っ！」

「フ、フレイっ――シル様っ！　そんな汚物と接吻《せっぷん》などしてはいけませんっ！　こ、このような最低最悪の罪っ、負うのは罪人である私がっ……‼」

「ヘルン、大丈夫ですよ。治療師《ヒーラー》ならここにいますからねー。はいベルー、ぶちゅーしましょうねー」

「貴方達もさり気なく何しようとしてるんですかぁ⁉　ヴェルフ様、この魔女一同を灰も残さず焼き払ってくださいッッッ‼」

「できるわけないだろ……」

痙攣しながら無様に気絶した僕は後のことを知らない。

どんな騒動があって、どんな戦いがあったのかなんて、何も。


「いつまで寝ている、阿呆《あほう》」

「ごぼふぅ⁉」

僕が目覚めたのは、頬に容赦ない衝撃をブチこまれた時だった。

靴のつま先を叩き込まれたと察し、強制的に覚醒して、跳ねるように上体を起こす。

ばっばっと左右を見て、すぐ目の前で、こちらを見下ろす瞳の存在に気が付いた。

「あ、師匠《マスター》……」

「さっさと起きろ。私を煩《わずら》わせるな、愚兎《ぐさぎ》」

普段通りの師匠《マスター》に無性に安心すると同時に、ビクビクしながら、辺りを見回す。

祝賀会はまだ続いており、ボールスさん達が何度目とも知れない乾杯を行っている。

気絶してから、大分《だいぶ》時間は経ったのだろうか。

僕が寝転がされていたのは壁際で、側にいるのは師匠《マスター》一人……。

「えっと……どうして師匠《マスター》が、僕を……その、か、介抱？　するような真似を……？」

「私が貴様に対して最も中立だと判断された故だ。面倒を増やすな、愚図が」

中立……？　どういう意味？　というか、ただの残虐《スパルタ》の間違いじゃあ……。

「何を考えている貴様」とやっぱり蹴りを頂戴して一頻り苦しんだ僕は、そこで遅まきながら気付いた。

女の人みたいに綺麗な師匠《マスター》のお顔が、生傷だらけということに。

「あ、あの……その傷、どうしたんですか……？」

「幹部達《アレン》、そして団員達《ヘイズ》によるものだ。あの方の顔に泥を塗った罰を受け入れただけのこと」

「ええっ⁉」

「そして二発目以降は反撃した」

「ええっ……」

「最初の一発は甘んずるが、それ以降を許容する理由など存在しない」

うーん……しそう。師匠《マスター》なら。それで激化して死闘《フォールクヴァング》になって……ありそう。鎧で隠してるけど、アルフリッグさん達もやけに手傷を負っていると思ったら、そういうことだったのか……。

(でも……そうだ。師匠《マスター》がいたおかげで……)

師匠《マスター》が……ヘディンさんが、こうして【ファミリア】に恨みを買って、傷付けられるくらいに身を挺《てい》してくれたおかげで、僕達は戦争遊戯《ウォーゲーム》に勝つことができた。

勿論《もちろん》、それだけで勝利を掴み取ったわけじゃないけど、この人がいなかったら、僕達は負けて、あの人を救うことはできなかった筈《はず》だ。

「……師匠《マスター》、ありがとうございます。僕達に力を貸してくれて」

「勘違いするな、間抜けめ。貴様等を利用しただけだ。助けたわけではない」

「それでも、ありがとうございます」

僕は床に腰を下ろしたまま、師匠《マスター》はたたずんだまま。

壁を背にしながら、酒場の中央で騒ぐヘスティア様達、そしてそれに巻き込まれるシルさんを眺める。

今も理不尽な命令に付き合いながら、それでも笑っている、あの人のことを。

「師匠《マスター》がいなかったら……シルさんはあんな風に、笑えていなかったと思いますから」

目も合わせず、二人であの人を見つめながら、僅かな無言の時間が生まれる。

間もなく、師匠《マスター》は鼻を鳴らした。

「愚兎《ぐさぎ》が」

小さく、本当に小さく。

一人の妖精が笑ったような気がしたけれど、前を見ていた僕にはわからない。

ただ師匠《マスター》はうんざりするように、寄りかかっていた壁から背中を離した。

「貴様といると馬鹿が移る。私はもう行く」

「はい」

「彼女と交わした約束《ちかい》、違《たが》えるなよ」

「……はい」

そう言って、金の長髪を揺らし、師匠《マスター》は厨房に向かった。

あのつらく、厳しかった大戦《たたかい》が本当の意味で今、ようやく終わった。

そんな気がした。

「酒は持ったかぁ！　次は俺様の武勇伝を聞かせてやるぜぇぇぇぇ！」

『いえぇぇぇぇぇぇぇぇぇぇぇぇぇぇぇぇぇぇぇぇぇぇぇぇ！』

冒険者達と神様達の宴は終わらない。まだまだ勝利の余韻を噛み締め、モルドさんを筆頭に酒を飲んでは笑い声を轟《とどろ》かせる。

これは……朝までかなぁ。

今も羽目を外している冒険者や神様達を横目に、ゆっくりと立ち上がると、

「ベル」

清涼な声をかけられた。

振り向くと、そこにいたのは、酒場の制服ではなく旅装を纏ったエルフだった。

「リューさん……」

たった今、酒場に戻ってきたのだろう彼女に思わず目を見張っていると、空色の瞳はそっと尋ねてきた。

「今、時間を頂いてもいいですか？」


「リューさん、もう良かったんですか？　その……『神様』の方は……」

『豊穣の女主人』を出て、少し歩いた路地裏。

酒場の笑い声も、大通りの喧騒《けんそう》も遠ざかる中、少し言いあぐねた後、その背中に尋ねた。

「ええ。アストレア様とは別れを済ませました」

リューさんは立ち止まり、振り返る。

先日の『派閥大戦』のために駆け付けてくれた、リューさんの主神アストレア様。

今は迷宮都市に籍を置いていない女神様を見送るため――というか現在のアストレア様の本拠《ホーム》まで護送するため――リューさんは少しオラリオを離れていた。

他ならない二代目【アストレア・ファミリア】と一緒に。

「無事に剣製都市《ゾーリンゲン》まで送り届けることができた。これが私に許された神孝行《おやこうこう》です」

ヘルメス様達の力を借りて、都市外に出て。

これが最後の我儘《わがまま》で、けじめだと、そう言って。

義理堅い彼女は主神様達を護衛して、最後の旅をともにしたのだ。

もしかしたら、もう戻ってこないかもしれない。そんなことも考えてしまっていたから、リューさんが帰ってきてくれて安心した反面、僕はどうしても、聞かずにはいられなかった。

「本当に、良かったんですか？　アストレア様のもとに帰らなくて……」

リューさんの背中にはまだアストレア様の『恩恵』が刻まれている。どんなにつらい過去があったとしても、この人はまだ正義の眷族で、女神様に付いていくこともできた筈だ。

自分自身をリューさんの境遇に置き換えたなら、きっと揺らぐ。

ヘスティア様とお別れをしなくちゃいけないなんて。

許してもらえるなら、僕だったら、きっと神様と一緒にいることを選ぶって、そう思う。

「ええ、これでいい。私は一度『正義』を捨てた身。自分本位にアストレア様を遠ざけておきながら、また迎え入れてほしいなんて、あまりにも虫が良過ぎる」

「で、でもっ！　それは！」

「それに、アストレア様は新たな居場所を作られた。あの方を慕う新しい眷族《ファミリア》を」

思わず身を乗り出そうとする僕に、まるで姉のように言って聞かせるように、リューさんは穏やかに微笑んだ。

「私もまた、別の居場所を見つけた。シル達や、貴方のもとがそうだ。私は選んだのです、ベル。ここにいたいと」

「リューさん……」

「私を救ってくれた、貴方達のもとに」

立ち止まって後ろを振り返るのではなく、『未来』を選んだのだと、リューさんははっきりとそう言った。

以前までは染められていた彼女の髪。

今は背中まで伸びて、何も偽らず晒されている金の地毛が、答えのような気がした。

「それに、これが決して今生の別れではない。ふと思い立てば会いに行くことだってできる。今日からまた手紙を出し合う約束もしました」

――アストレア様、そしてアリーゼ達の絆《きずな》は消して消えない。

女神様の神血《イコル》を宿す自身の背を優しく一瞥《いちべつ》し、リューさんは言葉を終えた。

その横顔は、僕の知らないリューさんの顔だ。

陰りなんてない。迷いだって。他ならないリューさんが、アストレア様と決めたんだ。

だから僕もとやかく言うのはやめにした。

だから、僕が言うべきことは一つだ。

姿勢を戻して、彼女に向かって、笑いかける。

「おかえりなさい、リューさん」

「……ただいま、ベル」

優しい光を落とす魔石灯に照らされながら、笑みを分かち合う。

薄暗い筈の二人きりの路地裏は、どこか明るく、とても温かった。

「ベル。それで本題なのですが」

「あっ、そうでしたね。話があるみたいでしたけど、何ですか？」

一頻り笑い合った後、リューさんが律儀に前置きし、僕もはたと思い出す。

わざわざ酒場を離れて、二人きり。よっぽど大事な話なのだろうか？

いいいいいいいいいい誰にも聞かれたくないのかもしれないい――とそこまで考えた瞬間、はっ！　と。

僕は肩を揺らしてしまった。

『ベル。先に伝えておかなければならないことがある』

『はい』

『私は貴方が好きだ』

『はい。…………………………えっ？』

色々あり過ぎて忘れていたけど──僕はリューさんに告白されていたんだ！

『一人の男性として……私は、貴方のことが好きです』

お友達とか兎《ペット》としてとかソンナ勘違いも許さないほど決定的なまでに!!

ぐんっ！　と顔全体の温度が急上昇した。とても綺麗な年上のエルフと、こうして二人だけでいることを途端に意識し出してしまい、鼓動が暴れ出してしまう。

──そしてそれと同時に、顔色が青く染まった。

女神祭でシルさんを拒んだ一連の光景が蘇《よみがえ》る。

真性の馬鹿野郎《ベル・クラネル》は憧憬《しょうけい》に背くことはできない。

あの告白の返答を求められたら、僕が差し出せる答えは一つしかない！

はっきりと、『異性からの好意』に怯えがちになっていることがわかる。こんなこと言っちゃいけないに決まってるし、そんな資格もないけれど、シルさんの一件から『好意を拒む』ことが心傷《トラウマ》になっているのかもしれない。

お祖父《じい》ちゃんがここにいたら『調子に乗るなソコ替われ羨ましけしからん!!』とか言われそうだけど、つらいものはつらい!!

リューさんの空色の瞳がじっとこちらを捉える！

逃げ道はない！　いやいやいやいや逃げ道があっても逃げちゃいけないんだけど!!

「……本来ならば、貴方ではなくヘスティア様にも同席してもらうべきなのでしょうが」

神《おや》公認の仲まで求めるつもり――――ッッ⁉

愚かな思考が暴走する中、僕の顔色に気付いているのかいないのか、リューさんは真剣過ぎるくらいに見つめてくる。

石造りの路地裏で二人っきり。

内緒の話をするのは、ぴったりな状況で、その薄い唇を開く。

「ベル――」

「ま、待ってくださいっ、心の準備があっ――⁉」

情けなさ過ぎる僕の声も虚《むな》しく、リューさんは『本題』を告げた。

「私を貴方の【ファミリア】に入れてほしい」

「……………………………………………………………………え？」

僕が間抜け面を晒《さら》したのは、言うまでもないことだ。

「リュー殿が【ヘスティア・ファミリア】に⁉」

翌朝。

よく晴れた青空に、命《ミコト》さんの驚きの声が吸い込まれる。

「はい。アストレア様には改宗《コンバージョン》の許可を頂きました」

はっきりと述べるリューさんに、命《ミコト》さんだけじゃなくリリにヴェルフ、春姫《ハルヒメ》さん、そして神様も仰天していた。

場所は【ヘスティア・ファミリア】本拠《ホーム》、『竈火《かまど》の館』の中庭。

団長である僕が仲介役となって、交渉の場を設けさせてもらった形だった。

「君がめちゃくちゃ強くて、芯が通ったエルフだとは知っているし、主神《ボク》としては大歓迎だけど……」

「酒場も辞めるってことだろ？　よくあのドワーフが許したな……」

「シルに……いえ、ミア母さんには以前、言われていました。『行きたい場所があるなら、さっさと店から出ていけ』と」

怖いドワーフの女将を思い浮かべるヘスティア様とヴェルフに、リューさんが以前から——異端児《ウィーネたち》の事件辺りから——出されていたという『お達し』を口にする。

『正義感なんて面倒なものを持ってるから、同じ場所にじっとしていられない質《タチ》』。

僕達を助けるため何度も酒場を離れたリューさんに、ミアさんは溜息交じりにぼやいていたそうだ。その度重なる出張は僕達のせいでもあるから、そこは申し訳なさもあるんだけど……

戦争遊戯《ウォーゲーム》が終わった後、リューさんが自分の意志をミアさんに告げたところ、

「居場所を見つけたなら、さっさと行っちまいな。馬鹿娘」

ドワーフの店主は顔も見向きもせず、料理の仕込みをしながら、そう言ったそうだ。

リューさんもまた、深く礼をしたそうだった。

「今は満たす煤者達《アンドフリームニル》のおかげで、人手も足りています。……それに彼女達は、私より手際がいいようなので」

補足しつつ、忸怩《じくじ》たる思いというか、目線を足もとに向けて若干しゅんとするリューさんに苦笑していると、彼女は気を取り直したように顔を上げた。

「アストレア様の手で、もう禊《みそぎ》は済ませています。過ちを繰り返してきた妖精《エルフ》ではありますが、もし受け入れてくれるなら……私を、この【ファミリア】に加えてほしい」

その背に刻まれている『恩恵』は、既にアストレア様との別れを済ませている。

【ステイタス】の『封印』ではなく、言わば『改宗待ち《コンバージョン》』の状態。

そして改宗《コンバージョン》をしても、アストレア様の神血《イコル》はリューさんの背中に残り続ける。

大切な人達《アリーゼさん》との『正義《きずな》』は消して途切れない。

右手でそっと左肩を抱いたリューさんは、真っ直ぐな眼差しで、僕達を見つめた。

それに真っ先に応えたのは、命《ミコト》さん。

「勿論です！　リュー殿と同じ派閥《ファミリア》で、同じ冒険に臨めること、光栄に思います！」

18階層で『黒いゴライアス』と戦った時から、『並行詠唱』を操るエルフの姿に高みを見ていた命《ミコト》さんは、子供のように頬を興奮で染める。

「第一級冒険者の逆指名を断れる【ファミリア】なんてないだろ。なぁ？」

「はい！　それにリュー様には幾度となく助けて頂きました、断る理由がございません！」

「Lv.6の加入、ベル様もLv.5……派閥の等級《ランク》……ギルドの課税……うっ、頭がっ……！」

ヴェルフと春姫《ハルヒメ》さんも笑みを浮かべて賛同してくれる。若干一名、両手で頭を抱えて唸ってしまう参謀《ブレーン》がいるけれど……きっと大丈夫だろう。

僕は勿論、言うまでもない。

新たな入団者《ファミリア・メンバー》加入は、満場一致だった。

「よし、決まりだ！　改宗《コンバージョン》の儀式は後でするとして——ようこそエルフ君、ボク達の【ファミリア】へ！」

最後に神様が声を上げ、歓迎する。

命《ミコト》さんを筆頭に思わずはしゃぐ僕達に、リューさんは目を細める。

「リリルカ」

「えっ？　……あ、はい！」

これまでの敬称《アーデさん》ではなく、突然名《な》を呼ばれたリリは、びっくりしていた。

それは僕達も同じだった。

「ヴェルフ、命《ミコト》、春姫《ハルヒメ》……それにベル。そしてヘスティア様。これから、よろしくお願いします」

それは、リューさんの中での決まりだったのかもしれない。

同じ屋根の下で暮らす家族《ファミリア》には敬称を廃し、同じ目線で名前を呼ぶ。

かつてのアリーゼさん達、【アストレア・ファミリア】へそうするように、僕達の名前を大切に呼んでくれるリューさんに、僕達は思わず照れ臭くなって、破顔していた。

今から本当に、強くて、綺麗で、誰よりも正《ただ》しいこの人が仲間になる。

リューさんの【ヘスティア・ファミリア】入団。

僕達の【ファミリア】はまた一つ、大きくなったんだ。

「エルフ君、君は本当にいい子だなぁ！　アストレアの眷族だっただけあるよ！　どこかの泥棒猫君とは違って、君にならお諸手を挙げてベル君の面倒を任せられるってもんさ！」

「どうしてこっちを見て言うんですか、ヘスティア様！」

「ことあるごとにボクを出し抜こうとするからだろうがー！　春姫《ハルヒメ》君は春姫《ハルヒメ》君で悪意がなくて天然でやってる分、タチは悪いし！」

「こんっ⁉」

「その点、律儀で裏表のない彼女は素晴らしいってもんさ。エルフ君、何かあったら遠慮なく言ってくれたまへ！　ボクは君を買ってるからね！」

潔癖なリューさんを高く評価して褒めちぎる神様に、「扱いの格差が酷過《ひどす》ぎます！」とリリが噛みついて、何故か春姫《ハルヒメ》さんにも飛び火し、たちまち普段通りの取っ組み合いに。

命《ミコト》さんが慌てて止めにかかり、ヴェルフが呆《あき》れるのを脇に、生真面目なリューさんがこの空気に馴染《なじ》めるかなぁ、と僕がちょっぴり心配していると、

「……それでは、早速で恐縮なのですが、一ついいでしょうか？」

ぴたりと動きを止める神様達に向かって、リューさんがそう申し出た。

「私が入団するにあたっての問題事項……というより、ギルドからの要望なのですが、名前を変えてほしいとのことです」

「んん？　どういうことだい？」

「【疾風《わたし》】は公式上、死亡していることになっているので」

神様が小首を傾《かし》げる中、そこまで言われて僕は何となくわかった。

破壊者《ジャガーノート》の一件で【疾風】は既に死亡扱いとなっている。だけど都市中に中継された戦争遊戯《ウォーゲーム》で、リューさんはこれでもかと大立ち回りしてしまったわけで……。

「事実上、有耶無耶《うやむや》になっていますが……公式発表してしまった管理機関《ギルド》の体裁上、真名《リュー・リオン》で冒険者登録するのは止《や》めてほしい、とのことです」

神様達が面白がって、あとは迷宮の宿場街《リヴィラ》の住人達が庇《かば》って、『【疾風】はもう死んだんだからアレは【疾風】じゃないに決まってるだろ何《ナニ》言ってんだ』ってことになってるらしいけど、

流石に少なくない人は察している。死亡扱いとなり抹消されたとはいえ、要注意人物一覧《ブラックリスト》に載っていた人物が堂々と振舞うのは、ギルドにとってかなり決まりが悪いのだろう。

『暗黒期』の鎮圧に貢献した功績、あとは超貴重なLv.6を遊ばせておく理由はないという政治的理由によって、『せめて名前だけは変更してくれ』と管理機関《ギルド》から依頼があったらしい。

「要は、ギルドに登録する冒険者名簿の名を騙《かた》ってほしいというわけですか。あくまで【アストレア・ファミリア】からの移籍ではなく、経歴不明の駆け出し冒険者として」

「Lv.6の新人冒険者とは、また随分と無茶苦茶な字面ですね……」

「でもまぁ、それくらいならイイんじゃないかい？　書類上だけで、別に君の真名《なまえ》が変わるわけじゃないんだし」

リリが納得し、命《ミコト》さんが汗を流し、神様が理解を示す。

僕達も反論なんてあるわけがないので、「ありがとうございます」と感謝するリューさんと一緒に新たな入団者の名前を考えることになった。

「えっと、名前を全部変える必要はないんですよね？」

「ああ、家名だけが妥当なんじゃないか？　俺もできるならクロッゾを捨てたいしな……」

「リュー・リオン様から、家名だけ変更……」

「ミア殿からお借りして、リュー・グランド殿はいかがでしょう……？」

「うーん、少々いかついような……」

「エルフ君、なにか希望はあるかい？」

中庭の芝生の上で、車座となって僕、ヴェルフ、春姫《ハルヒメ》さん、命《ミコト》さん、リリがない知恵を絞り、神様が軽く尋ねる。

正座しているリューさんはそこで、じっくりと動きを止めた後……僕の方を一瞥し、何故か挙動不審になった。

頻りに目線を左右に逸らし、頬を染めて、ポツリと。

「リュ、リュー…………リュー・クラネル…………」

スパァン!! と。

神速で背後に回り込み、超速で右手に装備された神様の靴《サンダル》が、リューさんの後頭部から快音をかき鳴らした。

「君だけはそんなヤツじゃないと思っていたのにぃぃ!!」

「ち、違うのですっ。【ファミリア】に入るのならば、神の名を拝借するのが畏《おそ》れ多い以上っ、団長の名を借りるべきではと……!!」

「邪念《うそ》が見え見えなんだよッこのポンコツエルフ君がぁ!!」

「落ち着いてください、ヘスティア様ぁ!?」

靴《サンダル》を振り下ろし喚《わめ》き散らす神様に、後頭部をさするリューさんが必死に弁明する。

筋は通っていそうで、うん……なんか、やっぱり聞き苦しいような……。

せっかく入団したのに追放とか言い出しそうな神様を命《ミコト》さんが必死に止め、リリが神様側につき、春姫《ハルヒメ》さんがおろおろと右往左往する。たちまち騒々しくなる本拠《ホーム》の中庭。

今も必死に弁明しているリューさんは、何だろう、今まですごく凛々《りり》しくてカッコ良くて綺麗だったのに…………急にポンコツ感が。

「……思ってるより、すぐに馴染めそうだな」

「うん……」

ちょっぴり現実逃避しながら、僕はヴェルフに頷いていた。


「『リュー・アストレア』……こう言うのはなんだけど、本当にもう、隠す気ないよね」

僕から新人冒険者の書類を受け取ったエイナさんは、苦笑交じりにそう言った。

ギルド本部、その面談用ボックス。

戦争遊戯《ウォーゲーム》の後処理がようやく一段落したとのことで、僕は色々な報告、後は相談がてらエイナさんを訪ねていた。

「はい、結局最初の主神様《アストレア》にあやかるのがいいんじゃないか、っていう話になって……」

これまで散々お世話になってきた遮音性の高い一室に通され、机を挟みながら、二人きりで一頻り空笑いした後、あらためて姿勢を正す。

「エイナさん。それで……これから僕達の【ファミリア】は……」

「……うん。これがギルドからの正式の通達書」

裁判で判決を待つ被告人のような面持ちをしていると、エイナさんが両手に持った一枚の羊皮紙を差し出す。管理機関《ギルド》の印影がしっかり押されているそこに綴《つづ》られているのは――。

「【ヘスティア・ファミリア】の等級《ランク》はBに昇格しました。おめでとうございます」

……Bか。

……等級《ランク》Dから、一気にBかぁ……。

「僕達の【ファミリア】、リューさんを入れても、六人しかいないんですけど……」

「うん、それはわかっているんだけど……第一級冒険者を二人、しかもLv.6がいる派閥をC以下と見なすのは流石にできなくて……」

一縷《いちる》の望みに縋《すが》るように恐る恐る尋ねると、正式な通達のため一度は畏《かしこ》まっていたエイナさんも、すっかり困った表情を浮かべる。「BじゃなくてAにするべきって意見もかなりあったんだよ？」と言われてしまえば、もはや何も言えなくなってしまった。

都市最大派閥《ロキ・ファミリア》がS、今はもうない美神の派閥《イシュタル・ファミリア》がAと言えば、等級《ランク》Bという評価がどれだけ重いものかわかりやすいだろうか。ロキ様の派閥もイシュタル様のところも、ことごとく大規模で、構成員の数や質は半端じゃない。

『超少数精鋭派閥』。

【ヘスティア・ファミリア】はどうやら、現在そんな位置付けらしい。

（ちょっと前まで超零細派閥だったのに……）

今もすごい負債（神様は断固として自分の借金《ローン》だと主張）を抱えてるんだけど……。

と、ともかく、これでギルドに納める税金はまた一気にはね上がる。絶望して泣き喚くリリの顔が容易に想像できてしまうのがつらい。

団長である僕も最近、派閥の帳簿に目を通すようにしてるけど……乾いた笑い声しか出ない有り様だ。銀の義手代《ミアハ・ファミリア》を始め、戦争遊戯《ウォーゲーム》の報酬自体は多くを他派閥に譲ってしまっているし。

「団員のＬｖ構成もそうなんだけど、やっぱり一番の理由は………ほら、神フレイヤが神ヘスティアの『従属神』になっちゃったから……」

盗み聞きされっこない、遮音性が高い部屋だとわかっていても、エイナさんは僕に顔を近付けて、自然と声をひそめてしまった。

そうなのだ。

表向きには【フレイヤ・ファミリア】は解体されたことになってるけど、実際にはフレイヤ様──いやシルさんが、そのままヘスティア様の傘下《もと》に下ったと言うのが正しい。

都市《オラリオ》からすれば強靭な勇士《エインヘリヤル》という莫大な戦力を手放すことなど決してできない。

でも都市全域を『魅了』した美神様《フレイヤ》は怖い。

そんな切実な二つの本音の折衷案となったのが『処女神様《ヘスティア》への従属神化《じゅうぞくしんか》』だ。

『箱庭』を焼き祓《はら》った処女神様《ヘスティア》なら、何か間違いが起きても『美の神』様の安全装置《ストッパー》となれるし、形式上でもシルさんが神様の言うことを聞いてくれれば、オッタルさん達も都市に流出しないどころか迷宮探索に役立てる。あくまで表面上は『怖い酒場の従業員』とか、勧誘《スカウト》を決して受けない『改宗《コンバージョン》待ちの眷族』という位置付けだけど……とにかくそんな判断をギルド上層部はした、らしい。政治にまつわることだから、僕も半分も理解できてはいないと思うけど。

詰まるところ、見方を変えれば【フレイヤ・ファミリア】という一大戦力は【ヘスティア・ファミリア】に吸収されたことになる。勿論、命令はおろか共闘なんてできないんだけど……

というか僕達が怖くてできない。

だから、正確には【ヘスティア・ファミリア】は等級《ランク》B（S）らしい。

公式情報はBで、ギルド内部（上層部）ではSという扱い。

ちょっと何を言ってるかわからないけど、つまりそういうことらしい。

「ラキア王国とか、国家系【ファミリア】にはよくある体系《システム》らしいんだけど、迷宮都市《オラリオ》では中々ない……というか私は初耳かな。美神の派閥《フレイヤ・ファミリア》がそれだけすごいってことなんだろうけど」

「そういえば、同じ美神様《イシュタルさま》の時も、ギルドは色々扱いに困ってたたって言ってましたもんね」

「そうだね。……それで、結局のところ、どうなの？　【フレイヤ・ファミリア】との関係は？」

そこで、エイナさんは少し心配そうに聞いてきた。

僕は安心させるように、眉尻を下げながら笑みを浮かべる。

「ダンジョン探索に一緒に行く、ってことはないとは思うんですけど……でもそれ以外の面で、本当に、すごく助かってます」

一番お世話になっているのは、一昨日の祝勝会でも話題に上がった『護衛』。

シルさんがヘグニさんや師匠《マスター》、アルフリッグさん達に頼んで、本拠《ホーム》の周りや、特に春姫《ハルヒメ》さんの近辺を四六時中警備してくれている。

それに加え、【疾風】が生きていることを知って、リューさんに恨みを持つ人達も定期的に現れているらしいんだけど……これもシルさんの言いつけで、師匠《マスター》達が全て撲滅しているとのことだ。僕達の知らないところで、綺麗まっさらに。

つまり【ヘスティア・ファミリア】は、第一級冒険者を含めた強靭な勇士《エインヘリヤル》に常に護られていることになる。ギルドの預かりとなり、『戦いの野《フォールクヴァング》』が使えなくなった半小人族《ヴァン》さん達は主戦場をダンジョンに移し、迷宮探索を毎日行いがてら、交代交代で『竈火の館《かまど》』の留守番——というか潜伏警備——すら引き受けてくれているほどだ。

はっきり言って、今の『竈火の館《かまど》』は世界で最も安全な場所と言っても過言じゃない。

間違いなく最恐の軍勢《さいきょう ボディガード》に違いないだろう。

「罪滅ぼしでも何でもない、ただの『けじめ』です」

シルさんはそう言って、お礼を受け取ってくれなかったけど……あの人のおかげで、春姫《ハルヒメ》さんもリューさんも日の当たる場所で日常を過ごすことができている。

極端な話、シルさん達がいなければ、リューさんが【ヘスティア・ファミリア】に入団することは難しかっただろう。

「だから、心配しないでください。シルさんのおかげで、揉《も》め事は絶対に起きませんから」

「そう？　それなら、いいんだけど……」

『シルさん』という言葉に、エイナさんはちょっぴり複雑そうな顔をした。

『箱庭』の時のことも含め、まだわだかまりはあるんだろう。割りきれないものがあるというのは理解できる。僕もエイナさんも、聖人というわけではないんだから。

だから僕はやっぱり、そんなエイナさんに、謝罪も込めた笑みを向けた。

「……ごめんね。ベル君達が納得して決めたんなら、私が口を出すことじゃないよね。それじゃあ、これからのことを話そうか」

「はい！　お願いします！」

気を取り直し、迷宮図鑑を机の上に広げるエイナさんに、僕は力強く頷いた。

これからのこと──勿論『ダンジョン探索』の方針だ。

「【ファミリア】の意向としてはどうなの？」

「女神祭からかなり迷宮《ダンジョン》を離れていたので、まずは『中層』辺りで体を慣らそうって、みんなとは話しました。18階層に拠点を置いて、しばらく迷宮《ダンジョン》にこもるのもアリかなって」

僕とリリ、春姫《ハルヒメ》さんが【ランクアップ】して、更にLv.6のリューさんが加わった。

女神祭──正確には挽歌祭《エレジア》も含めた『二大祭』──の前と後では、【ヘスティア・ファミリア】のパーティ事情は大きく異なっている。自分達の力量に加え、できることとできないこと、それを再確認するためにも安全な層域で探索しようというのが【ファミリア】の目下の方針だ。

『新しい戦力《メンバー》がパーティに加わる都度、戦術及び連携は見直し、更新する必要があります』

とは歴戦の冒険者であるリューさんの談。

指揮官であるリリも大いに賛同していた。

エイナさんも「うん、私もそれが一番だと思う」と肯定してくれる。

「リオン氏……アストレア氏の役職は？　やっぱり、『魔法剣士』？」

「ええっとぉ……足りない配置《ポジション》があれば、大抵こなせるから、それをやるって言ってました。前衛も、後衛も……過度の期待はしないでほしいけど、治療師《ヒーラー》も、多分できるって……」

「う、う～んっ…………本当に、すごい冒険者だね」

僕が思わず言葉を濁してしまうと、羽根ペンで覚書《メモ》をとっていたエイナさんも、ずれ落ちそうになる眼鏡を何とか押さえていた。

もともとリューさんは『回復魔法』を持っていたけど、新しく発現した『継承魔法《アストレア・レコード》』によって、かつての正義の派閥《アリーゼさんたち》のあらゆる魔法を行使することができるようになった。それこそ、治療師《ヒーラー》としての『広範囲の治癒魔法』だって。

もう言葉を選ばないで言うと、リューさんは本当に、一人で何でもできてしまうのだ。

同じ第一級冒険者でも、前に切り込むことしかできない僕とは、はっきり言って格が違う。

彼女の加入で【ヘスティア・ファミリア】の布陣は盤石なものに変わったと言っていい。

（欲を言えば、リューさんが自由に動けるように純粋な『魔導士』か『治療師《ヒーラー》』が欲しいって
リリは口にしてたけど……やっぱりそこまでは、欲張り過ぎかな）

ともあれだ。リューさんのおかげで、遠距離火力も回復も充実した。

ヴェルフの『魔剣』とナァーザさん達の道具《アイテム》で補えば、それこそ隙がないくらい。

だから。

僕の見立てでも、参謀《リリ》の計算でも、【ヘスティア・ファミリア】は次の段階《ステップ》に移れる。

「ベル君自身の考えは、どうなの？」

そんな胸中を見透かしているように尋ねてくるエイナさんに、はっきりと伝える。

「僕は、新しい階層……27階層より先に進みたいって、そう思っています」

破壊者《ジャガーノート》の一件もあり、『水の迷都《みやこ》』は完全に探索できたわけじゃないけど、行ける筈だ。

春姫《ハルヒメ》さんが全体階層付与《レベル・ブースト》を施せば、パーティはLｖ．３以上で固められる。ギルドが定める
各層域の到達基準――推奨Lｖを参考にしても、『深層』直前の36階層までは危なげなく進む
ことのできる十分な戦力。

【アストレア・ファミリア】のもとで41階層まで到達しているリューさんの知識と経験があれ

ば、いくら初見の階層でも間違いは起きないと思ってる——僕とは違って異端児《リドさんたち》と一緒に37階層まで自力で踏破したリリ達は曲がりなりにも『下層』の空気はわかっているわけだし——。

勿論、無理をするつもりはない。

僕だけが逸《はや》って、リリ達を危険に晒すなんて許されない。

だから、しっかり準備をして。ダンジョンでパーティの連携も見直して。

その後あらためて、安全に、確実に——そして着実に前へ進みたいと、エイナさんに自分の意志を打ち明けた。

「……そうだね。戦力は合格水準《ライン》、ううん、過剰なくらい。君も含めて『第一級冒険者が二人もいる』っていうのは、そういうことだから。28階層の安全階層《セーフティポイント》を越えて、29階層に進出するのは間違ってないと思う」

29階層から始まる層域の名は『密林の峡谷』。

『大樹の迷宮』とも異なる大密林《ジャングル》が広がり、『ブラッド・サウルス』を始めとした恐竜系の強個体《モンスター》が出現し始める。攻略にはLv.3が絶対条件の闘争地帯。

座学でも教わっている階層の情報を思い返し、僕が頷きを返していると——神妙な顔を浮かべていたエイナさんは、ふっと微笑んだ。

「君が5階層でミノタウロスに追い回された、なんて騒いでた日が半年前なんて……信じられないいね」

……それはあっという間だったということだろうか？

それとも、ずっと昔のように感じるという意味？

僕がそれを尋ねることはできなかったけれど、エイナさんはゆっくりと言葉を続けた。

「色々なことがあって、私が知らないようなこともキミには沢山起きて……。『冒険者』だね、ベル君。本当に、一人前の」

その穏やかで、少し寂しげな眼差しは、なんだろう、弟の成長を喜ぶ姉とも違って……まるで親のもとから巣立つ子供を見る目、とでも言うんだろうか。

気付けば僕は、その緑玉色《エメラルド》の瞳に引き込まれていた。

「第一級冒険者にこんなこと言うのは失礼かな？」

「あ、いえ……！　……僕も正直、第一級冒険者になったっていう実感がわかなくて……」

「ふふっ……実は私も」

小さく笑うエイナさんは、やがて自分の中の思いと折り合いをつけるように、言った。

「私の助言《アドバイス》はもう、キミには必要ないんだと思う」

「！」

「正確には、力になれない、かな。本に載ってる知識を教えることはできるけど……第一級冒険者になった今のキミは、一人でちゃんと考えて、答えを出すことができるから」

──だから私が思ってることは、ちゃんとキミも考えてる。

自分は当たり障りのないことしか言えない。エイナさんは言外に、そう言っていた。

「そんなことっ——!!」

「ううん、あるんだよ。だって私は、冒険者じゃないんだから」

「!!」

「冒険者達とは……第一級《キ》冒険者《ミ》とは、見えてるものが違う」

笑顔のまま告げられるその言葉を、僕は咄嗟に否定することができなかった。

冒険者じゃないエイナさんと僕達——特に上級冒険者の考えは、恐らく『隔絶』してる。

『冒険者は冒険しちゃいけない』。

下級冒険者には金言であり至言に違いなかったエイナさんの言葉も、高みに上り詰める冒険者達には、次第に当てはまらなくなっていく。

なぜならば僕達は、必ずいつか『冒険をしなければいけない日』がやって来ると、知ってしまっているから。目標をもって、迷宮《ダンジョン》に深く、深くもぐり続ける以上、それは避けられないと培われた本能で悟ってしまっているから。

今の僕とエイナさんとでは、見ている光景、そして見える景色が決定的に異なっている。

「だから、っていうわけじゃないんだけど……」

その事実を僕なんかより、はっきりと理解しているエイナさんは、最後に『お節介』を焼くように、次の言葉を口にした。

「少しだけ休んでみない？　ベル君？」

「えっ……？」

「沢山のことが在りすぎて、きっと誰よりも冒険してきたキミだからこそ……のんびりしてほしいって、私は思ってるんだ」

目を見張る僕に、エイナさんは語り続ける。

「キミには目標があるって知ってるよ？　…………ヴァレンシュタイン氏に憧れて、追いかけたいって、私が最初に相談されたんだもん。ちゃんと、わかってる」

「……」

「だから、少しだけでもいいの。ずっと頑張ってると、本当に自分でも気付かないうちに、心を壊しちゃう時が来るから。目標を更新し続けて、調子がいいっていう時は……特に」

異端児《ゼノス》の事件があった後も、『深層』から帰ってきた後も、ちゃんとダンジョンに行くまで時間を置いて休息は取ってきてる――そういうことではないんだろう。

エイナさんが言いたいことは、もっと……。

「自分にご褒美とか……あとは、『新しいこと』をやってみるとか」

「『新しいこと』……」

「うん、これは私の経験談。上手くいかなくなったりとか、いっぱい頑張ってる時にこそ、違うことをやってみるの。そうすると視野が広がって、不思議と目標にも繋がっていくから」

『ダンジョン以外のこと』にも目を向けてみたらどうか？

エイナさんは、そう言いたいんだ。

「等級《ランク》がBになった【ヘスティア・ファミリア】にはこれから、『遠征』の強制任務《ミッション》が何度も出されて、ダンジョンには絶対挑戦することになる。だから、その時までは余裕をもって、視野を広く、ゆっくり。……そんな風に、私は感じちゃった」

派閥の等級《ランク》が上がった手前、徴税の問題もあってダンジョン探索から完全に遠ざかる、ってことは難しいとは思う。Ｌｖ．５になったからこそ——遠かった憧憬の背中が見えつつある今だからこそ、駆け抜けたいっていう欲求も、やっぱりある。

でも、そんな今だからこそ、ちょっと深呼吸して、周りを見回すことに意味はあるのかもしれない。

『派閥大戦』を終えて、『第一級冒険者』という肩書きを背負って、無意識のうちに前のめりになっていた自分に、僕は気付くことができた。

「ごめんね。せっかく張り切ってるのに、何だか水を差すようなことを言って」

「……いいえ、そんなことありません」

申し訳なさそうに窺《うかが》ってくるエイナさんに、僕は顔を横に振った。

さっきも口にしたように、エイナさんは第一級冒険者になった僕に教えられることはないと、負い目を持ってるのかもしれない。

でも、そんなことはない。

どんなにＬｖが上がったって、僕が冒険者になって半年しか経っていない事実は変わらない。

アイズさん達、他の第一級冒険者と比べても、なんだったら一人の人間としても、圧倒的に知識不足で、経験不足だ。僕が教わらないといけないことはまだまだ沢山ある。

誰よりも未熟な第一級冒険者《ぼく》のことを、一番考えてくれているのは、エイナさんだ。

「エイナさんは……僕に沢山のことを気付かせてくれます」

神様と同じくらい、僕よりも僕のことに詳しい姉《エイナさん》が言うんだ。

きっとそうなんだろうと、信頼して、納得できる。

「エイナさんに相談して、やっぱり良かったです」

僕は胸の内の思いをそのまま言葉に変えて、笑いかける。

エイナさんは眼鏡の奥で、その緑玉色《エメラルド》の瞳を見開いた後、相好を崩した。

しばらく見つめ合っていた僕達は、どちらからともなく噴き出し、くすぐったそうに身じろぎを繰り返した。

「でも、新しいことか……。何がいいんでしょう？」

「無理にやろうとする必要はないんだよ？　興味が湧いたら、その物事を覗《のぞ》いてみるくらいがちょうどいいと思う」

当面は体の調整と、パーティの連携の確認。あえて次の目標は設定しない。

方針を固めた僕は、エイナさんと一緒に面談用ボックスから出た。昼下がりのギルド本部は、冒険者の多くがダンジョンに向かっているため人が少なく、普段より広々と感じられる。

早速頭《あたま》を悩ませる僕を、エイナさんが微笑ましそうに見つめていると——。

「！」

「ベル君？　どうしたの？」

とある『音』を感じ取った僕は、窓の外に視線を飛ばした。

「……『笛』の音？　いや、これは……」

オラリオに来てから一度だって聞いたことのない音に、僕は思わず呟いていた。

エイナさんには聞こえず、昇華《ランクアップ》を重ねた第一級冒険者の聴覚だけが、その微《かす》かな重低音を捉える中——獣人のギルド職員が、入り口から駆け込んできた。

長台《カウンター》の受付嬢に耳打ちしたかと思うと、他の職員達が一斉に動き出す。

ちらほらといた冒険者達もその例に漏れない。

何かを察し、まるで野次馬しにでも行くように駆け出して、ギルド本部を後にした。

「何があったんでしょう……？　何だか、いきなり慌ただしくなったような……」

突然の様子に僕が戸惑っていると、「ああ……」とエイナさんは呟いた。

「『学区』が戻ってきたんだよ」

——『学区』？

聞き慣れない単語……いや、どこかで一度、聞いたことがある。

あれは確か、初めて訪れた迷宮街《ダイダロスどおり》の孤児院で、ライ達が言っていたような……？

「見に行ってみる？」

「えっ？」

「『学区』の帰港は都市《オラリオ》にとってもお祭りだから。きっと市壁の上も今は開放されてるよ」

き、帰港？

それなのに、市壁の上？

僕がちっとも理解が追いつかない顔をしていると、エイナさんは笑った。

「私も、ちゃんと出迎えないといけないから」

自分でも気持ちを持てあましているように、ぎこちなく笑っていた。


僕がアイズさんと何度も鍛練した——アイズさんが未封鎖の出入り口《ぬけみち》を知っていた——市壁上部は、北西の方角。

そして今、ギルドの手で開放された市壁は、南西の方角だった。

「見える！　もう見えるぞ！」

「三年振りだ！」

都市北西の『ギルド本部』からエイナさんと一緒に南へ向かって、巨大市壁の長い階段を上りきると、沢山の人達の歓声が耳を叩く。

無所属《フリー》の一般人、冒険者、ギルド職員、それに商人や旅人まで。

都市の外縁部に集まった人垣に驚きながら、何とか胸壁の前まで進み出る。

「あれは……！」

視線が向かうのは、人々が指差す先、この市壁から更に南西の方角。

大きな港街の先にあるのは、巨大な汽水湖。

更にその先に広がるのは、大海原。

その水平線に、常人の目でもはっきりと視認できるほどの、『大きな輪郭』が存在した。

「い、い、い、街が浮いてる⁉」

冒険者の視力が『輪郭』の細部まで捉え、僕は大声を上げていた。

太陽の光を反射する金属の輝き。

三つの『大円盤』が重なったかのような圧倒的な巨体にして威容。

その円盤の上部に密集するのは、紛《まぎ》れもない建物群と、巨大な『塔』。

無機質な構造体の中で異彩を放つ『蒼《あお》い羽根』、あるいは『羽衣』を纏った姿から、あたかも海竜の背に人の街が築かれたかのような――。

あれは街？

都市？

それとも国？

まさか……『船』だっていうのか⁉

「あの『船』の名前は『フリングホルニ』。並ぶものはない、世界最大の船」

言葉を失う僕の隣に並んだエイナさんが、まるでもう一つの故郷《こきょう》を眺めるように、瞳を細める。

エイナさんの言葉に息を呑《の》みながら、僕は気付いてしまった。

ギルド本部で聞き取った『音』とは『笛』ではなく──『船笛《ふなぶえ》』。

規格外の『魔石製品』による大汽笛！

「公式名称は『海上学術機関特区』──通称、『学区』だよ」

告げられた言葉とほぼ同時、市壁上部に集まっていた人々の熱狂が、爆発する。

「『学区』が帰ってきたぞぉおおおおおおおおおおおおおおおおおおおおおお‼」

迷宮都市の歓呼とともに迎えられる『超巨大船』。

目を大きく見開く僕は、その時、確かに、両の頰を興奮の色で彩った。

冒険者の性《さが》か。

初めて目にする『未知』が故か。
自分の知らない世界の到来に、鼓動を高鳴らせてしまった。

二章　学園天地獄

港街メレン。

迷宮都市《オラリオ》から南西三K《キルロ》ほど離れた湖岸に築かれた、文字通りの『港街』。

海と通じる巨大汽水湖『ロログ湖《こ》』と隣接していて、大陸の最西端に位置するオラリオにとって『海の玄関口』だ。

毎日のように数えきれない異邦の船が入港し、数々の人と物が『世界の中心』へと運び込まれていく。代わりに海へと発つのは『魔石製品』をたんまりと積んだ輸送船。オラリオが独占する魔石製品貿易の主な経路《ルート》は陸路ではなく、海路だと耳にしたことがある。それを考えると世界中の船がこの港街に集まると言っても、決して過言ではないのかもしれない。

僕自身、メレンに来るのはこれが初めてじゃないけど、いつ見ても『異国』に来たと錯覚してしまう。

淡水と海水が混ざった汽水湖の香りは、海の潮の匂いよりずっと穏やかだと聞くけれど、山村出身の僕にとって、それはどうしたって非日常の入り口だ。

異国市場《バザール》さながら賑《にぎ》わう目抜き通りもそう、沢山のお店に並ぶ新鮮な海の幸《さち》もそう。日焼けした漁師や、島国や砂漠世界などの異国の人々、そして神様達は、ここが所謂《いわゆる》『海の街』であることを伝えてくる。

巨大市壁に取り囲まれていて――文字通り外界と遮断されていて――忘れそうになるけど、オラリオはこんなにも海と近いんだ。

普段なら、それこそ御上《おのぼ》りのように周囲を頻《しき》りに見回して、港街の景色に目を奪われていただろう。

けれど、今回ばかりは事情が違った。

「うわぁ……!!」

芸術的な操舵によって、『超巨大船』が湖峡《こきょう》を抜け、『ロログ湖』へと進入する。

その光景は圧巻だった。

出港したばかりの小さな船――本当は全長四〇M《メドル》を超す巨大船《ガレオン》――が慌てて進路を転じる中、蒼《あお》い羽衣をなびかせ、まさに優雅な海竜のごとく港へと迫ってくる。

湖岸に沿って無数に立ち並ぶ石造りの倉庫や家々を覆っていく、とんでもなく巨大な影。

首が痛くなるくらい、見上げるほどの高さ。

何百隻と停泊できるだろう西側の港を、一隻だけで丸々占領してしまう大き過ぎる船体。

口を開けて間抜けな顔を晒《さら》してしまう僕を他所《よそ》に、湾《わん》が、歓声によって爆発した。

「お帰りなさい、『学区』！」

「今度はどんな冒険をしてきたんだぁー!!」

「メレンへようこそ！　新たな子供達!!」

踊る。

人々の喜びが手を取り合って、港街の青空を舞い踊っていく。

『学区』が汽水湖に入ってから、ずっと続いていた歓迎の声が迎える絶頂《ピーク》。

港湾に沿って集まっているのは、それこそ港街《メレン》中の住人と錯覚するくらいの人々だ。

大勢のヒューマンや亜人《デミ・ヒューマン》が手や旗を振り、更には楽器まで演奏する人達もいる。

走っては飛び回る子供達を横目に、群衆の中で立ちつくしていた僕は、まだ呆《ほう》けていた。

「すごいですね……本当に、お祭りみたいです」

「あながち間違いじゃないかな。三年に一度帰ってくる『学区』帰港は、オラリオにとっても一大行事《イベント》の一つだから」

そんな僕の感想に、隣にたたずむエイナさんが説明してくれる。

市壁の上から超巨大船を視認した、あの後。

「今なら港にも行けるよ？」と誘われ、僕はこの港街《メレン》に足を運んでいた。

正確には、子供のように目を輝かせる僕を見かねて、エイナさんが苦笑交じりに提案してくれた、というのが正しいけれど。

本来、オラリオの都市門の検問は厳しく——特に『都市戦力』と見なされる【ファミリア】の眷族や主神様は——非常に煩雑な手続きと時間を要さなければ都市外には出られないんだけど……この『学区』帰港は何でも『特別』らしい。

まだ詳しく聞けてないけど、この期間だけは港街《メレン》と直通する南西門のみ、常時開放されるらしいのだ。流石《さすが》に冒険者は【ガネーシャ・ファミリア】の門衛が止めて審査するけど、僕は今回だけギルド職員《エイナさん》のお手伝いということで見逃してもらった。

オラリオから飛び出す沢山の市民の人達と一緒に、ここまで来たというわけである。

「ええっと……そもそも『学区』って、何なんですか？」

「そうだね、簡単に言っちゃうと……世界中を旅する、この下界で一番大きな『学校』かな」

西の港に入港した超巨大船を一頻り眺めた後も、あちこちから歓迎の声は途切れない。

ややあって、移動を開始する群衆の波に乗るように、僕達も歩き始める。

あの大きな『学校』のもとへ向かうために。

「『学区』はギルドの支援を受けて運営されている、移動型の教育機関なの。学ぶ意志を持つ六歳から十八歳の子供達を、航海の中で世界中から募って、積極的に受け入れてるんだ」

「せ、世界中から？　どうしてそんなことを？」

「まずは出資者《スポンサー》であるギルドの意向。『世界の中心』と呼ばれてるオラリオには沢山の人や神々が集まってくるけど、それだけじゃ足りない。都市の運営……何より三大冒険者依頼《クエスト》達成のために、ギルドは常に優秀な人材を欲しているの」

すっかり無知を晒す僕に、エイナさんはどことなく嬉《うれ》しそうだった。

まるで手がかからなくなった子供の世話を再度焼くように、人差し指を上げて授業を行う。

「あとは、『学区』を導く神様達のご神意……ううん、『熱意』かな？」

「えっ？　神様達、って……もしかして、あの船って……」

「そうだよ。『学区』は複数の【ファミリア】が運営している、いわば派閥同盟《ファミリア・ユニオン》なの」

派閥同盟《ファミリア・ユニオン》。その言葉を聞いて、僕は思わず目を見張った。

それと同時に、腑《ふ》に落ちもした。

探索系《ダンジョン》や商業系などで知られる【ファミリア】の体系には、『学院系《アカデミー》』という種類もあると聞く。無所属《フリー》の人間、特に幼い子供達に様々な知識を与える代わりに学費を徴収し、派閥運営を行うのだ。授業を受けさせ、有能そうな子供はそのまま勧誘《スカウト》して団員化、なんていうのもザラらしい。

学院系《アカデミー》の【ファミリア】は地域密接型というか、とにかく優秀な人材や雇用を生み易くなるので本拠《ホーム》という名の学院が設置された街や国には大層喜ばれるそうだけど、優秀な団員──『教導者《インストラクター》』を揃《そろ》えなくちゃいけない分、他の【ファミリア】よりよっぽど運営は難しいと聞く。新興派閥が手を出せば、ほぼ高確率で失敗する【ファミリア】の筆頭だろう。

これは何もない村の出身で、田舎者の僕の偏見かもしれないけど、『学校』というのは裕福な人達、それこそ貴族だけが行ける、なんて勝手な印象がある。でもそれも学院系《アカデミー》の【ファミリア】があって、お金を始めとした見返りさえ用意できれば、学ぶ機会が与えられるのだ。

オラリオには残念ながら、そんな学院系《アカデミー》の派閥は存在しないけど──いや。

い、いや、逆なのか？

あの巨大教育機関のために、学院系《アカデミー》【ファミリア】があそこに集められている？

『学区』は、学院系《アカデミー》【ファミリア】の集合体……？

「種族も、貧富も、経歴も関係ない。必要なのは『学ぼうとする意志』」

僕達のすぐ隣を駆け抜けていく子供達を眺めながら、エイナさんはそれを言った。

「自分は何者になれるのか、追い求め続ける『探究心』そのもの。それだけが『学区』の生徒になるための条件なの」

生まれも育ちも関係ない。

お金さえ必要ない。

まさに未熟を認め、『学生』たらんとする者だけが門をくぐることができると、エイナさんはどこか誇らしげに語ってくれた。

「……エイナさんは『学区』についても詳しいんですね。すごいです」

「ふふっ。私も『学区』の在校生だったんだよ？」

「ええっ⁉　そ、そうだったんですか？」

まさかの返答にびっくりして、素《す》っ頓狂《とんきょう》な声を上げてしまう。

道行《ゆ》く人達の視線が集まり、顔を赤らめてしまうけど……こんなにお世話になってるエイナさんのことを、何も知らなかったことの方が何だか後ろめたくて、恥ずかしい……。

でも、そうか。

エイナさんがこんなに博識なのは、決してギルド職員だから、だけではなかったんだ。

あの大きな学び舎《まなや》が教えた沢山の事柄は、エイナさんを通じて、僕達冒険者達を何度も助けてくれていたんだろう。

そう考えた途端、『学区』に感謝したい気持ちと、強い興味が湧いてきた。

僕は冒険者だし、もう学生にはなれっこないけど……あの船は一体どんな場所なんだろう？

「そう、元在校生だから……『学区』の帰港に合わせて、ギルドからも主な手続きをするように言われてたんだけど……」

「……エイナさん？」

その時だった。

誇らしげだったエイナさんの横顔が、心なし曇ったような気がしたのは。

顔色を窺《うかが》っていると、不意に人々の流れが止まる。

群衆とともに辿り着いたのは西の港。

というより、巨大な造船所と言った方が正しいだろうか。

接岸した『学区』を間近で見ようと群衆が押し寄せている。更にエイナさん以外のギルド職員や【ガネーシャ・ファミリア】が規制を行っていた。どうやら現状、あの超巨大船には一般人はおろか冒険者、それに神様達もおいそれと近付けないらしい。

「ただいまぁ、港街《メレン》！」

「帰ってきたよぉぉぉぉ！」

「私は初めまして！　港街《メレン》、それに迷宮都市《オラリオ》!!」

未《いま》だ人々の歓声が鳴り止まない中、『学区』側も高さが六〇Ｍ《メドル》を超える外縁部――この場合『船縁』と言うべきなのかもしれない――に沢山のヒューマンや亜人《デミ・ヒューマン》の少年少女が集まって、こちらに手を振り返している。

男女似たような制服で、僕と年が近い人達も多い気がするし、あれが『学区』の生徒達なのだろうか？

「…………」

そんな生徒達を仰ぎ、緑玉色《エメラルド》の瞳を細めるエイナさんは、どこか切なそうだった。

いや、これは……何かを迷っている？

困惑していた僕は、それでも勇気を出して、何かあったのか声をかけようとして――

「――むぐぅ⁉」

にゅっ！　と背後から伸びてきた手に口を塞がれ、人込みの奥に引きずり込まれた。

「……ベル君、ごめんね。ここからは仕事だから、私も行かなくちゃ……って、あれ？　ベル君？　ベルくーん？」

「ふぐぐぅ～～～⁉」

口を片手で塞がれ、もう片方の手で肩を抱かれ、無理矢理人《ひと》の海を割っていく。

足がもつれかけながら、必死に転ばないよう後ろ歩きしていた僕が解放されたのは、人垣の外に飛び出した後《あと》。

「ぷはぁ⁉　へっ――ヘルメス様⁉」

「嗚呼《ああ》、ベル君！　こんなところで会うなんて、これはもう運命としか言いようがない！」

ピン！　と弾かれる、特徴物《トレードマーク》の羽根付き帽子の鍔《つば》。

大仰な身振りで感激するヘルメス様の姿に、僕は仰天してしまった。

「見たところ、都市から『学区』を目にして『未知』に惹《ひ》かれる冒険者よろしく、ついここまで足を運んでしまった……といったところかな？　君がここにいるのは」

「うっ……！　は、はい、その通りです……」

そこはかとなく感じていた神威のせいで、手荒《てあら》に振り解《ほど》けなかった僕は、神様の観察眼にあっさりと白状する。

現在進行形で目を白黒させつつ、疑問を口にした。

「ヘルメス様は、どうしてここに……？」

「『学区』が帰ってきたんだ、そりゃあ足を運んで直接見にくるってもんさ。【ファミリア】を持つ神々ならね！」

僕の肩に腕を回すヘルメス様は、内緒話をするようにひそひそと囁《ささや》く。

「ほら、見てごらん。人込みの中にもいるし、あそこの建物の屋上にも……子供達に紛れて、神や冒険者がちらほらと見えるだろう？」

「あ、本当だ……」

ヘルメス様が指差す方向には、確かに【ファミリア】の主神様と思《おぼ》しき神物《じんぶつ》達や、その眷族がいた。一様に『学区』を見つめ、何だか悪巧みしてそうな顔でひそひそ話をしている。

それを『騒動の前触れ』と感じてしまうのは、すっかりオラリオの色に染められてしまった証なのだろうか……何か嫌な予感を覚えていると、ヘルメス様は『答え』を教えてくれた。

「あれはみんな、【ファミリア】の勧誘《スカウト》のために足を運んでいるのさ」

「ス、勧誘《スカウト》……？　もしかして、『学区』の生徒を、ですか？　でも、どうして……」

「それは勿論、『学区』が人材の宝庫だからさ！」

拳を握って力説するヘルメス様は、「少しお喋《しゃべ》りをしよう」と言って場所を変える。

と言っても建物と建物の間、『学区』を視界に収めた路地裏の入り口付近だけれど。

「『学区』が世界中を旅して回る教育機関ということは知っているかい？」

「あ、はい。エイナさんから教えてもらいました……」

「なら話が早い。とにかく有名な『学区』は色々、『面倒事』に巻き込まれやすくてね。街から依頼されればモンスター退治にも赴くし、時には国家間の紛争にも介入する」

「ふ、紛争っ？」

「『意志を剣《つるぎ》に、知識を杖《つえ》に、そして失敗を冠《かんむり》とせよ』ってね。むしろ自ら首を突っ込んでいくらいさ。『実習』なんて言って、生徒を成長させるためにね」

何だろう、一気に『学区』が物騒なところのように思えてきたけど……！

「そんな背景もあって、オラリオほどじゃないにしても『学区』は場数に困らない環境なのさ。生徒の能力《ステイタス》はLv．2が当たり前、最近はLv．3もちらほらと輩出していると聞く」

「Lv．3⁉」

さっきから驚きっ放しだけど、それもしょうがなかった。

オラリオにいると感覚がおかしくなりがちだけど、昇格《ランクアップ》を果たした眷族とは本来破格なのだ。村や街に一人でもいれば、地上のモンスターなら大群だろうとまず間違いなく撃退できると言えば、その非常識振りが伝わるだろうか。

神様達が降臨してから『量より質』と言われ、たった一人の昇華者《レベル・ランカー》が戦況だって何だって覆してしまうのが今の時代。それこそ二度の昇格《ランクアップ》――Lv．3は都市外の世界では絶対的な強者として、各組織に引く手数多《あまた》であるらしい。上級冒険者が何百人といる迷宮都市《オラリオ》の方がおかしいだけで、十分に規格外なのだ。

だから、魔窟《ダンジョン》という絶対的な環境がないにもかかわらず、Lv．2やLv．3を保有しているという『学区』は、単純な戦力面という意味でも、確かに『人材の宝庫』と言うに相応《ふさわ》しい。

「現役の上級冒険者の中にも『学区』出身者は沢山いるしね。【ロキ・ファミリア】の【千の妖精《サウザンド・エルフ》】はその最たる例さ」

【千の妖精《サウザンド・エルフ》】……山吹色の髪のエルフ……うっ、頭が……！

「『学区』はあくまで教育の場《ば》。生徒達のほとんどは必ず卒業して、各進路に向かう。当然、冒険者志望の子だっている。神々はそれをぜひとも勧誘《スカウト》したい！　というわけさ」

「な、なるほど……」

それは確かに……神様達が躍起になるわけだ。

というかヘスティア様もこの話を聞いたら、目の色を変えて勧誘《スカウト》に乗り出しそう……。

「あの規制も、一般人の熱狂を抑えるためだけじゃなく、オラリオ側の神々と眷族《ファミリア》を生徒達に接触させないようにするのが目的だからね」

「そ、そうだったんですか？」

「ああ。『リクルート』や『インターン』も抜け駆けは禁止。そう取り決められているんだ」

『リクルート』？　『インターン』？

聞き慣れない単語に僕が首を傾《かし》げていると、ヘルメス様はぐっと拳を握った。

「だが！　前途有望な子には、やはり唾をつけておきたい！【ファミリア】の主神として！わかるだろう⁉」

「は、はぁ……」

いきなり始まる熱弁に気圧《けお》されながらも、かろうじて頷く。

どうでもいいけど、人目を忍ぶように会話しているせいか、別に疚《やま》しいことなんてしていないのに居心地が悪い……。

「というわけで、ベル君！　これからオレと『学区』へ潜入しに行こうじゃないか！」

「どうしてそうなるんですか!?」

あっ、一気に疚《やま》しい気配に！

「オレ達【ヘルメス・ファミリア】は常に中途採用、もとい即戦力の団員を欲している！『学区』という人材の金脈を前にしておきながら、他勢力の後塵《こうじん》を拝するわけにはいかない！」

「僕が手伝う理由になってないんですけど!?　ぼ、僕じゃなくて、アスフィさんに手伝ってもらえば……！」

「アスフィにはね……休暇を与えたよ。ずっっっと働きっ放しだったから……」

あ………。

遠い目をするヘルメス様の説明に、僕もつい眼差しを遠ざけてしまう。

治療師《ヒーラー》のヘイズさんもそうだけど、有能であるが故に酷使され、常に死んだ魚の目をしている迷宮都市《オラリオ》苦労人の筆頭……。

「というか与えなきゃ、オレが殺されかねなかったからね。本当は『女神祭』の頃に休息を与えてたんだが……ほら、『美神様のご乱心《あんなこと》』があっただろう？」

「うっ……！」

「アスフィは文字通り東奔西走していたから、悲しいかな体を休めるどころじゃなかったのさ」

僕が発端ともいえる事件に触れられ、腐った果物を齧《かじ》ったような声が漏れてしまう。

聞くところによると、団長《アスフィさん》の休養が呼び水だったように、他の団員達も一斉に休暇を取り始めたらしい。

少なくとも今回、ヘルメス様の厄介事《おねがい》に付き合ってくれる人は、皆無《ゼロ》だったそうだ。

「こんな言い方したくないが、眷族も連れずオレが一柱《ひとり》寂しくここにいる原因は、ベル君にもあるんじゃないかな～」

「うっっ⁉」

「オレ、『派閥大戦』の時も結構ヘスティアの肩を持《も》ったんだけどなぁ～」

ま、まずい……！

話術の神様《ヘルメスさま》の間合い《ペース》……！

「ところでベル君？　オレは『シルちゃん』が都市《オラリオ》に残れるよう、『フレイヤ様』を目の敵にする女神達の説得に陰ながら尽力したんだが……こんなオレを少しくらい、誰かが労ってもいいと思わないかい？」

ヘルメス様はにっこり笑って、片目を瞑《つむ》った。

僕は、がっくりと項垂《うなだ》れた。

『神様のお願い』をベル・クラネルが断りきれなかったのは、言うまでもないことだ。

『学区』は本来、部外者絶対禁制。

船に所属している生徒や教師、神様達や関係者を除いた他派閥・他勢力・無所属《フリー》の人間の立ち入りを厳しく取り締まっているらしい。

その理由は、あの最硬精製金属《マスター・インゴット》と呼ばれる『オリハルコン』の生産を始め、とにかく『学区』そのものが『機密』の塊であるから。

優秀な卒業生――魔術師《メイジ》や錬金術師《アルケミスト》など技術畑の人間を多く抱える『学区』は、独自の技術知識《ノウハウ》や『機構』と呼ばれるものを蓄積していて、それらを悪用されないため情報流出防止を徹底しているらしい。外部の人間が『学区』に足を踏み入れるには、オラリオ並みの煩雑な手続きと時間がかかる。どんなに偉い王様や有力者、それこそオラリオの第一級冒険者だって、例外ではない――というのが、ヘルメス様が話してくださった内容だった。

まぁ何が言いたいかというと、『学区』への侵入は果てしなく困難、ということだ。

港は『学区』の関係者だけでなく上級冒険者《ガネーシャ・ファミリア》の精鋭達が目を光らせており、たとえ『透明化』したとしても絶対に気配で察知される。運び込まれる物資の検査なんて、もっと徹底的だ。

陸《おか》からの侵入はまず不可能。

それなら海の侵入経路《ルート》ならどうかと考えても、やっぱりこちらも難しい。

小舟《ボート》でも用意して近付いたところでバレないわけがないし、よしんば超巨大船に取り付けたとしても、見上げるような船腹をよじ登るなんて目眩《めまい》がする。

一応Lv.5だけど、神様をお一柱《ひとり》抱えてコソコソ潜入するのは、やはり無茶なのでは……と僕が縋《すが》る思いで意見すると、ヘルメス様はニヤリと笑って、あっさり答えた。

じゃあ『空』からだ、と。


「────うぅぅぅァあああああああああああああああああ⁉」


ヘルメス様を抱えて上空を落下している僕は、それはもう情けないくらい叫び散らした。

『学区』側に気取られてはいけないことなんか忘れ、凄まじい風切り音の中に絶叫を溶かす。

「眷族《アスフィ》の部屋から『漆黒兜《ハデス・ヘッド》』や『飛翔靴《タラリア》』を拝借しておいて正解だったぜぇぇぇぇぇ！」

「それ正解だったんですかぁぁぁぁぁぁあ⁉」

「当たり前じゃないかァ！　こうして『空』から侵入できるんだっ、後は上手く操作してくれベルくぅぅぅぅぅぅぅぅぅぅんっ‼」

「いや全然操作とかわからないんですけどぉぉぉぉぉぉぉぉぉぉお⁉」

聴覚を呑み込もうとする風の音に負けないよう、とにかく大声で叫び合う中、無理矢理アスフィさんの『飛翔靴《タラリア》』──その予備《スペア》──を履かせられた僕は、絶賛墜落《ぜっさん》中だった。

使い方もわからない魔道具《マジックアイテム》を装着したのが、今から十分ほど前。

怪しい兜まで被ってヘルメス様と一緒に『透明』になった後、何とか空へとフラフラ舞い上がり、誰にも気付かれず『学区』の遥か頭上まで辿《たど》り着いたけれど——奇跡はそこまで。

蠟《ろう》の羽根を溶かされた愚者のように、僕とヘルメス様は上空五〇〇M《メドル》はあろうかという場所から落っこちている!!

「オレ達には内緒でっ、ヘスティアとアスフィは二人で空の旅に洒落《しゃれ》込んだそうだぁ！　ならオレ達も男二人でドキドキ☆ランディングを決めようじゃないかぁぁぁぁぁア!!」

「そんなこと言ってる場合じゃないですってぇぇぇぇぇぇぇぇぇぇぇぇぇぇぇ!!」

横抱きにしたヘルメス様が耳もとで笑い散らし、前髪や服も風圧によってエライことに！

巨蒼の滝《グレート・フォール》から落ちた時とはまた違う、それはもう原始的恐怖みたいなものがお腹の底から湧き上がって、目尻に大粒の涙が！　それも溜まった側から即座にすっ飛んでいくけど!!

そんな恐慌《パニック》に陥りかけている僕を、天上の神様達が腹を抱えて笑うように、人工の大地がみるみるうちに迫ってきて——

「どわぁぁぁぁあああああああああああああああああああああああああああああああ!?」

木箱などが積まれた『学区』の一角——資材置き場に、無事墜落した。

激突する直前、僕の悲鳴に反応したように『飛翔靴《タラリア》』から四枚の翼が展開し、急制動したけれど、焼け石に水というやつだった。

勢いを殺しきれず両足から木箱の山に突っ込み、それはもう派手な音を打ち上げる。

「…………い、生きてる…………」

「いやぁ、流石Lv.5！　お荷物のオレに傷一つ付けないなんて、成長したねぇベル君！」

神様だけは守ろうと全身《からだ》を張った結果、ヘルメス様には掠《かす》り傷もなく、むしろ上機嫌だ。

粉砕した木箱《ベッド》の破片群から体を起こし、僕が乾いた笑い声を上げようとすると、

「なんだ、今の音は⁉」

「きっとまたオラリオの侵入者よ！　急いで‼」

ピピィッ――――‼　と。

甲高《かんだか》い『警笛』の音とともに、周囲が一気に騒がしくなった。

「いいいっ⁉　こ、これって、もしかしなくても……⁉」

「侵入がバレちゃったなぁ。ま、あれだけ大きな音を立てたしね」

そりゃそうだ！

心の中で両の頬に当てて絶叫しつつ、僕は慌てて立ち上がる。

「こ、このまま『透明』の状態で逃げましょう！　そうすれば見つかる心配は……！」

「いやぁ、実は結構前《まえ》にも漆黒兜《ハデス・ヘッド》を使って侵入しててね。透明人間を見抜く魔道具《マジックアイテム》、『学区』

側が開発しちゃってさぁ」

「何やってるんですか⁉」

というか前科持ちだったんですか⁉

そりゃ港《みなと》含めた『学区』の警備が厳重になってる筈《はず》だ！

そんな風に騒いでいるうちに、この資材置き場に人の気配が迫ってくる‼

「というわけでベル君、囮《おとり》作戦だ！」

「い、嫌な予感しかしないんですけどっ、どんな作戦ですか⁉」

「君が囮になってオレが逃げる！　以上！」

「ヘルメス様ぁー⁉　って、アァァー⁉」

異論も唱える暇もなく、ヘルメス様は僕が被っていた兜──空から落下中も『透明状態《インビジビリティ》』を維持していた魔道具《マジックアイテム》──を引き剝《は》がし、ドンッ！　と胸を押した。

木箱《ベッド》の破片群を飛び越え、金属質の地面に尻もちをつく僕に、「悪いね」という透明状態のヘルメス様の謝罪が響いたかと思えば、「じゃあ後はよろしく！」とあっさり気配が遠ざかっていく！　ついでに『飛翔靴《タラリア》』も回収されて僕の靴が投げ返される始末‼

ヘルメス様ぁ〜〜⁉　と心の中で情けない悲鳴を上げていると、

「ちょっと、貴方！」

間髪入れず、制服姿の男女生徒が、処刑人のごとく姿を現した。

ぎりぎり靴を履き直したところで、息が止まり、汗が噴き出す。

崖の上に追い詰められた盗賊みたいな心境に陥る！

そして。

「爆発に巻き込まれたの⁉　怪我はない⁉」

「は、はいっ……大丈夫です」

「怪しい人間はいなかったか⁉　どっちへ行ったかわかるか⁉」

「え、えっとっ……見ましたっ。あ……あっちに………」

慌てて立ち上がる僕に、ヒューマンの女生徒はすごい剣幕で詰め寄っては心配し、獣人の男子生徒は埃まみれの僕を気遣いながら、侵入者の行き先を尋ねる。

僕はなるべく目を合わせないよう、顔を伏せながら、ヘルメス様が去った場所とは正反対の方向を指差した。

「あっちね！」

「災難だったな！　お前、すぐに保健室に行けよ！」

「きっとまた【ヘルメス・ファミリア】だ！　空から侵入なんて、【万能者《ペルセウス》】の魔道具《マジックアイテム》以外にできっこない！」

生徒達はこちらを怪しまず、むしろ労《ねぎら》って、僕が指差した方へと駆け出した。

何人もの亜人《デミ・ヒューマン》達が完全に姿を消した後、僕は今度こそ、力を失ったようにへたり込んだ。

「た、助かった……」

極度の緊張からの解放感が、大きな息となって口から漏れる。

座り込んだまま青い空を見上げることしばらく、のろのろと立ち上がった僕は、自分の体を見下ろした。

「ヘルメス様、僕に『制服』を着せてたの……この時のためだったんだ」

僕の今の格好は、慣れ親しんだ普段着でも探索用の戦闘衣《バトル・クロス》でもない。

先程の生徒達と同じ『学区の制服』姿だった。

服の基調は白で、襟《えり》もとにはヘルメス様に結んでもらった赤葡萄酒《ワインレッド》色の襟締《ネクタイ》。

腰の裾は、以前アポロン様の宴で着た燕尾服《えんびふく》のように長く割れている。

長袖に長いパンツの形は細身系《スマート》というか、神様達が言うような密着系《タイト》な造形……。

いや、はっきり言おう、僕の体にぴったりだ。

もしかしてヘルメス様……最初から着せるつもりというか、僕を巻き込むつもりだった？

じゃないとこんな制服、あらかじめ用意できる筈がないのでは、と汗をかきながら考えていたけれど、すぐにはっとする。

何とか疑われなかったとはいえ、不時着地点にいつまでも一人で突っ立っているのは、いくら何でも怪し過ぎる。もし詮索されたら、言い逃れる自信もない。

僕はそそくさと、その場から移動を始めた。

そして『驚嘆』したのは、それからすぐのことだった。

「うわぁ……！」

入り組んだ細道──いや区画を抜けた僕の視界いっぱいに広がったのは、船の上だということを忘れさせてしまう景色だった。

白い石材に青の屋根を持つ多くの建物群。左右対称《シンメトリー》の構造はそれだけで芸術品のように美しく、教会や、あるいは聖堂なんて言葉を彷彿《ほうふつ》させる。

『学区』と言うからには、あれらの建物が全て『校舎』なのだろうか？

石畳で覆われた人気のない通りを歩きながら、何度だって顔を左右に振ってしまう。

通りの脇に立つ魔石街灯はオラリオのものにも負けないくらい意匠が凝らされていて、生徒の作品なのか《42期工芸学科 卒業制作》という文字が彫ってある。他の建物や、美しいアーチ、女神様の彫像にも！

今の姿が目撃されれば『こいつは絶対に生徒じゃない』と思われるくらいには、僕は物珍しそうに周囲を眺めては感嘆の息をついてしまった。

「どこかの都《みやこ》を切り取って、そのまま運んできた……そう言われても信じちゃいそう」

それほどまでに『学区』は広く、整然としていた。

限られた船体に建物が敷き詰められている筈なのに、建築の妙なのか、ちっとも息苦しく感じない。人工物だけじゃなく、ところどころに植えられた常緑樹も目に優しい。今は閉まっているけれど、明らかに『校舎』ではない『店舗』みたいなものもあって、これまで縁のなかった服飾店《ブティック》通りとか、高級住宅街を歩いている気分にもなる。

これが……『学区』。

これが船の上だなんて！

「っ……！」

胸の奥から段々と込み上げてくる興奮に負けて、僕は走り出していた。

それこそ半年前、オラリオに初めて訪れた時のように、新たな世界の虜《とりこ》になって！

状況も忘れて通りを駆け抜け、階段を駆け上がり、ちょっとした高所に出る。

手すりに両手を付いて眺める『学びの園《その》』は、絶景だった。

「すごい……！」

視界いっぱいに広がる白い建物と、青い屋根。

視認できるだけでも五十は超える優美な校舎。

まさに海と空の楽園と言うに相応しい光景だ。

中央地帯を起点に大通りが放射状に伸び、各区画を分断している。一様に白と青の美しい対比《コントラスト》を描く建物群の中で、特に目を引くのは競技場《アリーナ》と思しき施設。迷宮《ダンジョン》の採掘物であり武器素材にもなる白剛石《ヴァルマーズ》でできていて、冒険者の目《ぼく》には美しい街並みの中で唯一物々しく見えた。

視界の奥、船尾の辺りに見える緑の風景は……まさか公園だろうか？

その面積だけでも、先程の競技場《アリーナ》が三つは収まってしまうくらいには広い。

(でも、一番すごいのは……)

中央にそびえて、最も存在感を放つ、あの『塔』だろう。

『バベル』とまでは流石にいかないけど、それでも見上げるほどの巨塔が天を衝《つ》いている。

他の校舎と同じく、青の屋根を備える美しい白の塔は、壮大というより壮麗なんていう表現がよく似合っていた。

こうして見ると『学区』は、巨大な中央塔を起点に築かれた城下町のようにも感じられる。

あの『塔』がこの超巨大船の中でも重要な役割を持っているだろうことは、たとえ何も知らなくても想像に難くない。

それと同時に、既視感も覚える。

「この造り……オラリオに似てる?」

墜落する前、空の上から眺めた『学区』の全容を思い出す。

巨大船本体を取り巻く幾つもの『蒼い羽衣』――恐らくは『帆装』代わりの部品《パーツ》――を除けば、『学区』の構造は完全な円形。巨大市壁に囲まれる迷宮都市《オラリオ》と同じ構造だ。

ギルドから支援を受けているとエイナさんには聞いているし、中央にそびえる巨塔といい、中央から伸びる複数の大通り《メインストリート》といい……迷宮都市《オラリオ》を模型《モデル》にして造られたっていう僕の推理はあながち間違いじゃないかもしれない。

小さな迷宮都市。あるいは、オラリオの兄弟。

ただし、本物よりずっと清潔で瀟洒《しょうしゃ》な。

そんな注釈がつくのは、やはり『冒険者の都』と『学生の街』という違い故《ゆえ》だろうか。

今にも手すりから身を乗り出しそうな体勢で、『学区』の景色に釘付《くぎづ》けとなる。

「やっぱりすごいよ、ニイナ！」

「小筆記試験《テスト》、一位《トップ》だったって！　『落ちこぼれ小隊』なんて抜けて、教養学科に戻って来なよ～！」

その時。

耳朶《じだ》に触れた喧騒《けんそう》に、ふと目を引っ張られた。

高所の階段に面した石畳の通り。ちょうど僕の眼下。

他種族の女生徒達が、談笑しながら横切るところだった。

「たまたまだよ。予想してた出題範囲が当たっただけ」

そして、話題の中心にいる『彼女』を見て、僕は目を見開いていた。

背中の辺りでリボンでまとめられた、茶褐色《ブラウン》の長髪。

耳はヒューマンより細長く、けれど妖精《エルフ》より尖《とが》っていない。

半妖精《ハーフ・エルフ》でありながら、その身に流れる血の高貴を表すかのように、前髪の一房が翡翠《ひすい》の色に染まっている。

瞳の色もまた緑玉色《エメラルド》。

その横顔は、距離が離れた僕の場所からもわかるくらい整っていて、可憐《かれん》だった。

けれど、そんな陳腐な感想以上に。

僕は『あの人』の面影を、その少女に重ねずにはいられなかった。

「……エイナさん？」

眼鏡はかけていないし、身長も違う。

髪型も雰囲気も異なる。

それでも僕は、あの人の名前を唇に乗せていた。

「――――」

その呟きが、聞こえたわけじゃないだろう。

ただ彼女は足を止め、海を駆けた風に導かれるように、僕の方を振り向いた。

見下ろす僕の深紅《ルベライト》の瞳。

見上げる彼女の緑玉色《エメラルド》の瞳。

抜けるような青空の下、二つの眼差しが絡み合う。

『――緊急放送！　緊急放送っ！　学区に侵入者の形跡あり！』

そこで。

二人の間で透明になっていた空気を引き裂くように、耳をつんざかんばかりの拡声が、『学区』中に鳴り響いた。

『錬金学科の調査によれば侵入者は二名！　うち一名は神、もう一名は眷族！　後者は風紀委員隊《モラル・ポリス》の報告から制服を纏い生徒に成りすましている可能性大《だい》!!』

放送の出どころは建物や柱に取り付けられた魔石製品の拡声器《スピーカー》から。

聖域に足を踏み入れた不届き者に天誅《てんちゅう》を与えんとばかりに、女性放送者の怒気《ボルテージ》は高まっていき、それに比例するように僕の顔面は蒼白になっていく。

『種族はヒューマン、性別は男！　特徴は白い髪に赤い瞳！　繰り返します、盛り狂った兎のように真っ白な髪に、変質者のごとき充血した真っ赤な目玉のヒューマン!!』

その言い方は誹謗中傷《ひぼうちゅうしょう》じゃない――!?

そんな抗議は、けれど声にして出す暇もなかった。

半妖精《ハーフ・エルフ》の少女しか向けていなかった僕への視線が、もはや槍衾《やりぶすま》のごとく増殖し、周囲という周囲から串刺しの様相を呈するようになっていた。

「白い髪に、赤い瞳……」

「ねえ、それって……あそこ……」

通りを歩いていた生徒達がざわめくのに五秒。

僕の頬から顎《あご》に汗が伝うのに一秒。

周囲から、ただならぬ気配が立ち上るのに、半秒。

「「「侵入者はっけ――――――――んッ!!」」」

咆哮《ほうこう》が打ち上がったのは、直後だった。

生徒達が上げる大声に半妖精《ハーフ・エルフ》の少女が飛び上がるくらい肩を上下させ、一方で僕は瞬時に背を向ける。

ブワッ、と顔からも背筋からも大量の発汗を起こしながら、全速力で逃走する!!

「目標、逃走中!!」

「第六区画から第九区画に北上！　青空食堂《スカイラウンジ》にいる連中に先回りさせろ！」

「学内武装及び魔法行使の許可、監督生に申請して！」

「待ちなさぁーい!!」

当然のごとく追ってくる生徒達、その数二十はくだらないか。

通りを駆け抜ける度に横道から増えていく学生の姿に目眩を覚えながら、それでも地面を蹴りつける両足は止めない。ついでに冷や汗も嫌な動悸《どうき》も止められない！

一気に『学区中のお尋ね者』となった状況に、全身という全身から血の気が引いていく！

「オラリオの冒険者《おれ》がまた性懲りもなく侵入したんだわ！」

「違反して生徒達に接触するお前達の勧誘《スカウト》なんて、受けるわけないだろ！」

「身柄を拘束して！　オラリオに突き出して、所属派閥《ファミリア》の管理責任を問うわ！」

というかコレ、もう犯罪者の仲間入りじゃない？

たとえ逃げきれたとしても、『学区』に訴えられたらギルドの牢屋行きでは⁉

止まらない悲観と絶望に卒倒しかけていた僕は、そこではっとした。

「止まれぇぇぇぇぇぇ――‼」

曲がり角から別の通りに出た途端、視界に広がるのは生徒達の壁だった。

生徒達の密集場所に飛び出してしまった？

いや――誘導された⁉

「指示通り《オーダー》！【バルドル・クラス】が回り込んだ！」

「追い詰めたわ！　確保して！」

間違いない。僕を捕捉した生徒達が付かず離れずの距離で背を脅かしつつ、周囲と素早く指示を交わし、この誘導先に包囲網を構築したんだ。

数分も経っていない時間の中で、生徒達の連携がすご過ぎる！

一糸乱れない動きに――【ファミリア】の垣根を中々越えられない迷宮都市《オラリオ》と比較もしてしまって――脱帽の思いだった。

そしてその脱帽は、この上なく僕の危険に直結する‼

「ふッッ！」

　だから、無理矢理の転身、いや『大跳躍』を敢行した。

「なっ――――」

「翔《と》んだ⁉」

　走っていた石畳を蹴りつけ、曲芸《アクロバット》さながら体をひねり、通りに沿って並ぶ一〇M《メドル》はある校舎の屋根を大きく飛び越えながら、隣の区画《ブロック》へ。

　前後から挟撃しようとしていた生徒達が、放物線を描いて校舎の奥へ消えていく僕を、唖然《あぜん》と仰ぐ姿が視界の端に映った。

「……お、追ええええええええ！」

「何なの、あいつ⁉」

「校舎を飛び越えていったぞ⁉」

　運良く無人だった通りに着地して、五秒弱。

　校舎を隔てた隣の通りから、僅かな空白を置いて、戸惑いの叫び声が爆発する。

　荒業で包囲網を回避し、既に走り出していた僕の背を再び殴りつけてきた。

　虚《むな》しさの極地だけど、ダンジョンや【アポロン・ファミリア】、【イシュタル・ファミリア】との間で否応なく培われてしまった対集団の逃走術が遺憾なく発揮されている！　『逃走《アビリティ》』まで発現させたベル・クラネルの物語とは逃走の歴史以下略‼

　あとは、Ｌｖの差。

ヘルメス様から聞いてはいたけど、追《お》ってくる生徒達の身体能力は確かに上級冒険者並み。生徒同士の淀みない連携も相まって脅威には違いない。

だけど、今の僕はＬｖ.５。

多少の無理が利き過ぎるようになった今——都市最速《アレンさん》との闘走《とうそう》も経験した今——単純な追いかけっこでは決して負けない。自信ではなくて、『事実』だ。

横道から飛び出してきた二人組の生徒に対し、体を前傾にし、すぐ脇を一過する。

それだけで生徒達は僕を見失い、辺りを何度も見回していた。

状況が状況だけど、本当に『第一級冒険者』になったのだと、あらためて実感する。

今の僕なら、前にあった【アポロン・ファミリア】や【イシュタル・ファミリア】との鬼ごっこも一人で切り抜けられるかもしれない。

ただ……。

「あのヒューマン、もしかしてベル・クラネルじゃない⁉」

「【白兎の脚《ラビット・フット》】⁉　Ｌｖ.５になったっていう、あの⁉」

「白い髪に赤い瞳……間違いない！　世界最速兎《レコードホルダー》だ！」

（バレたー⁉）

名を上げた冒険者の宿命というやつを、代償とばかりに支払わされる。

制服の変装なんて、今の状況じゃ意味なんてないも同然だった。

　追走と並行しながら、生徒達がにわかにざわめき始める。

「オラリオに来て、会えるのを楽しみにしてたのに！」

「ちょっと憧れてたのに！」

「見損なった！」

「幻滅した！」

「不法侵入者！」

「犯罪者！」

「「「やっぱりただの冒険者だったんだ‼」」」

（う、うわああああああー⁉）

　後ろから響いてくる怒声と罵声に、白目を剝《む》いて損傷《ダメージ》を食らう！

　異端児《ゼノス》の件で孤児達《ライ》を傷付けてしまった時と同じというか、とにかく色々な意味で精神が削られて崩れ落ちそうになる。涙目になりながら、何とか『学区』中を逃げ回る。

　というか僕はいつまで逃げればいいんだ！

　もう海に飛び込んで脱出とかしていいの⁉

　でもヘルメス様を置いて一人逃げ出すのは……⁉

　良心の呵責《かしゃく》と葛藤に挟まれて、生来の優柔不断を発揮すること数分。

　ひたすら逃げ回るだけの僕に業を煮やしたのか、援軍とばかりに、新たな生徒達が校舎から飛び出してきた！

「「「待てえええええええええええええ!!」」」

「ひぃいいいいいいいい!?」

駄目だ！

数が多すぎて、もう逃げ道がない！

石畳の通りも屋根の上からも生徒達が殺到し、『学区』の中央に追いやられる！　もう船縁から海に飛び込むこともできない！

包囲網の一角を強行突破するのはできるかもしれないけど……こんなことで生徒達に怪我をさせたら、それこそ本当に犯罪者一直線だ！

乱暴な真似なんて犯せない僕に残された道は、『学区』中央に築かれた『塔』へと逃げ込むことだった。

「神殿塔《ブレイザブリク》に逃げたぞ！」

開け放たれている塔内に駆け込んで、脇目も振らず巨大な螺旋階段を駆け上がる。

当然のように生徒達も雪崩《なだ》れ込んできて、僕は上へ上へと追いやられた。

各階にいた生徒や教師と思しき人達が、すごい速度で階段を上っていく僕に悲鳴を上げる。

心の中で「ごめんなさい！」と何度も謝りながら、唇の上に「まずい」と呟きを乗せる。

もしかしなくても、このままじゃ追い詰められる！

こうなったら、どこかに隠れるしか……！

生徒達を遥か下に引き離し、いち早く最上階へと到達。

誰もいない廊下を駆け抜け、奥にあった秦皮《トネリコ》製の両開きの扉を、開け放った。

「——ぁ」

そして。

部屋の中に足を踏み入れた僕の視界に飛び込んできたのは——一柱の『神様』だった。

「おや？　貴方は……」

その神様は美しかった。

男神様であるにもかかわらず、女神様のように美しかった。

アイズさんよりも濃い金の長髪に、きめ細かな白い肌。

今まで見たことないほどの線の細さは『女神様のように美しい』と感じた理由でもある。

けれど、お身丈は僕よりずっと高い。召しているものは裾の長い神聖な法衣で、右肩から腕にかけて素肌を晒していた。頭に被ってる冠は、宿木《やどりぎ》だろうか？

双眸《そうぼう》は見えない。

閉じられた両の瞼《まぶた》が隠している。

にもかかわらず、男神様は確かに僕を『見ていた』。

その御姿《みすがた》を前に、呆然と立ちつくす僕がわかるのは、ただ一つだけ。

この神様が司る事物はきっと、『光』に関する聖なるものであるということ。

僕を映していない筈の瞳をこちらに向け、男神様は、柔和に微笑んだ。


「バルドル様！」

一人の女生徒が、扉を開け放つ。

無作法に当たるか当たらないか、そんな瀬戸際で最低限の作法を守って入室できたのは『学区』の生徒だからだろうか。非常時とばかりに血相を変え、大きな声を響かせる。

「こちらに白髪のヒューマンが来ませんでしたか⁉」

「いえ、来ていませんが？　何かあったのですか、アリサ？」

「最上階《ここ》に来ていない？　それじゃあ、途中の階に隠れて、やり過ごした……？」

腕に巻いた腕章を揺らす少女は一瞬思案した顔を浮かべたものの、すぐにはっとして「すいませんっ、侵入者です！」と姿勢を正した。

「またオラリオ勢力の不法侵入を許してしまって……！　しかも今度の冒険者は、あの世界最速兎《ベル・クラネル》です！」

「そうでしたか」

「必ず捕《とら》えます！　報告をお待ち下さい！」

『学区』の威信に賭けて！

今にもそう言わんばかりの顔で、女生徒は急いで部屋を後にする。

「もう大丈夫ですよ」

「あ、ありがとうございます……」

——そんなやり取りを、机の陰で息を殺しながら聞いていた僕は、一気に脱力した。

先程、この部屋に飛び込んだ僕は、目の前にいる男神様のご厚意によって匿《かくま》ってもらっていたのだ。

「で、でも、どうして僕を……？　ええっと……」

「バルドル、と申します。そして貴方はベル・クラネル。少々順番を違えてしまっているようですが、初めまして。オラリオの新たなる希望」

「き、希望……？　あ、いや、こちらこそ！　は、初めまして！」

ばつが悪い顔を作っていると、バルドル様は微笑み、ゆったりと挨拶をしてくれた。

一度は面食らった僕も慌てて頭を下げるけれど、不思議なことに、後ろめたさとか緊張感が次第に薄れていく。

この男神様の周りだけ時間がゆっくり感じられるというか……何て言うんだろう？

その穏やかな声音と言葉を交わしていると、何だか心が落ち着いてくるというか。

僕の体から強張りが消える頃、見計らったようにバルドル様は先の質問に答えてくれた。

「私が庇った理由ですが、侵入者であると報告を受ける前に……ちょうど貴方の話をしていたからです」

「――他ならない、このオレとね!!」

「うわあああ!? へ、ヘルメス様!? いたんですか!?」

大きな絨毯《じゅうたん》の外側、石版の一部をどかして現れたヘルメス様に、本気で度肝を抜かれる。

どうやら僕が来る前から、床下にひそんでいたらしい。

「ベル君と別れた後、オレもたまたまこの艦橋《かんきょう》……『神殿塔《ブレイザブリク》』に辿り着いてね。昔馴染みのバルドルに匿ってもらっていたのさ!」

「まったく……都合のいい時だけ、そんな言い方をして」

帽子をくるくると指で回しながら歩み寄るヘルメス様に、バルドル様はやっぱり穏やかに、くすりと一笑を漏らした。

ヘルメス様とバルドル様の詳しいご関係は、僕にはわからないけど……そのやり取りだけで、お二人の付き合いは長いものなんだろう、と察することができる。

「生徒の勧誘《スカウト》以外にも、バルドルとは『個神的《こじんてき》な話』もしておきたくてね。渡りに船というやつさ!」

「文《ふみ》さえ頂ければ面会の時間程度は融通したというのに……本当に貴方は、いつも風のように突然押しかけてきますね」

「仕方ないだろう? 公式のルートで便りを送っても、後回しに後回しされた挙句、会えるのは一ヶ月後、なんてギルドに言われるに決まってる。この時期の『学区』はそれだけ多忙の極みだし……『校長』を務める神とならば、尚更だ」

用事があったというヘルメス様とバルドル様との間で視線を往復させ、置物と化していた僕は、聞こえてきた単語に「えっ」と呟きを漏らしてしまった。

「こ、校長って……？」

「字の通りさ。バルドルはここでは一番偉い神なんだ。……そして、もとを辿れば、この『学区』を発起した神でもある」

発起した神、って……それはつまり、この『学区』を作り出したってこと⁉

驚きをあらわにしながら視線を向けると、バルドル様は目を閉じたまま、まるで苦笑するように浅く唇を曲げた。

「一番偉い、というのは少々語弊があります。この『学区』はあくまで学院系《アカデミー》【ファミリア】の同盟《ユニオン》。各主神の発言権は平等です。……ですが、有事の際にみなをまとめ、責任を負う存在という意味なら、私は確かに『学区』における最高責任者です」

こんな高い中央塔に神室《しんしつ》を構えてる時点で、相応の地位の神物《じんぶつ》だと気付いて然るべきだったんだろうけど……その肩書きを聞いて、再び体を緊張させてしまう。

今更ながら、僕達にどんな沙汰《さた》が下されるのか、挙動不審になる。

一度は匿ってもらったけど、不法侵入してここに立っているわけだし……！

「それで、どうだろう？　バルドル。さっき言ったオレの『頼み』、聞いてもらえないか？」

ガチガチに緊張する僕を他所に、ヘルメス様は何てことのないようにお尋ねした。

『頼み』……？

僕が来る前に何を話されていたんだろうか。そもそも、バルドル様が『貴方《ベル・クラネル》の話をしていた』と言っていたけど、どうして僕を話題にしていたんだろう？

「そうですね……」

何もできずに突っ立っていると、バルドル様がこちらを見る。

戸惑うのも束《つか》の間《ま》、男神様は眉を柔らかく弓なりに曲げて、次の言葉を告げた。

「いいでしょう――ベル・クラネル、『学区』の生徒になってみませんか？」


時が止まったと錯覚することしばらく。

固まっていた僕は、言葉の意味を理解すると同時に、思いきり叫んでいた。

「ええええええええええええええっ⁉」

「『学区』に入学ぅ⁉　ベル様が⁉」

また面倒に巻き込まれて！

そんな怒気も込められたリリの素っ頓狂な声に、僕は思わず体を縮めてしまった。

「ギルドに行ったきり帰ってこないと思ったら、そんな勧誘《スカウト》を受けてたのか？」

「い、いやっ勧誘《スカウト》ってわけじゃあ……『交換条件』というか……ヘルメス様が勝手に話を進めてたというか……」

「もうっ！　ま～たヘルメス様の仕業ですかっ！」

夜の時間に差しかかろうかという、『竈火《かまど》の館』の大食堂。

『学区』での出来事を洗いざらい喋ると、食卓で隣の席に座るヴェルフが呆れ顔を浮かべ、そして正面のリリが今にもバンバンッ！　と両手で天板を叩きそうな勢いで喚《わめ》く。

気付いたらそんな話になってました、なんて間抜けな説明をした僕は、肩身が狭い思いでいっぱいだった。

「ベル、確認しとくが『リクルート』や『インターン』ってわけじゃないんだよな？」

「ええっと……ごめん、ヘルメス様も言ってたけど、その『リクルート』と『インターン』っていうのは……？」

「リクルートは『眷族募集』。インターンは『派閥体験』……いわば【ファミリア】のお試し入団です。どちらも『学区』の優秀な人材を自派閥に呼び込むための施策ですよ、ベル様」

迷宮《ダンジョン》のこと以外は相変わらず何も知らない僕に、ヴェルフとリリが説明してくれる。

『眷族募集《リクルート》』とは言わば、決まった日程で開かれるオラリオ所属派閥による勧誘《スカウト》大会らしい。

勿論『学区』公認の。

各【ファミリア】の代表が『学区』で派閥説明会を開き、生徒達に入団してもらえるよう宣伝する。オラリオ側は優秀な人材を確保できて、『学区』側は学生達に多くの進路を提示できるというわけだ。

『世界の中心』と名高いオラリオ所属の【ファミリア】は、探索系《ダンジョン》に限らず高水準《ハイレベル》の派閥が多く、他都市・他国とは一線を画する。そうなれば『学区』からの入団希望者も多くなるのは必然だ。オラリオにも『学区』にも利点《メリット》があるこの催しは、ずっと前から続けられているらしい。

「そんな『眷族募集《リクルート》』の中でも、『学区』から要請された【ファミリア】は長期的な団員の出向……『募眷族官《リクルーター》』の派遣が可能です。学生達と深く関わり、より自派閥の活動を広報することができるというわけですね。ヴェルフ様が聞きたかったのは募眷族官《このこと》でしょう」

リリの補足に、なるほど、と頷く。

『募眷族官《リクルーター》』に選ばれる対象は「先方の【ファミリア】入団を希望する生徒が多いから」という『学区』側の理由で、大手の【ファミリア】ほど適用されるらしい。

もう一つの『派閥体験《インターン》』はもっと単純で、『学区』の生徒がオラリオ側の【ファミリア】の活動に従事してみること。

こうすることでオラリオの【ファミリア】は自派閥のことを知ってもらい、逆に『学区』の生徒達は「こんな筈じゃなかった！」と入団後の失敗をしないよう用心《ケア》することができる。

一般的な働き口を探すのとは異なり、『神の恩恵《ファルナ》』を刻まれる【ファミリア】入団というのは特に重要な選択だし――一年間は同じ派閥にいないといけないし、リリのように退団や改宗《コンバージョン》も難しくなる状況もあるから――僕も納得しやすかった。

それと同時に、とても丁寧だな、とも思う。

僕がヘスティア様に出会うまでの苦労を引き合いに出すわけじゃないけど、とても親切で優遇されているというか……そう、お行儀がいいんだ。そんな感想が出てくる時点で、僕もオラリオの冒険者になってしまった、ということなんだろうけど。

いや、それだけ『学区』の人材は優秀で、争奪戦が激しいということなのかもしれない。

それこそ、どことも知れない田舎育ちの農民《のうみん》と比べるなんて烏滸《おこ》がましいのかも。

とにかく、『眷族募集《リクルート》』と『派閥体験《インターン》』はオラリオと『学区』を繋ぐ重要度の高い行事《イベント》らしい。そして、あくまで『生徒』として誘われた今の僕には当てはまらないので、ヴェルフ達にははっきりと否定しておいた。

「そもそも、何で『生徒』になる必要があるんだ？　冒険者として行っても別にいいだろう？」

「それは……僕が『学区』に侵入したって、すっかり噂《うわさ》になってるらしくて……。いい顔されないっていうか、歓迎されないというか……絶対反対されそうっていうか……」

【白兎の脚《ラビット・フット》】にも【ヘスティア・ファミリア】にも悪感情を持たれている、ということですね」

「うっ……！　ご、ごめんっ、リリ！」

ヴェルフの質問に歯切れを悪くしていると、嘆息するリリに条件反射で謝ってしまう。

団長なのにまた問題を起こしてしまったという負い目と、後は『眷族募集《リクルート》』なんかの話を聞いて今更ながら自分がしでかしたことの重大さに気付き、項垂れてしまった。

「本当に、ごめん……。僕のせいで、【ヘスティア・ファミリア】の眷族募集《リクルート》ができなくなったりしたら……」

「ああ、それは別に構いません。どうでもいいです」

「えっ……ど、どうでもいい？」

「はい。超大型反則新人《リューさま》が入団した時点で、『学区』の眷族募集《リクルート》……というより勧誘《スカウト》そのものを一度打ち切りましょうと、ヘスティア様と既に話し合って決めてましたから」

「そ、そうなの？」

「ただでさえ等級《ランク》がBになってしまい、余計な名声を手に入れてしまいましたからね。今は戦争遊戯《ウォーゲーム》のお祭り騒ぎもあって、持て囃《はや》されているように見えますが……水面下では他の【ファミリア】、特に有力派閥に必ず疎《うと》まれている筈です」

全然気にしていなそうなリリの答えが意外で、何度も瞬《まばた》きしてしまう。

何でも、リリや神様の方針としては『もうＬｖ．６が入団したのでボク達はお腹いっぱいでーす。なので『学区』の勧誘競争には加わりませーん』というものらしい。

もうちょっと詳しく言うと『Ｌｖ．２以上の昇華者《レベル・ランカー》はお譲りするので目の敵にしないでねー。でも逆指名された時は大目に見てねー』くらいだったらしい。

神様の借金騒ぎから入団希望者は遠のいて久しく、今回の戦争遊戯《ウォーゲーム》の勝利を機に念願の募集をかけると思っていた僕は戸惑った。けど、説明を聞いて納得もした。

僕が入団してから超零細派閥だった【ヘスティア・ファミリア】は目まぐるしいと言っていいほどの成長を続けてきたから、昔からコツコツ頑張ってきた他派閥からすれば思うところもあるだろう。それこそ悔しいとか、もしかしたら目障りだ、なんて感情も。

「少なくとも、これ以上勢力を拡大しようとすれば厄介者扱いされるのは間違いありません。リリ達の背後にいる強靭な勇士達《オッタルさま》に勝手に怯えて、『抗争』なんかは起こさないと思いますが……嫌がらせは幾らでもできますからね。それこそダンジョンの中とか」

余計な派閥間の衝突、軋轢《あつれき》を呼び込みたくない。

リリがそう明言していると、

「出る杭《くい》は打たれる。たしか極東の言葉でしたか」

「あ、リューさん」

厨房から現れたリューさんが、話し合っていた僕達の前に手際良く夕食を並べてくれる。

今日の【ヘスティア・ファミリア】の料理当番はリューさんと命《ミコト》さん。

自分の料理の腕はシルさんの次に顰蹙《ひんしゅく》を買うほどだった、と素直に打ち明けてくれた（あとは申し訳なさそうに謝っていた）リューさんは配膳係に回り、直接の調理は命《ミコト》さんがやっている。お手伝いとして、今は春姫《ハルヒメ》さんも。

『豊穣の女主人』で鍛えられたリューさんの所作は一つ一つが美しく、室内着《しつないぎ》の上に前掛《エプロン》をかけただけなのに、その姿は思わず見惚れてしまうほど。

リューさんは迷宮探索を始めとした【ファミリア】の活動がない場合、『豊穣の女主人』の臨時お手伝《ヘルプ》いに入ることになってるので――リューさんにとってあの豊穣の酒場は大切な場所だし、これからもミアさんやシルさんに恩を返したいらしい――、実質《じっしつ》現役の酒場の店員さんが家《ホーム》の食卓を彩ってくれるようなものだ。

とても贅沢《ぜいたく》というか……華やか過ぎて、思わず居住まいを正してしまう。

「この【ファミリア】に移籍して日は浅いですが……もう次の騒動とは。貴方は本当に話題にこと欠きませんね」

「す、すいません……」

ヴェルフの分を終え、僕の前にもご飯少なめの野菜丼《ヤサイドン》（妖精《エルフ》のリューさんのために命《ミコト》さんが考案した料理で、お肉も魚も入ってないにもかかわらず抜群に美味しい）が並べられる中、情けなく謝ると、リューさんは小さく笑った。

「いいえ。これはベルではなく周囲に原因がある。第一級冒険者……そして世界最速兎《レコードホルダー》と呼ばれる、貴方の宿命のようなものでしょう」

貴方はそのような星の生まれなのかもしれない、と。

もと星乙女の眷族《アストレア・ファミリア》のリューさんにそんな風に微笑まれてしまうと、冗談に聞こえず、僕は空笑いを浮かべるしかなかった。

「ですが、実際のところ、どうなのですか？　冒険者が『学区』の生徒になるという前例はあったのでしょうか？」

「逆は山ほど存在しますが……少なくとも、私はこれまで聞いたことがありません」

厨房の奥でしっかり耳を傾けていたのだろう、ヴェルフ希望の魚の素焼きと味噌汁《みそしる》を春姫《ハルヒメ》さんと一緒に運んできた命《ミコト》さんが、会話の中に入る。

誰よりも冒険者歴が長いリューさんが答えると、オラリオ生まれのリリもまた目を瞑り、うんうんと頷く。

「そもそもヘルメス様が勝手に持ちかけただけで、まだ決まった話じゃないんだろう？」

「そうですよ！　こちらに別段得《とく》があるわけでもないですし、『学区』の神様が何を企んでいるかもわかりません！　断りましょう、ベル様！」

ヴェルフの指摘は当たっていて、リリの言っていることも尤《もっと》もだ。

実際、この話が決まった場合、ギルドには内緒で進めるらしい。

成り立てとはいえ、ギルドが第一級冒険者を遊ばせるなど許しはしないから。

……でも。

「……ベル様は、どう思われているのですか？」

食卓に料理が並びきり、リューさんと命《ミコト》さんが着席する中、それに倣うメイド服姿の春姫《ハルヒメ》さんが、こちらを窺ってくる。

他のみんなもそうだった。

リリ達の視線を集める僕は、今も話し合ってるだろう神様達のことを考えながら、天井を見上げた。

「僕は……」

◆

「はぁ……ほんと次から次に面倒事を持ってきてくれるなぁ」

「おいおいヘスティア、説明しただろう？　これは面倒事なんかじゃないさ」

長椅子《ソファー》に腰掛けるヘスティアのぼやきに、同じく対面の長椅子《ソファー》に座るヘルメスは手振りを交えて訴えた。

「『学区』は下界中を巡る知識の園《その》だ。オラリオを含めて小さな世界しか知らないベル君にとって、今までにない刺激になるだろう」

「あの子の成長を何がなんでも促す前提で話さないでくれ、って言ってるんだよ……。神意なんかで振り回さないで、好きにやらせてあげればいいだろう？」

「オレは切っかけを与えてるだけさ。それに、これはベル君やヘスティアのためでもある」

バイト帰りでヘトヘトになって帰宅したところに待っていた、ヘルメスの訪問。

二階の空き部屋に通したものの、疲れていることもあって少々態度がぞんざいになっていたヘスティアは、一度溜息を挟み、聞く姿勢を作り直した。

「ベル君はLv．5になった。しかも異例の速度で。もう押しも押されぬ『英雄候補』だ。ギルドにはせっつかれただろ？」

「……ああ。ウラノスに呼び出されて、言われたよ。しばらくは暇《いとま》を出すけど、その後は今《いま》以上にダンジョン探索に打ち込んでもらうって」

戦争遊戯《ウォーゲーム》が終わった直後のことだ。ギルドの地下祭壇で老神《ろうじん》と話を交わしたのは。

【フレイヤ・ファミリア】を巡る事件で奔走したベルとヘスティアに礼を言い、労わる意向を口にしつつ、ウラノスは更なる前進を課すことをはっきりと告げた。

『派閥大戦』を契機に——そして決定的なまでに——都市内外から注目を集めるに至った【ヘスティア・ファミリア】は、もはや『下界を巡る時代のうねり』に組み込まれてしまった。

ギルドの創設神《そうせつしん》は、それを言外に告げたのだ。

「迷宮都市に課せられた『三大冒険者依頼《クエスト》』、その最後の一つ。『黒竜』の討伐に、ベル君は必ず駆り出される」

「……」

「そのためにも地下迷宮《ダンジョン》だけじゃなく、都市《オラリオ》の外にも目を向けてほしいんだよ、オレは。見識を広め、そして深めてもらいたい。終末の竜が座《ざ》すのは、他ならないオラリオの外だからな」

言葉にこそしないものの、ベルを『今代《こんだい》の英雄』にしようと画策していることを、ヘルメスはもはや隠しもしない。

半年前、『中層』でベル達が遭難し、救助隊が組まれた時から既に興味があることを臭わせていた。ヘスティアとしては非難がましい眼差しを向けてしまうというものだった。

『世界は英雄を欲している』。

その言葉の真意は、ヘスティアも知るところであるが。

「……その見識とやらを広げる取っかかりが、『学区』だっていうのかい？」

「少なくとも、あそこに行けば世界情勢のほとんどが知れる。旅の神《オレ》と一緒に世界中を旅して回るよりは遥かに効率的さ。――今の下界の惨状を知るにはね」

空気がほんの僅かに、重くなる。

ヘスティアが口を噤《つぐ》んでいると、ヘルメスは駄目押しとばかりに『本音』を語った。

「何より、もう一人の『Ｌｖ.７』。彼とベル君に接点を持ってもらいたい」

その『Ｌｖ.７』という言葉に、ヘスティアは話が始まって一番の驚きをあらわにする。

「あの猛者《おうじゃ》君以外にいるのかい、Ｌｖ.７が？　しかも『学区』に？」

「ああ。オレはベル君に『彼』からも刺激を受けてほしいと思ってる。『現代の英雄』とも呼ばれる傑物にね」

天界から降臨してまだ日が浅いヘスティアは、下界の情勢には疎い。

あのオッタルと同等の『規格外』がいると知り、少なくない衝撃を受けた。

しかも『現代の英雄』だなんて、ベルが知ったら目を輝かせそうだ。

「それに、今回がベル君にとって、最後の『息抜き』になるかもしれない」

「…………縁起でもないことを言わないでくれよ」

たっぷり間を置いて、ヘスティアはほとほと疲れたように、何とか言い返した。

だが、そういうことなのだろう。

ヘルメスが語った通り、オラリオが全てを賭《と》す竜の討伐から、ベルはもう逃《のが》れられない。

少年はもう避けられぬ激動の中を生きていかなければならないのだ。

『第一級冒険者になった』ということは、つまり時代の中心に据わるということ。

「ま、最後はベル君の意思次第だ。オレも彼が嫌がることを押し付けようとは思わない」

確信犯め、とヘスティアはじろりと睨む。

この部屋にヘルメスを通す前、今日あったことをベルから報告されたヘスティアは、少年の胸の内も聞き出している。

『えぇっと……『学区』に行ってみてワクワクしなかった、って言えば嘘になります』

『エイナさんとも話したんですけど、新しいことをやるなら、今なんじゃないかって』

ヘスティアと二人きりの廊下で、おずおずと、けれど正直に、自分の意思を明かしたのだ。

『もし、寄り道が許されるなら……僕は『学区』に行ってみたいです』

【ファミリア】に迷惑がかかるなら断る、と団長としてベルは言ってくれた。

もう子供ではいられなくなっているベルには、許される時と場所なら子供でいてほしいというのがヘスティアの正直な神心《おやごころ》だ。それに直近で困ってることは正直ない。むしろ積極的に休んでダンジョンから離れてほしいくらいである。

それこそ本人に自覚はないが、ベル・クラネルは冒険中毒者《ダンジョン・ジャンキー》になりつつある。

冒険者略歴《プロフィール》に『特技：迷宮踏破《ダンジョン》』とか綴られた暁には、ヘスティアは天を仰ぎ、悲愴《ひそう》を司る女神に職業変更《クラスチェンジ》してしまうだろう。

(それに、あのベル君が『学校《がっこう》』に通うっていうのは……感慨深いな)

神目線《おやめせん》の主神としても、彼を慕う一柱《ひとり》の女神としても。

ヘルメスの言う通りであることは極めて癪《しゃく》だが、第一級冒険者になった今、ベルに『蓄える時期』が必要なのは確かだ。

「『学区』……バルドルの方は何て言ってるんだい？」

「生徒として迎え入れるのは『交換条件』。内密かつ特別な入学を許可する代わりに、あちらの『問題児』達を預けてみたいらしい。これはベル君には伝えてはいないが」

相互利益交換《ギブ・アンド・テイク》、というわけだ。

あの猛者《オッタル》と同等のデタラメな存在がいると聞き、『学区』がやべえ勇士達《フレイヤ・ファミリア》の集まりと同じように思えてきてアレだが……校長を務めるバルドルや、他の神々の神格《じんかく》は知るところである。

きっとベルを預けても、悪いようにはならない。

(自分の眷族《こ》にはつくづく甘いな、ボクも)

あるいは、それが子を持つ真っ当な神《おや》の感情なのかもしれない。

にっこり笑うヘルメスには依然半眼を向けつつ、もう一度溜息を挟んで、ヘスティアは子供の意思を尊重した。

「わかったよ。ベル君の『学区』入学を認める」

あらためて。

その『制服』に袖を通した瞬間、心臓がどきどきと鳴った。

「はははっ！　いい感じじゃないか、ベル君！」

「ええ、似合っていますよ」

ヘルメス様、そしてバルドル様に褒められる中、僕は頬を染めて恥ずかしがってしまう。

『学区』入学の話を頂いた三日後の朝。

神様やリリ達からも許しを得た僕は『学区』に赴いて、中央塔のバルドル様の神室《しんしつ》──いや校長室で、着替えを済ませていた。

白を基調にした『学区』の制服はやっぱり品があって、普段からあまり服装に気を遣っていない僕からすると、ちょっとだけ落ち着かない。

でも今は、それ以上に──。

「え～っと、前が見にくいですけど……本当に大丈夫ですか、この『変装』？」

瞳にかかる『茶色の前髪』を何度も指で触りながら、姿見に視線を向ける。

磨き抜かれた鏡の前に立つのは白髪のヒューマンではなく、なんと『茶髪の獣人』。

茶色の鬘《かつら》に取り付けられた兎の長い耳に、制服の脚衣《ズボン》にはモコモコとした短い尻尾。

目にかかり気味の前髪で、深紅《ルベライト》の瞳は隠れがちになっている。

ヘルメス様が用意してくれた『変装一式《セット》』を装着したベル・クラネルは、何と『兎人《ヒュームバニー》』へと変貌していた。

「先日の騒動は全校生徒が知るところだからね。今更ベル・クラネルとして編入しまーす、と言っても白眼視されるのは目に見えてる。というわけで、『ベル・クラネルじゃない別人に変装大作戦』だ！」

指を弾くヘルメス様に笑みを引きつらせつつ、鏡の中の自分を観察する。

一目見ただけでは『ベル・クラネル』だとはわからない。と思う。アスフィさんが以前に作ったという特製の魔道具《マジックアイテム》――いや獣人鬘《カースアイテム》が僕の特徴を上手く塗り潰している。何でも軽度かつ代償なしの認識妨害《カース》がかけられているらしい。

付き合いの長い相手にはちょっとわからないけど、少なくとも昨日追いかけっこを繰り広げた生徒達には看破されなそう……と信じたい。

『学区』に行きたいって神様達に言っておいてアレだけど、人を騙す真似への後ろめたさというか、心疚《こころやま》しさというか、とにかく気まずくなってきたような……。

「今日から『学区』にいる間、貴方の名前は『ラピ・フレミッシュ』です」

「ラピ・フレミッシュ…………わ、わかりました！」

「オラリオに帰港する前の『ベルラの都《みやこ》』で入学試験には合格していたものの、家庭の事情でこの港街《メレン》で合流することになった、そういうことにしてあります」

何度も『ラピ』という新たな名前を反芻《はんすう》し、途端に緊張し出す僕の心境を知ってか知らずか、バルドル様は柔和な笑みを浮かべ、唇の前に人差し指を立てた。

「素性も、能力《ちから》も上手く隠してくださいね。この一件がバレてしまえば、校長の私も大目玉ですから」

そのご尊顔は相変わらず神々しくあったけど、同時に茶目っ気があった。

何だか、バルドル様も楽しんでいるような……。

「それでは、あらためまして……ようこそ、ベル。いいえ、ラピ。自分が何者になれるのか追い求める貴方を、『学区』は歓迎します」

ヘルメス様に見守られる中、微笑む男神様の手で、左の胸もとに紋章《ワッペン》を取り付けられる。

それは光と巨大な船を着想《モチーフ》にした校章――いや『学区』の徽章《エンブレム》。

心なし輝いている紋章《ワッペン》の下で、緊張と、興奮で、やっぱり心臓を震わせてしまう。

「失礼します」

その時、軽いノックの音が響く。

バルドル様が、どうぞ、と言うと、秦皮《トネリコ》の扉を開けて入室するのは、一人の男性だった。

うなじを覆う獅子《しし》色の髪。そして同じ色の瞳。

背は高く、一見細身に見えるのに、その体付きは頼りなさなんて欠片も感じさせない。

エルフのそれとも異なった端整な顔立ちは、精悍《せいかん》さと秀麗の間にある。

二十代後半に見える風貌。

同性の自分に、『将来はこんな人になりたい』なんて、そう思わせてくれる『大人の男性』。

きっと美丈夫《びじょうふ》なんて言葉が当てはまるんだろうけど、何て言うんだろう、そんなんじゃない。

彼を表すのにぴったりなのは、もっとこう、真っ直ぐで、清廉な――それこそ『騎士』なんていう言葉。

（――強い）

両の瞳を見開いていた僕は、それだけは正《ただ》しく直感した。

「彼には全て話してあります。貴方にとっての理解者であり、特別な『担任』といったところでしょうか」

そう微笑むバルドル様やヘルメス様に会釈し、彼は僕の目の前に歩み寄る。

袖、革靴、脚衣《スラックス》の左に刻まれた剣《スペード》の黄金紋章。

右腰の皮嚢《ホルスター》に差しているのは、何本もの白墨《チョーク》と短杖《ワンド》のように細い教鞭。

礼服のようにも見える黒い衣装――『教師』の制服を纏う男性は、笑みを浮かべ、手を差し出す。

「レオン・ヴァーデンベルクだ。よろしく、ラピ」

呆けながら手を握り返す僕は、今日。

ベル・クラネルではなく、ラピ・フレミッシュとして、『学区』へ入学を果たした。

三章　異世界学園生活

「レオン先生、おはようございます！」

「おはようございま〜す！」

青空の下、挨拶の声が飛び交う。

白の石材で舗装された『学区』の大通り。そこには多種族の人間が行き交っていた。

鞄《かばん》や本を持ったヒューマンやドワーフ。

ちょっぴり着崩した格好の獣人とアマゾネス。

カフェテラスで急いで朝食をかき込む小人族《パルゥム》に、それを咎《とが》めるエルフ。

彼等《ら》彼女等《ら》に共通しているのは、学生服を身に纏《まと》い、赤葡萄酒色《ワインレッド》の襟締《ネクタイ》を締めているということ。

きっとこれは、僕が一度だって目にしたことのない登校風景。

『学園の都《みやこ》』は朝の日差しを浴び、迷宮都市《オラリオ》とも異なる活気を見せていた。

「おはよう、ニム、インダー。今日は授業に遅れるんじゃないぞ」

「「はぁ〜い！」」

そんな中、スカートの裾を翻《ひるがえ》しては僕達の隣をすれ違っていく女生徒達は、ヴァーデンベルクさんが挨拶を返すだけで嬉《うれ》しそうにはしゃいでいた。それは黄色い声にも聞こえる。

バルドル様の校長室——中央塔から外に出た後、こんな光景に何度も出くわした。

男性女性、ヒューマン、亜人《デミ・ヒューマン》関係なく、誰からも声をかけられる。

確かめずとも、今、僕の隣にいる人が人気者であることがわかった。

「ねぇ。あの子、誰だろう？　【バルドル・クラス】の紋章《バッジ》つけてたけど」

「見ない顔だったよね。まだ港街《メレン》で入学試験は開いてないから、新入生はいない筈《はず》だし」

……そして、先程すれ違った女生徒がこちらを窺《うかが》い、ひそひそ話をしているのも、手に取るようにわかってしまった。

第一級冒険者になった弊害、いや特権だろうか。

昇華《ランクアップ》の知覚強化によって他者の視線はもとより、声をひそめた内緒話も、真後ろにいたって聞き取れてしまう。

彼女達だけじゃない。周囲にいる生徒達も、ヴァーデンベルクさんの隣を歩く僕《ヒューマン》に――いや『獣人の生徒』に好奇の視線を向けてくる。

オラリオで浴びるようになった上級冒険者への応援とも違う、純粋な好奇心。

（『カワイコチャンの転校生が注目を浴びるのは学園ものの鉄板～』なんてお祖父《じい》ちゃんが昔《むかし》言ってた気がするけど……そ、それと似たようなものなのかな？）

異端児《ウィーネたち》との一件からはよく、顔付きが変わった、成長した、なんて言ってもらえるようになったけど、『冒険者』や『ダンジョン』という分野《ステージ》から離れると、生来の弱気というか、緊張感だったり気恥ずかしさみたいのが込み上げてきて、自分でもちょっとがっかりしてしまう。

いやまぁ、正体がバレやしないかとヒヤヒヤしてるっていうのも大いにあるんだけど……。

それとも、自分の知らない環境に放り込まれると、誰だって大なり小なり似たような気持ちになるものなんだろうか？

とにかく妙に落ち着かなくて、肩を強張らせていると、

「緊張しているか？」

「……！　は、はい、すいません……。ヴァーデンベルクさん……」

すぐ隣から声をかけられた。

僕が思わず謝ってしまうと、獅子《しし》色の髪を揺らすヴァーデンベルクさんは足を止め、こちらを振り返る。

「まだ少し硬いな、ラピ。君は今、『学区』の生徒だろう？」

笑みを宿したまま、あえて生徒としての『僕の名前』を呼んでくれる目の前の男性に、はっとする。

「『学区』に訪れた君に、初めての出題をしよう。『教師レオン・ヴァーデンベルクは今、何と呼ばれたがっているか？』。さぁ、答えてみてくれ」

そんな優しい問いに、僕は思わず、頰《ほお》を赤らめてしまった。

いざ言うとなると、首の辺りがムズムズとする感覚を抱きながら……勇気を出して、初めての学校の問題に答えてみる。

「…………『レオン先生』」

「正解だ。君は優秀な生徒になれる、ラピ」

気さくな笑みと一緒に、お世辞ともつかない冗句《じょうく》を言われる。

顔を赤くしたまま瞬《まばた》きを繰り返していた僕は、くすっと微笑《ほほえ》んでしまっていた。

おかげで肩から力が抜ける。それを見て『レオン先生』も笑みを深める。

この人が、沢山の生徒達に慕われている理由が、少しわかったような気がした。

「見てっ、早速レオン先生が見知らぬ生徒を魅了してる！」

「さすが『騎士《ウルトラ・ペイジ》なのに小姓』……！」

「目隠れウサギ僕っ子とレオン先生の組み合わせ…………アリね！」

……何か聞こえた気がしたけど、僕は全力で聞こえないフリをした。

頭の中にいる幻影《リリ》も『聞いてはいけません！』と騒いでいるので、素直に従うのが正しいんだ。きっとそうなんだ。

「バルドル様から学鞄《ブックバッグ》はもらっているな？」

「あ、はい。制服と一緒に」

「なら、後で中身を確認しておいてくれ。学園生活を送る上での手引き書がある。授業選択を含め、わからないことがあったら、すぐに聞いてほしい」

移動を再開するレオン先生の隣に並びながら、両肩に帯を通した鞄を背負い直す。

薄い作りで四角い学鞄《ブックバッグ》。まだリリがいない時に使っていたバックパックと少し似ていて、その見た目よりずっと荷物が入りそうだ。

「さて、道すがらの説明になってしまうが許してくれ。まず、君の学籍番号は4646B3333、専攻は『戦技学科』。所属先は、私も身を置いている【バルドル・クラス】だ」

「が、学籍番号？　『戦技』？　それに、【バルドル・クラス】……？」

レオン先生の説明に耳を傾ける。

だけど、単語のほとんどがちんぷんかんぷん。

非常に気まずく感じつつも、思いきって、わからないことは尋ねてみることにした。

「ええっと、色々わからなくて申し訳ないんですけど……まず【クラス】って何なんですか？」

「いい質問だ。【クラス】とは、『学区』特有の体系だ」

『学区』への入学を希望したくせに無知な僕に、レオン先生は嫌な顔一つせず、丁寧に教えてくれる。

「『学区』に所属する生徒達は『学ぶ者』であり、いずれここより『巣立つ者』。眷族募集《リクルート》がいい例だが、進路を決めた生徒達は他派閥、もしくはギルドのような組織に入団する。その際、『以前【ファミリア】に所属していた』という肩書きを与えないようにするための処置だ」

「あ、なるほど……」

派閥に入団した後は忘れがちになるけど、【ファミリア】という肩書きは、世間では中々重く見られる。

常人以上の身体能力を発揮する眷族は、無所属《フリー》の人々や職場からはどうしたって物騒《ぶっそう》に思われるのが常だ（迷宮都市《オラリオ》はその成り立ちから物騒なんて日常茶飯事で、住民が慣れきってる節はあるけど）。前歴に【ファミリア】という単語があるだけで過剰に反応してしまう人もいるだろう。そしてこれが派閥間《かん》の改宗《コンバージョン》になってくると最悪、間諜《スパイ》と疑われる事例《ケース》もあるらしい。だから、あえて神の派閥《ファミリア》ではなく学区の学級《クラス》と名乗るのは、それだけ所属生徒を大切にしているÍ『学区』の配慮なのだろう。

あとは、心証の問題もあるのかもしれない。

他派閥からの移籍ではなく、あくまで『学校』で色々なことを学んだ上での『自派閥の生え抜き』とした方が、余所者《よそもの》といった印象も薄れるだろう。主神様や団員達もやりやすい筈だ。

（『学区』はあくまで人材を育成する『教育機関』に徹している……ってことかな）

僕がそんな風に自分なりの解釈をしていると、レオン先生は補足してくれる。

「『学区』は少数の神々と私のような教師、そして多くの生徒達の手で運営されている。その運営のためにも、『神の恩恵《ファルナ》』の拝受は必須だ。教師や生徒は例外なく授かっている」

「バルドル様だけじゃなくて、それぞれの神様から、ですか？」

「ああ。この辺りの系統《システム》は国家系【ファミリア】に近いものがある。『学区』の代表としてバルドル様は校長を名乗っているだけで、それぞれの【クラス】はみな対等ではあるが」

国家系【ファミリア】という喩《たと》えを聞いて、理解に具体性が増した。

ざっと見た感じ、生徒達の数だけでも千は優に超えそうだし、たった一柱の神様でこの『学区』を取り仕切ることは――特に【ステイタス】更新を始めとした作業は――ほぼ不可能だ。それこそ国家系【ファミリア】の『主神と従属神《じゅうぞくしん》』のような系統《システム》で役割分担しなければ回せないだろう。

ただ、ヘスティア様とシルさんも結んだ『従属神《じゅうぞくしん》』という系統《システム》には主従関係が付き纏う。今《いま》教えてもらった通り、各主神様及び各【クラス】の発言権は均一《フラット》なのだろう。

ちなみに、【バルドル・クラス】の他には【イズン・クラス】や【ブラギ・クラス】など、十の【クラス】があるそうだ。

所属【クラス】の見分け方は、制服の左胸に取り付けられている紋章《バッジ》。

これはいわゆる【ファミリア】の徽章《エンブレム》のようなもので、僕の胸にあるのは【バルドル・クラス】を表す『光と船』の紋章《バッジ》だ。

「【クラス】の関係がわかりにくければ、【ファミリア】に置き換えればいい。私のような教師が団長を始めとした派閥幹部、生徒達は団員、といった具合に」

おおっ、と口の形を変えるくらい、腑《ふ》に落ちた。

伴ってそれは、教師と生徒の力量の差でもあるんだろう。

誰かを導く教導者《インストラクター》を務める以上、レオン先生のような教師達には、知識や品格、そして強さが求められるに違いない。

「学籍番号は『学区』に所属する生徒情報を管理するためのもの。そして君が専攻することになった『戦技学科』は……この先で説明しよう」

中央塔から予鈴らしき鐘《チャイム》が鳴って、周囲で行き交う生徒達の姿も疎《まば》らになる頃、通りを進んでいたレオン先生はある建物――一つの『校舎』に入った。

他の建物と同じく、青い屋根と白の石材で作られた校舎は屋内も清潔に保たれていて、僕はやっぱり御上りのように、辺りを見回してしまった。

『戦いの野《フォールクヴァング》』のお城のような内装とも異なる白い廊下を進んでいくと、レオン先生はある扉の前で足を止める。

「さぁ、ここだ。君の『級友』となる者達が待っている」

えっ？　と目を丸くする僕を他所に、レオン先生が微笑み、一緒に行こう、と促す。

扉を開ける先生に一歩遅れて続くと――そこはまさしく『教室』だった。

「！」

広い空間。ちょっとした劇場《シアター》を彷彿《ほうふつ》させるくらいの。

部屋の奥に位置する教壇及び黒板を取り囲むかのように、桃花心木《マホガニー》造りの長机が半円状に設置してある。更に座席は階段構造で、つまり『すり鉢状』。小さな劇場《シアター》という印象は決して的外れではないかもしれない。

そんな『教室』には、沢山の生徒達が着席していた。

ヒューマンに獣人、エルフ、ドワーフ、小人族《パルゥム》にアマゾネス。

あらゆる種族が揃《そろ》っており、全員がきっと十代。その人数《かず》五十はくだらない。

『学区』の制服に身を包む彼等《ら》彼女等《ら》は、入室したレオン先生、そして僕に一斉に視線を向けてきた。

思わず体を揺らしてしまう中、教室正面の教壇へと進むレオン先生を、慌てて追う。

「本日は予定通り、迷宮都市《オラリオ》修学の概略説明《ガイダンス》を行う。……が、その前に、君達の新しい仲間を紹介しよう」

ラピ、とまた偽名《な》を優しく呼ばれ、全て察した。

ここで自己紹介をするのだ。

そして今、ここから『学生の僕』を始めるのだ。

わかった途端、ぐんっと緊張感が増した。生徒達の目が興味深げにこちらを眺めている。

『何だか変なヤツが来た』なんて幻聴が今にも聞こえてきそうなのは僕の被害妄想《きのせい》？

よくわからないけど、脚が震えそうになってる。

迷宮探索《ダンジョン》とも異なる鼓動《ドキドキ》を抱える僕は、それでも腹を括《くく》った。

音を立てないように鼻から必死に空気を吸いながら、教壇より一歩、前に出る。

「…………えっ、と」

生徒達の視線に囲まれて、圧迫感がある、と感じてしまうのも緊張のせいだろうか。

少なくとも、この場所で毎日授業を行っているだろうレオン先生達、教師に僕は既に尊敬の念を抱くほどだった。

馬鹿な現実逃避をしながら、ややあって、口を開く。

「ベル・クラっ…………べっ、ベルラの都《みやこ》から来た、ラピ・フレミッシュです‼　よっ、よろしくお願いします！」

危うく本名を名乗って全てを台なしにしかけた唇に、首筋からぶわっと大量の汗をかきながら、何とか誤魔化して勢いよく頭を下げた。

神様《バルドル》から偽の出身地《プロフィール》を聞いてなかったら危なかった……‼

レオン先生が苦笑する気配をしっかり感じ取りながら、恐る恐る顔を上げると――。

「よろしく、同胞～」

「そんなに緊張しなくていいのよー？」

「男だろ、もっと胸を張れ！」

獣人の男子が片手を上げ、ヒューマンの女子が声をかけ、赤髪のアマゾネスが茶化し、他の生徒達も明るい笑い声に包まれた。

だ、大丈夫そう……。

しっかり恥ずかしい思いはしたけど、少なくとも、先日の不法侵入者《ベル・クラネル》とはバレてない……。

「ラピは以前に停泊したベルラの都《みやこ》で試験には合格していたが、一身上の都合により入学が遅れ、自らの足でこの港街《メレン》までやって来た。右も左もわからない彼に、今日から級友として色々なことを教えてあげてほしい。『学区』に初めて訪れた君達もそうであったように」

「「「はい！」」」

僕の紹介をレオン先生が締めくくってくれると、生徒達も快く頷いてくれた。

一気に安堵感《あんどかん》に包まれていると、「ではラピ、空いている席に座ってくれ」と促され、「は、はい！」と上擦った声で返事をする。またクスクスと笑われてしまい、頬に熱を集めつつ、教壇から離れる。

階段を上り、席を探す傍ら、興味津々の視線は引き続き僕のもとに。

鬘《かつら》の前髪が瞳を隠してくれていて良かった……と思う。

深紅《ルベライト》の目を何度も泳がせる今の僕は、みっともないくらい挙動不審に映っただろう。

（えっと、空いてる席……空いてる席は……）

気恥ずかしさからうつむいて、碌に生徒の着席状況を確認していなかったせいで、満席の列に迷い込みながら席を探していると、

「ここ、空いてるよ！」

一人の女生徒が手を上げてくれた。

ちょうど教室の中央辺り。階段沿いの席は一つ、確かに空いていた。

申し出に感謝して移動した僕は――その女生徒を前にして、驚いてしまった。

「君は……」

ちょこんと尖《とが》った耳に、リボンでまとめられた茶褐色《ブラウン》の長髪。

前髪の一房を染める翡翠の色。

何より、ある人を彷彿させる緑玉色《エメラルド》の瞳。

僕は彼女に見覚えがあった。

初めて『学区』に侵入した時に見かけた、あの半妖精《ハーフ・エルフ》の女の子！

「私、ニイナ・チュールっていうの。よろしくね、ラピ君」

チュール？

それじゃあ、やっぱりこの人は、エイナさんの――。

「……どうしたの？　もしかして、名前を呼ぶの馴《な》れ馴《な》れしかった？」

「えっ？　あ、いや！　そんなことありません！　よろしくっ……チュ、チュールさん！」

どもりながらも、何とか挨拶を返す。

突然のことでどうすればいいかわからなかった僕は、誤魔化すように慌てて着席した。

「レオン先生も言ってたけど、わからないことがあったら言ってね？　私でよければ力を貸すから」

「あ、ありがとうございます……」

緊張しっ放しの僕を気遣ってくれているのか、隣に座った後もチュールさんはにこやかに話しかけてくれる。

胸の紋章《バッジ》は『光と船』。同じ【バルドル・クラス】。

整った顔立ちにも目を引かれてしまうけど……それでもやっぱり、エイナさんと被《かぶ》る面影に意識が引っ張られてしまう。

潔癖とよく言われる妖精《エルフ》の血を引いておきながら、柔和で、親しみやすい態度。

大人びた雰囲気の中にある人懐っこさ。

眼鏡はかけてないけど、やっぱり、エイナさんにそっくりだ。

まじまじと見つめるわけにもいかず、ちらちらと見やる僕に彼女は不思議そうな顔をしつつ、やっぱり微笑みかけてくれる。

今は変装しているし、視線が一度合ったくらいだから、彼女も僕の正体に気付いていないようだけど……まさか、こんな形で知り合うなんて。

「優しくされたからといって勘違いしてはいけませんわよ、新入りさん。ニイナは優等生で、誰にでもこうなんですから」

「ミリー先輩！　変なこと言わないでください！　レオン先生の概略説明《ガイダンス》、始まりますよ！」

前の席に座っていた金の髪を結わえた女生徒──彼女もエルフだ──に勘違いされたのか、笑みを向けられた僕は動揺してしまい、チュールさんは前を向くように注意する。

き、気をつけよう。

気になってしょうがないけど、今は目の前の授業に集中しよう！

「さて、先日開かれた全校集会でも触れたが、『学区』は無事この港街《メレン》に帰港することができた。他の学科の者と比べて、『戦技学科』に所属する君達には、より重要な日々が始まる」

よく通る声が、教壇の上から発せられる。

レオン先生が口を開くと、浮ついていた教室の空気が、がらりと変わったのがわかった。

「『戦技学科』とは文字通り、戦いに関わる武芸と、それにまつわる心を学ぶ。この教室にいる者の多くが戦闘職を志していることだろう」

レオン先生はまるで、生徒達に初心を思い出させるように『戦技学科』について語っているけれど、これは僕に向けての説明でもあるのだろう。

この『戦技学科』に属することになったのはヘルメス様の提案だろうか？

何にせよ、ちょうどいいと思う。何を学んで何を伸ばしたいのかと問われれば、僕が最初に答えるのは、それはやっぱり迷宮探索に繋《つな》がる『戦闘知識』や『戦闘技術』だと思うから。

「帝国の騎士、海洋国《ディザーラ》の海兵、魔導大国《アルテナ》の宮廷魔導士……そして迷宮都市《オラリオ》の冒険者。進路は様々だろうが、これらを目指す上で『世界三大秘境』の一つ、ダンジョンでの経験とは貴重なものとなる。我々教師陣も、評価の中で重きを置くと言っていい」

そして『戦技学科』側としても、『迷宮都市《オラリオ》に訪れた』ということは大きな行事《イベント》なのだと、レオン先生の言葉の端々から感じ取れた。真剣な顔を浮かべる生徒達に感化されるように、僕も居住まいを正してしまう。

「今日から三日後、『学区』側のオラリオ入場が解禁される。その日を境に派閥体験《インターン》も可能となるが、『戦技学科』の君達にまず求められるのは、『特別実習《ダンジョン》』だ」

そこで、レオン先生は右腰の皮嚢《ホルスター》から一本の白墨《チョーク》を抜く。

カツカツと、黒板が鳴り始める。

「各『小隊』、能力《ステイタス》に見合った階層を探索してもらい、指定されたモンスターの『ドロップアイテム』を持ち返ってもらう。規定の迷宮戦果《ダンジョン・リザルト》に応じて、『単位』を与えよう」

『小隊』や『単位』という気になる単語があったけど、今は意識の片隅に置いておく。

レオン先生は今も喋《しゃべ》りながら、手書きとは思えないほど綺麗《きれい》な共通語《コイネー》、更に長方形の図形を黒板に書き込んでいった。

「無論、報告書《レポート》の提出も必須だ。ないとは信じているが、もし冒険者から買い取った『ドロップアイテム』を用意したとしても、探索活動の有無は即刻バレるのでお勧めはしない」

「先生ー！　もししたら、どうなりますか？」

「そうだな。以前この手を使った生徒がいたが、私が付きっきりで三日三晩ダンジョン補習を行った。その生徒は地上に帰還した後、『太陽ってこんなに綺麗だったんですね』と、嬉し涙を流していたよ」

織り交ぜられる過去話に、我慢できなかった一部の生徒がくすりと笑みを漏らす中、獅子色の髪が揺れ、生徒達に向き直る。

板書を終えた黒板には、長方形の図形に迷宮の各階層と、【ステイタス】基準を当てはめた簡易図ができあがっていた。

能力値《アビリティ》評価の基準が細かく設定されており、Ｌｖ．１の【ステイタス】下位者が５階層まで、上位者はより細分化された上で９階層までが最高深度。

10階層からはＬｖ．２のパーティのみが許可されるようで、そこも最も深く進攻《アタック》できるのは15階層までだ。

（ギルドが定める各階層の『能力値到達基準《アビリティ》』より、かなり低く設定されてる……）

『学区』の生徒は優秀で、多くが昇格《ランクアップ》しているとヘルメス様には聞いていた。

それを考えるとかなり厳しい、いや『過保護』な制限のように見えるけど……すぐにこの教室にいる人達は『冒険者』ではないのだと思い至った。

ダンジョンで重要なのは【ステイタス】の数値もあるけど、それ以上に『経験』の有無。

どれだけの『未知』を経験し、『既知』にしているかが比喩抜きで生死の明暗を分ける。

Ｌｖ．１のサポーターだったリリが10階層周辺でも活動できていたのがいい例だし、その逆も然り。到達基準を満たした上級冒険者が中層域でころっと亡くなってしまうのもざらだと聞く。

それを考えると、生徒達にはダンジョン内の『経験』が圧倒的に足りず、迷宮探索を生業《なりわい》としている冒険者と同じ基準で計ってはいけない、という言い分は至極真っ当だ。

『学区』が用意しているこの基準は、生徒の身の安全を第一に考えているのだろう。

「実習中は我々教師も各階層に配備される。君達の動向を見守るつもりではあるが……ダンジョンは広い。全ては監視できないと覚えていてくれ」

「「「……！」」」

「異常事態《イレギュラー》は勿論《もちろん》、モンスター以外にも冒険者達との揉事《トラブル》が発生するだろう。もし油断を招けば、それは理不尽を呼び、君達を容易《たやす》く窮地に追いやる」

真剣な言葉に、空気が更に張り詰めた。

隣にいるチュールさんや、他の生徒が息を呑《の》む中、レオン先生は教室中を見渡す。

「君達『戦技学科』の生徒は特に、これまでの野外調査《フィールドワーク》や戦闘任務《バトル・ボランティア》で心身を鍛え上げてきた。昇格《ランクアップ》した者も数多い。だが、明言しておこう。君達が経験してきた、いかなる戦場とも――ダンジョンは異なる」

音が完全に消えた。

生徒達の緊張感、そしてやる気が満ちていくのが、はっきりとわかった。

僅かな静寂の後、レオン先生は一笑する。

「今《いま》言ったことを忘れず、迷宮都市《オラリオ》の修学に臨んでくれ。大丈夫だ。慢心を捨て、備えさえ欠かさなければ必ずできる。『学区』の生徒である君達ならば」

「「はい‼」」

次に起こるのは、ささやかな熱気。

士気でもなく、好奇心とも違う……これが『学ぶ意志』？

僕もそれに感化される形で、身が引き締まる思いだった。

何かを学んでみたい、知らないことを経験したい。漠然としたそんな思いで『学区』に来たけれど、この『戦技学科』にいる以上、『特別実習《ダンジョン》』には僕も参加することになる筈だ。今、聞いたことはちゃんと覚えておこう。

冒険者という素性を隠しつつ迷宮進攻《ダンジョン・アタック》なんて、少しおかしくもあるけれど。

レオン先生はその後も黒板に書き出した詳細を交え、細かな日程や取り決めを説明した。

「概略説明《ガイダンス》は以上だ。本来ならば、ここで質問を受け付けるところだが……今日、私達の学び舎には新たな仲間がいる。今回は趣向を変え、彼の意見を聞いてみよう」

……ん？

何だか風向きが……？

「ラピ、何か思ったことはあるか？」

「…………は、はいっ⁉　えっ、えっ？」

まだ聞き慣れてない名前に、自分のことだと気付くまでたっぷり時間を要してしまった僕は、思わず立ち上がってしまった。

レオン先生が教壇からこちらを見ている。教室中の視線が僕のもとに集まる。

落ち着いてきた鼓動が、再び暴れ出す！

「君は冒険者志望だったな。どうすれば、この『特別実習《ダンジョン》』がより豊かな学びになるか君の考えを聞かせてほしい」

ぼ、冒険者志望というか、現役冒険者というか……。

まぁ、つまり、そういう『設定』らしい。

僕は僕で嘘《うそ》の経歴を用意されても演じきれる自信はないから、こういった『設定』の方が確かにまだボロは出なさそうだ。きっとレオン先生やバルドル様のご配慮なんだろう。

ご配慮なんだろうけど……な、何を言えばいいんだ⁉

「ラピ、この『学区』で意見の発信は重要だ。間違ってもいい。見当違いでも構わない。常に己の答えを持ち、疑問を抱くことを止《や》めず、自他ともに問いかけ続けてほしい」

「……！」

「それを繰り返し、私達は『学ぶこと』を知っていく」

僕が知らない――神様のそれとも異なる――その『教師』の眼差しに、はっとする。

レオン先生は多分、教えようとしてくれている。

この『学区』の法《ルール》、いや『学区』流の生き方を。

僕に、最初の『授業』を開こうとしてくれている。

「君が冒険者を目指す上で、大切にしようとしていることでもいい。どうか私達に聞かせてくれないか？」

先生は優しく問いかけてくれる。

立ちつくしている僕がふと隣を見ると、チュールさんも笑みを浮かべ、がんばって、という口の動きで応援してくれていた。

生徒の視線は相変わらず、こちらを貫いてくるけれど……僕はぎゅっと手を握り、喉を動かした。

「ぼっ……冒険者はっ、冒険しちゃあ、いけない……」

自分でも情けなくなるくらい、震えそうになる声を抑えて告げたのは、その言葉。

見つめ合っていたレオン先生の目が見張られる。

隣に座っているチュールさんがきょとんとしたのがわかる。

僕の声がやけに響き、静まり返ったかと思うと、周囲の生徒はざわめき始めた。

「どういうこと……？」

「冒険者なのに、冒険しちゃいけないって、なんだよ？」

「おかしくない？　何が言いたいの？」

昇華《ランクアップ》して強化された聴覚が再び、ざわめきの内容を正確に聞き取ってしまい、汗が止まらなくなっていると――。

「――素晴らしい」

レオン先生は、微笑んでくれた。

「今のラピの言葉は矛盾しているように聞こえるが、私は真理の一つだと思う」

生徒達の視線が僕から離れ、再び教壇のもとに集まる。

「ダンジョンでは決して蛮勇は尊《とうと》ばれない。むしろ『臆病』であることこそ、自分や、仲間の命を守る」

「「――！」」

「引き際を見誤《みあやま》らないこと、そして危険性《リスク》を冒さないこと。これはダンジョンという過酷な環境で探索する冒険者にとって、最も重要な事柄だ」

驚く生徒達の顔に、大なり小なり理解の色が浮かんでいく。

今や教室にいる人達が全員、レオン先生の一言一句に耳を傾けている。

「ダンジョンにもぐる以上、冒険者の生き様から学ぶことは多い。ラピのおかげで、私達はまた一つ賢くなった。――諸君、拍手！」

――瞬間、教室中から万雷の拍手が巻き起こる。

驚いて立ち竦《すく》む格好となってしまった僕を包み込む、生徒達からの称賛の音色。

獣人の男子が、ヒューマンの女子が、赤髪のアマゾネスが、最初とは打って変わって少し見直したような視線で眺めてくる。隣のチュールさんはきらきらとした笑顔を咲かせ、誰よりも大きな拍手をしてくれていた。

……これが『学区』。

忌憚《きたん》のない意見、それも実りのある見解には、区別も差別もなく歓迎する。

僕は恥ずかしさと、後はよくわからない高揚感で、胸がいっぱいだった。

この評価は決して僕の発言がすごかったから、じゃない。

レオン先生が生徒達にわかるよう噛《か》み砕き、みんなに届くよう言葉の裏に隠された意味を紐《ひも》解いてくれたからだ。それこそ僕なんかより、ずっと上手く。

何より、僕という新入生が『学区』に馴染めるように、わざわざこんな機会を作ってくれたのだろう。

まだ出会ったばかりだけど……本当に頭が上がらない。

レオン先生みたいな人を、きっと『立派な大人』と言うんだと思う。

僕の周りにはあまりいなかった人柄《タイプ》のような気もするし、素直に尊敬してしまった。

「ラピ。ちなみに先程の言葉は、君自身が辿《たど》り着いた答えか？」

拍手が鳴り止む頃、レオン先生は尋ねてくる。

僕は正直に、あとは今だけは胸を張って、打ち明けた。

「違います。僕の大切な人に教えてもらいました」

『冒険者は冒険しちゃいけない』。

これはエイナさんの言葉だ。

冒険者になりたてで、何かと調子に乗りがちだった僕を諫《いさ》め、救ってくれた教えでもある。

「そうか。なるほどな……」

エイナさんはもと在校生だったらしいし、僕に根付いているこの教えも、『学区』という学びの延長なのかもしれない。そんなことを考えていると、レオン先生は顎《あご》に片手を添えながら、小さく、何度も頷いていた。

「もう少しこの話を広げ、論議《ディスカッション》をしたくもあるが……次の授業もある。概略説明《ガイダンス》の時間はここまでとしよう。何かわからないことがあれば、個別に私のもとへ来るように」

黒の教員制服から懐中時計を取り出すレオン先生は、それからもう一度こちらを見た。

正確には、僕の隣を。

「ニイナ。よければ、ラピの学園案内を頼まれてくれるか？」

「はい！　今日はこの概略説明《ガイダンス》以外に授業はないので、大丈夫です」

「ありがとう。ラピ、放課後に迎えにくる。この教室にまた来てくれ」

「わ、わかりました！」

黒板を綺麗に消した後、それでは解散、とレオン先生は教室を後にする。

行ってしまうんだ、と心細く思わなくもなかったけれど、この後もきっと授業があるんだろうし……それに、レオン先生が何を言わんとしているのか何となく察せた。

交流を深め、『学友』を作れ、ということなんだろう。

「新入生、ここに来る前は何をしてたんだ？」

「え、えーっと……家の手伝いで、畑仕事を……」

「大都会《ベルフ》に住んでいて農民だったんですの？　冒険者志望とのことですが、戦闘経験は？」

「そ、それなりには……？」

「今のＬｖは？」

「………………レ、Ｌｖ．１？」

「なんで疑問形なんだよ。バルドル様から『恩恵』を授かったんだろ？」

沢山の質問にあたふたしながら、歯切れ悪く答えていく。

レオン先生が去ってすぐ、僕の席の周りには五、六人の生徒が集まっていた。

興味をもって話しかけてくれるのは嬉しいんだけど、どうしよう、生徒《ラピ》の経歴なんてちっとも考えてない……。とにかく第一級冒険者《ベル・クラネル》の素性を隠すため、咄嗟《とっさ》にＬｖ．５とは真逆の数字を口にしたりと、嘘と本当を交えながら、しどろもどろになって対応する。

すると、やっぱりというか「変なやつだなぁ」と笑われてしまった。

はい、僕もそう思います……。

「でも、すごいね、ラピ君。レオン先生、とっても感心してたよ！」

と、まだ隣の席に座っているチュールさんが、明るい声で誉《ほ》めてくれる。

「冒険をしない節度……欲をかかない自制心、なのかな？　私もはっとさせられちゃった」

「あ、いや、あれは本当に受け売りというか、僕は教えてもらっただけなんで……！」

僕が慌てて両手を振っていると、今まで笑っていた周囲の生徒も、確かに、と頷き始める。

多分、僕が困っていると思って話題を変えてくれたんだ。

(比べるのは失礼かもしれないけど……エイナさんみたいに、優しい人なんだ)

冒険者じゃない生徒《ラピ》が『ギルド職員の家族はいますか？』なんて聞いたらおかしいし、確信は持てないけど……チュールさんを通して、オラリオに初めて来た頃の記憶を思い出した。

冒険者として何もわからなかった僕を何度も助けてくれた、エイナさんの優しさを。

「すごくなんかないさ。レオン先生にかかれば、どんな馬鹿な意見だって『最高の教材』になるのだから」

そこで。

後ろの方から、笑みを含んだ声が聞こえてきた。

振り返った僕は、ぎょっとした。

「イグリン」

僕達から数列離れた席には、ふぁさっと華麗に前髪をかき上げる——ドワーフがいた。

制服を綺麗に着こなした男子生徒。ドワーフだから当然、縦は短くて横は大きい。更に顎には蓄えられた髭《ひげ》。だけど胸に差しているのは一輪の薔薇の花。……ナンダこれ。

チュールさんにイグリンと呼ばれた彼は、小馬鹿にするような笑みを向けてくる。

「みっともない上に、Ｌｖ．１ときた。何で戦技学科に来たのか考えを疑うね」

「『学区』の新入生は、みんな条件は一緒でしょう？　どうしてそんなことを言うの？」

「だって、明らかに弱そうじゃないか。『特別実習《ダンジョン》』が目の前のこの時期にズブの素人なんて、いい迷惑だよ」

向こうの笑みは途切れず、チュールさんが眉をつり上げて怒ってくれるけれど、僕は口をあんぐりと開けることしかできなかった。

嫌味な美少年――と見せかけた髭モジャのドワーフ。

これまた失礼かもしれないけど、言動と種族が一致してない！

「彼が加わる『小隊』は気の毒だね。あまり私達の足を引っ張らないでくれよ、兎人《ヒュームバニー》」

「あ、はい、気を付けます……」

華麗に席を立つイグリンさんに、衝撃が抜けきらない僕は普通に頭を下げてしまった。

再びふぁさっと前髪をかき上げ、彼は一人で教室を出ていく。

「き、気にしないで、ラピ君！　イグリンは初対面の人にはみんな、あんな感じだから」

「そ、そうなんですね……」

隣にいるチュールさんが慌てて励ましてくれるけど、僕はやっぱり傷付くより先に、『未知』

に遭遇して混乱する冒険者の心情となってしまった。

これが『学区』……。僕の知らない、色々な人がいる人種の坩堝《るつぼ》……!!

そんな混乱交じりなお馬鹿なことを考えていると、予鈴が鳴る。

他の生徒も動き出し、その場に残ったのは、僕とチュールさんだけとなった。

「……それじゃあ、私達も行こっか?」

空気を入れ替えるように、チュールさんが苦笑するように笑いかけてくれる。

ようやく心を落ち着けた僕もまた、苦笑《にがわら》い交じりに頷いた。

◆

それまでいた校舎を出て、日の光を浴びる。

視界に広がるのは青い屋根と白い壁の校舎群、そしてやっぱり船上とは思えない広々とした通り。ほのかに漂う潮の香りも手伝って、蒼穹《そうきゅう》と汽水湖《みずうみ》に包まれた『学区』の景色は、いわゆる行楽地《リゾート》のようにも感じられた。

「『学区』全体を回ろうとすると一日じゃ足りないから、今日は学園層《アカデミック・レイヤー》を紹介するね」

「学園層《アカデミック・レイヤー》?」

美しい青と白の景色にあらためて引き込まれていた僕は、ついおうむ返しをしてしまう。

チュールさんは「うん」と笑顔で頷く。

「『学区』は大きく分けて制御層《コントロール・レイヤー》、居住層《ライブ・レイヤー》、そして学園層《アカデミック・レイヤー》に分かれてるの」

「層《レイヤー》、ですか？　それって、ええっと……ダンジョンの階層みたいな？」

「ふふっ。ちょっと違うけど、その考え方で大丈夫だよ」

大人びたお姉さんのように笑うチュールさんが、わかりやすく説明してくれる。

何でも『学区』は、『層《レイヤー》』という巨大な円盤が三つ重なった構造を取っているらしい。

大量の大型魔石装置――『バベル』の昇降設備《エレベーター》にも利用されている浮力発生装置――が備わる底部に存在するのが、船の心臓とも言える機関部や『研究室』が密集する制御層《コントロール・レイヤー》。

真ん中に存在するのが、生徒や教師の居住区が設けられた居住層《ライブ・レイヤー》。

そして最後に、

「三段ある層《レイヤー》の一番上にあるのが、この学園層《アカデミック・レイヤー》。つまり今、私達がいるところ。見ての通り沢山の校舎や演習場とか、授業のための施設が集まった場所だよ」

各層《レイヤー》に役割を持たせているのが『学区』の特色……というか、この超巨大船《フリングホルニ》が世界を旅し続ける上で必要な構造だったらしい。操業を担当する乗組員を含めれば乗員数は一万人を超えるそうだから、船の区画を整理しておくのは十分に理解できる。港で眺めた時、横もすごいけど、縦も首が痛くなるくらい高かったもんなぁ……。

そんな巨大な三つの層《レイヤー》が重なった壮観から、付いた渾名《あだな》は『三段重なった特大菓子《パンケーキ》』。

他にも『長針が飛び出した時計』、『雄大な竜の背』とも比喩されているらしく、この規格外の巨大船を称《たた》える声は下界中から絶えないのだそうだ。

(『長針が飛び出した時計』っていうのは、何となくわかる。ヘルメス様と一緒に空から侵入する時、すごく長い……多分『船首』が突き出ていたし)

じゃあ、残りの『雄大な竜の背』が何を指しているのかと言うと、多分アレだろう。

この学園層《アカデミック・レイヤー》の外縁部を取り巻くように設置された、『蒼《あお》い羽根』。

エイナさんとオラリオの巨大市壁から眺めた時、まさしく巨大な海竜《りゅう》の背に人の街が築かれたような、なんて感じたけれど、他の人達もそうだったんだろう。

風になびく羽衣は今も穏やかに、そして幻想的に輝いていて、まるでこの上空の青々しさに一役買っているかのようだ。

(きらきら光ってるし、魔石灯と同じ……いや『調光器』なのかな? 後で聞いてみようかな)

しばらく美しい羽衣に見とれていた僕は、チュールさんの隣に並んで、複数の校舎が面する通りを進んだ。

「学園層《アカデミック・レイヤー》だけでも街一つが入るくらいで、通りも沢山あるの。最初は手引き書に載ってる地図を欠かさず持つことがお勧め! 私も入学して最初の頃、よく迷ってたんだ」

「あはは……確かに、とっても広いですもんね」

「もし地図を持ってなくて、迷いそうになったら、魔石街灯についてる看板を見て。3番通りとか17番横丁って現在地が書いてあるから。若い数字を追えば、中央に建つあの艦橋……、『神殿塔《ブレイザブリク》』に必ず辿り着けるよ」

　笑い話も挟んで和ませてくれるチュールさんが示すのは、僕がバルドル様と出会った中央塔。この学園層《アカデミック・レイヤー》で一番高い構造物は、もしかしなくても重要な施設らしい。

「あとは、船尾の方には公園もあるかな」

「あ、やっぱりアレは公園だったんですね」

　先日の不法侵入の際に眺めた学園の景色を頭の上に思い浮かべていると、

「ニイナ～！　何やってるの？」

　後ろから声が投げかけられた。

　チュールさんと一緒に振り向くと、そこには三人の女生徒。

　全員獣人で、犬人《シアンスロープ》、狸人《ラクーン》、そして女性の牛人《カウズ》。

「ベティ、授業は？」

「私達、今日は三限目から」

「それよりもニイナ、その子だれ～？」

「もしかして、ニイナの男⁉」

　友達なのだろう、親し気に話しかけてくる三人の女生徒に「違うよ！」とチュールさんは少し顔を赤くしながら否定した。僕もぎょっとして、少しそわそわしてしまう。

「この子はラピ・フレミッシュ君。ご家庭の事情で今日『学区』に入学したの」

「ふ〜ん、そうなんだ。……何だかひょろひょろしてるね！」

「頼りなさそう〜」

「うぐっ⁉」

ベティと呼ばれていた犬人《シアンスロープ》と、狸人《ラクーン》の女の子にけらけら笑われる。

チュールさんが「ちょっと二人とも！」と怒ってくれるけど……まぁ、これで構わないというか、正体がバレるよりかはいいかな？

チュールさんの友人達はその後、「二人でごゆっくり〜」なんて言って去っていった。

こういう何てことのない交流も、学園の醍醐味《だいごみ》……だったりするんだろうか？

「……？」

「どうしたの、ラピ君？」

そこでふと、視線を引っ張られた僕に、チュールさんがきょとんとする。

「……朝から少し気になってたんですけど、ああいう『売店』って、生徒が店員さんなんですか？」

僕達が差しかかったのは服飾店《ブティック》通り、なんて言っても良さそうなお洒落《しゃれ》な道。

今は水晶障壁《クリスタル・シャッター》で閉じられている建物が多いけど、一つだけ開いていて、小さなお店が営業していた。長台《カウンター》の内側には、可愛《かわい》い前掛《エプロン》の下に制服を着た獣人の女の子がいる。

「うん、そうだよ。『商業学科』で一定の『単位』を取って、資格試験に合格すれば、誰でもお店を経営できるようになるの」

「だ、誰でも？　すごいですね……」

「私も最初に聞いた時はびっくりしちゃった。ただ、出店できるかは店舗《テナント》の空き次第ではあるから、先輩の店舗で臨時店員《アルバイト》から始めるのが普通かな」

話を聞く限り、これも『授業』の一環らしい。

商業系の【ファミリア】や経営関係の仕事を進路にしている生徒達のための『予行練習』。『学区』という箱庭の中で――乗員《おきゃくさん》が一万人もいる環境で――『市場』の空気を知っておくのが重要なのだとか。

「月間の売り上げ順位《ランキング》なんかもあって、神様達からも景品が出るの。だから商業学科の人はいつもやる気満々だよ。新しい商品が毎月いっぱい出るから、私達もすっごく楽しいの！」

何だか思ってたより、『学区』って堅苦しくないというか、結構大らかなのかもしれないと、僕は苦笑とともに思った。

今は授業中で従業員である生徒も少なく、大半のお店は閉まっているけれど、夕方あたりからどんどん賑《にぎ》わっていくとのことだ。お店の種類は料理関係が多いけど、服飾や雑貨など様々らしい。今、視線の先で開店しているお店はというと……。

「……ジャガ丸くん⁉」

「あ、そっか。ジャガ丸くんってオラリオが発祥なんだっけ？　『学区』でもかなり人気があるんだよ？」

目に飛び込んできた共通語《コイネー》に、仰天してしまう。

お店の雰囲気とか飾ってある看板とか、とてもお洒落で全然ジャガ丸くんっぽくないのに！　すごい！　親指を上げながら『ジャガ丸くんはワールドワイドなんだぜ、ベル君？』っておっしゃってた神様は正しかったんだ！　わーるどわいどの意味はまだよくわかってないけど！

「せっかくだから、行ってみる？」

「う、うん……！」

お腹はまだ空いてないけど、迷宮都市で暮らす者として俄然興味が湧いてしまう。

憧れの人《アイズさん》のように、ふらふら～、とジャガ丸くんのお店に引き寄せられた。

「らっしゃいませー」

「おはよう、ミサ。ラピ君は何にする？」

「え、え～と………チュ、チュールさんから先にどうぞ！」

お洒落な店の外観に反して、どこか気の抜けた挨拶をする店員さんに汗を流しつつ、僕は注文を譲った。

貼り出された羊皮紙の品書《メニュー》には見かけない単語がいっぱいあって、ちょっと何を頼んでいいのかわからない。命《ミコト》さんが言っていた郷に入れば郷に従え、という言葉通り、一度チュールさんが何を頼むのか参考にさせてもらおう。

「う～ん、どうしようかなぁ。お昼前だし、あんまり食べられないから……よーし、決めた！」

これまで丁寧で、完璧な案内《ガイド》をしていたチュールさんが細い顎に指を当て、ころころ表情を変える。勝手な印象だけど、こういうところは何だか学生っぽくって、微笑ましい。

僕がこっそり笑みを漏らしていると、

「ジャガ丸くんグランデチョコレートチップエクストラコーヒーノンファットミルクキャラメルプラペチーノウィズチョコレートソース味一つ」

なんですって？

突如唱えられた呪文に耳を疑っていると、「あいよー」と気の抜けた声が聞こえ、間もなくナンカすごいものが出てきた。

水晶《クリスタル》の容器に詰まった、甘味《シロップ》たっぷりの飲物《クリーム》とその中に突っ込まれたジャガ丸くん……。

……………いや、これは。

もはやジャガ丸くんじゃなくて、甘味《シロップ》と飲み物の方が本体のような……。

こんな光景を見たら神様もアイズさんも『『こんなものは邪道！』』と二人揃って激怒するような気がする……。

あとチュールさん、あんまり食べられないって言ってなかった？　甘味は別なの？

微笑ましさが戦慄に変わって何というかとにかく文化的衝撃《カルチャーショック》……!!

「なにするー?」

「………ジャガ丸くん、ほうじ茶ペッパー味一つ」

店員に促され、一番短そうな呪文というか無難なものを唱える。

僕が顔を引きつらせていると、店員さんは『わかっているな』とばかりに「ふっ」と口角を上げた。いや、甘いものが苦手なのと、チュールさんのそれに既に胸焼けを引き起こしているだけなんですけど……。

「ミサ、二つでいくら?」

「二〇〇ラグナー」

かかっている香辛料は珍しいものの、普通の形状のジャガ丸くんが出てきて安堵していると、チュールさんが可愛らしい財布を取り出して、二枚の『紙』を取り出した。

あれはまさか、紙幣?

『学区』の中はヴァリス金貨じゃなくて、紙の通貨で取り引きができるのだろうか?

って——。

「ま、待ってください、チュールさん!? お金、払います!」

「でも、ラピ君はまだ学区紙幣が振り込まれてないでしょう? ヴァリス金貨があっても、学生銀行《バンク》で換金しないといけないし」

「え、ええっ……!? よ、よくわからないですけど、でも女の人に支払わせるわけには!」

具体的には師匠《マスター》にボコボコにされる！　『あれほど改造を施したというのにまだ足りないのか愚兎《ぐさぎ》が死ね』とか言われて雷弾一斉射《カウルス・ヒルド》されるッッ!!

「いいの！　行こう！」

「うわっ⁉」

手早く紙幣を店員さんに渡し、僕に有無を言わせないためか、手を取って、走り出す。

手を振る店員さんに見送られる中、僕は手の柔らかさと温もりに、つい頬を赤らめてしまった。

「これはラピ君の入学祝い！」

「にゅ、入学祝いっ？」

「うん！　公園に行って、二人で食べよう！」

誰もいない通りを二人だけ、小走りで進んでいく。

手を引きながらこちらを振り向くチュールさんの笑顔は、綺麗な青空に負けないくらい、眩《まぶ》しかった。

「入学おめでとう、ラピ君！　同じ【クラス】同士、頑張ろうね！」

エイナさんとは似てるけど。

やっぱり、エイナさんとは違う。

大人びていて、だけど子供っぽくて、屈託ない。

困った顔を浮かべていた僕は、気が付けば、目の前の心優しい女の子に釣られるように顔を綻ばせていた。

＊

広くて穏やかな公園で、二人だけのささやかな入学パーティーを開いた後。

『神殿塔《ブレイザブリク》』から鐘の音《ね》が二回ほど鳴り響く頃には、校舎から沢山の生徒が現れ、学園層《アカデミック・レイヤー》は踊り出すような賑々しさに包まれていた。

みんながお腹を空かせたお昼時。

食べ盛りの学生達が、待ってましたとばかりに食欲の攻略に乗り出す。

「お、美味しい……！」

「でしょう！　学食の中でも、この青空食堂《スカイ・ラウンジ》は一番のお勧めだよ！」

宝石のような魚卵をちょこんと乗せられた小盛《こもり》パスタに、衝撃を受ける。

日傘《パラソル》の下、同じ料理を頼んだチュールさんが、幸せそうに麺《めん》を口に運んだ。

僕達が今いるのは、長大な『神殿塔《ブレイザブリク》』の中ほどに設けられた学生食堂。

外に大きく張り出したテラス側の席で、僕達以外にも沢山の生徒で賑わっている。

「生徒が自主経営しているお店は有料だけど、『学区』の職員《スタッフ》や神様が直営している学食は基本、無料なの。中でもこの青空食堂《スカイ・ラウンジ》は大人気で、授業がない日でも入れないくらい！　今日は運が良かったよ～！」

こんな美味しい料理が無料ということが信じられないけど、この青空食堂《スカイ・ラウンジ》に限っては『学区』の神様自身が料理を作っているらしい。ランチは五十食限定で早い者勝ちなのだとか。

卓《テーブル》を挟んで対面に座っているチュールさんの声も心なし、高くなってる。

もしかして、食べることが好きだったりするのかな？

苦笑しつつ、僕もつるりとパスタを完食してしまった。

ちなみにジャガ丸くんを食べてしまったから、二人とも量は控え目。

「この青空食堂《スカイ・ラウンジ》で、学園層《アカデミック・レイヤー》の主要施設は最後かな。お昼のうちに急いで案内しちゃったけど、大丈夫そう？」

「はい、とっても助かりました！　ありがとうございます、チュールさん」

視界を横に開くだけで、学園層《アカデミック・レイヤー》を見渡せるテラスからの景色は絶景で、風は冷たいながらも気持ちいい。この青空食堂《スカイ・ラウンジ》も含めて、本当に楽しい学園見学だった。

僕が心から感謝を伝えると、それまでにこにこと笑っていたチュールさんは……じ～っと、こっちを見つめてきた。

「ニイナ」

「えっ？」

間もなく、ぴんと人差し指が立ち上がる。

「ニイナって呼んで。私もラピ君って呼んじゃってるし。同じクラスメイトなんだから！」

今まで引っかかっていたのか、そう提案してくる彼女に、僕はびっくりしてしまった。

『学区』――学園という空気感もあってか、思ってたことをつい口にしてしまう。

「で、でもチュールさんは僕より『学区』に先にいますし……年上の先輩には……」

そこまで言うと。

終始笑顔だった彼女の顔が、少々鋭いものに変わった。

「……ラピ君って、年いくつ？」

「年……？　ええっと、十四歳ですけど……」

「私、十三歳です」

「ええええええっ⁉」

うそぉ⁉

立ち上がって叫んでしまった僕に、自称年下の彼女は今度こそ眉尻の角度を上向きにした。

「あ、ラピ君もそんな反応するんだ！　いーよ、私は年齢と比べて老《ふ》けてるもん！」

「えええっ⁉　ち、ちがうよ！」

エイナさんの面影も僕の目を惑わしていたと言いますか……！

年齢を勘違いされたことは今までもあったのか、ご本人はご立腹とばかりに目を瞑《つむ》り、ぷいっと顔を背けてしまう。

「いや本当にっ、全然変なことは思ってなくて！　ただびっくりしただけで、なんて言うか子供っぽくないし、僕より全然大人びててっ……き、綺麗だったから……！」

機嫌を直してもらいたい一心で、顔を真っ赤にして本心を全て打ち明けると、

「……ふーん」

目を開けた彼女は、ちらっとこちらを窺った。

すぐに悪戯《いたずら》好きな子供のように目を細め、先程までと同じ明るい笑みを浮かべ直す。

「じゃあ、許してあげる」

「ほっ……」

「それじゃあ、名前を呼んでみて？　敬語も要らないよ」

「……えっと……ニ、ニイナ」

「よろしい」と笑顔のままニイナが頷く。

どこか心地の良いくすぐったさが唇の端からむずむずと漏れて、僕は頬を指でかいた。

今は食堂ということになっているけど、もともと青空食堂《スカイ・ラウンジ》は中央塔内の休憩室だったらしく、食事を終えた後も生徒達は席を離れず、それぞれの会話に花を咲かせていた。

ちゃんとした意味で学友《クラスメイト》になれた僕達も、自分達で食器を片付けた後、日傘《パラソル》の下で気ままに談笑を続ける。

「……ラピ君。ここからは、もしかしたらお節介かもしれないけど、『履修登録』はもう終わってる？」

「『履修登録』……？」

「うん。『学区』で受ける授業選択のこと」

あ、そういえばレオン先生も言っていたような……。

椅子と背中の間に置いておいた学鞄《ブックバッグ》を引っ張り出す。中身を確かめると、手引き書や複数の書類と羽根ペンを始めとした筆記用具、後は『学区』の封蠟《ふうろう》が施された巻物《スクロール》が入っていた。

ニイナの言っているのは、きっとこれだ。

封蠟を剝《は》がして広げてみると——そこには、びっしりと綴《つづ》られた『授業科目』の一覧。

「うえっ⁉　これが全部、『学区』の授業……？」

「正確には科目だね。入学一年目から受けられないものもあるんだけど……」

変な声を出してしまった僕が卓《テーブル》の上に広げると、ニイナは指で差しながら説明してくれる。

「授業の中には大きく分けて、必修科目と選択科目があるの。『戦技学科』の場合は、この『武学』と『野外調査《フィールドワーク》』、あとは『戦闘任務《バトル・ボランティア》』なんかが必修科目。『野外調査《フィールドワーク》』を含めた実習系の授業は、『特別実習《ダンジョン》』に今は切り替わってるから考えなくていいとして……」

問題は選択科目、とニイナは言う。

「『戦技学科』は必修の実技や実習の割合が多いんだけど、選択科目を最低でも六つくらいは履修しておかないと必要単位が足りなくなるよ。興味がある分野、得意そうな教科を選ぶのが一番いいと思う」

「えっと、ちなみに、その単位っていうのが足りないと、どうなるの……？」

「卒業資格がもらえなくなっちゃう、かな。最悪の場合は退学。でも、わざわざ『学区』に来てまで授業を受けない人はいないから、私は見たことないけど……」

な、なるほど……。

少なくともしっかり授業を受けないと、学生として怪しまれるどころじゃないってことか。どれくらい『学区』にいられるかはわからないけど、僕自身得《え》られるものがあるならしっかり学びたいし、真剣に科目を選ぼう。

えーっと、今《いま》選べるのは…………『魔法学』『詠唱術』『魔術発展』『精霊学』『融和学』『錬金法』『調合学』『調理学』『秘薬学』『鍛学《かがく》』『怪物調教術』『種族史』『古代史』『現代史』『神時代《しんじだい》論』『終末対論』『共通語学』『エルフ語』『ドワーフ語』『獣人語』『獣人種別語A』『獣人種別語B』『小人族《パルゥム》語』『女戦士《アマゾネス》語』『舞台学』『演劇学』『演奏学』『音楽学』『詩学』『剣術』『槍術《そうじゅつ》』『弓術《きゅうじゅつ》』『斧術《ふじゅつ》』『格闘術』『杖術《じょうじゅつ》』『総合戦闘』――――一体いくつあるんだ⁉

両手に持った羊皮紙を見下ろしていた僕は、すぐに目を回す羽目になってしまった。

「うううっ……⁉　ど、どれを選べば……⁉」

「あ、あんまり考え過ぎてもあれだから、気になった科目とかでもいいんだよ？」

「き、気になるやつ…………あ、この『総合神学』っていうのは……？」

「神様にまつわる科目だね。【神聖文字《ヒエログリフ》】の意味や、読み方とかが学べるけど……」

「えっ⁉　ほ、本当？　じゃあ、受けてみようかな……！」

「あんまり、お勧めはできないかな……。合格率一割を切ってるっていう話だし…………【神聖文字《ヒエログリフ》】を実際解読できるようになった人は、もっと少ないって」

「い、一割⁉」

ニイナに助言をもらうものの、唸《うな》っては悩み続けてしまう。

とりあえず一覧《リスト》の中にあった『英雄史』っていう科目は選択するとして……こなせそうな武芸関係の授業を取るのが無難だろうか？　でも、正体を隠す身としては【ステイタス】の情報が露見するような機会は極力減らすべきだし……ど、どうすれば！

明確な目標もなく、漠然とした思いで『学区』で勉強してみたい、なんて考えていたバチが当たった？　煙が上がりそうになるまで頭を抱えていると――。

「……ラピ君。貸して？」

ニイナが僕の手から羊皮紙、そして羽根ペンを取った。

「ラピ君、冒険者になって使う武器は決めてる？」

「えっ？　えっと……ナイフ、かな？」

「じゃあ短剣の分類《カテゴリ》で、『剣術』がいけそうだね。歴史に苦手意識はない？」

「う、うん、多分……」

「それじゃあ『古代史』と『現代史』は取っていいと思う。担当のアドラー先生は復習も兼ねて前の授業の振り返りをよくしてくれるから、途中からでも追いつきやすいよ。逆に『神時代論《しんじだいろん》』は前提知識が要求されるから避けた方がいいね」

「えっ、えっ？」

「魔法の適性があるんだったら『詠唱術』はお勧めなんだけど……こればっかりはラピ君次第。語学を受けられる余裕があれば、『エルフ語』なら私が力になれると思う」

目を白黒させる僕の目の前で、ニイナは何かを書き込んでいく。

やがて返ってきた羊皮紙には、特定の『授業科目』に波線が引かれていた。

「あの、これって……？」

「私のお勧め科目……かな。この冬期《じき》の入学生って、授業が結構進んじゃってて、周りに置いていかれる感覚があるっていうか……中々追いつけなくて苦労するから」

そこでニイナは、ちょっと恥ずかしそうに、頬を赤らめた。

「あとは……私が選んでる授業も選んでおいたから、一緒に受ければ、何とかなるかなって」

その言葉を聞いて、僕は目を見張っていた。

「どうして、そこまで……」

顔を上げた彼女は、今度は嬉しそうに破顔した。

「私もね。ラピ君と同じだったの」

「同じ……？」

「『学区』に来た時、右も左もわからなくて、授業もわからないところがいっぱいあって……でも、助けてくれた人もいっぱいいた」

一度目を閉じ、追憶の続きを語ってくれる。

「今朝の概略説明《ガイダンス》で私の前にいたミリー先輩、覚えてる？」

「う、うん、エルフの人だよね？」

「そう。それでミリー先輩がね、私に色々なことを教えてくれたの。つらいことや悩むこともあったけど、私はミリー先輩達のおかげで『学区』のことが好きになれた」

だから、と僕のことを真っ直ぐ見つめ直す。

「私もミリー先輩達みたいに、『学区』に来て困ってる人を助けてあげたいなぁって。……本当に、余計なお節介かもしれないけど」

最後は苦笑を浮かべるニイナに、僕は慌てて「そんなことないよ！」と言っていた。

「ニイナのおかげで、すごい助かってる！　僕は勉強があまり得意じゃないけど……今から頑張ろうって、そう思えたから！」

これは本心だ。嘘なんかじゃない。

親身で熱心な彼女の姿に刺激をもらって、不安感みたいなものはすっかり消えている。

逆にこの『学区』をもっと好きになりたい、とまで思えてきた。

そんな僕の想いが伝わったのか、ニイナの顔もぱっとお日様のように晴れ、ちょこんと尖った耳が揺れた。

「だったら良かった！　そう言ってもらえると、私も嬉しい！」

「うんっ！　そうだ、もし時間が空いてるなら、勉強なんかも教えてもらってもいいかな？　どこを予習しておけばいいとか、それくらいで大丈夫なんだけど……」

「——本当⁉」

僕まで嬉しくなってしまってそう言うと、ニイナの顔が更に明るくなる。

「じゃあ、今からしよっか！」

「えっ、今から？」

「明日からラピ君も授業に参加しないといけないだろうし！　予習はすごい大事だから！」

「確かに、どんなことを勉強するかもわかってないし……ニイナさえよければ、お願いしようかな？」

「任せて！」

ちょっと驚いたけど、ニイナの言ってることは正しい。

ダンジョンでも装備はおろか、知識もない状態で探索するのは自殺行為だ。とんとん拍子に進む『勉強会』の提案に快諾すると、ニイナは惚《ほ》れ惚《ぼ》れする笑顔を浮かべた。

「ラピ君は概略説明《ガイダンス》があった教室に戻ってて！　今日はもう空き教室になってる筈だから！　私は図書館で参考書を取ってくるね！」

そして――ドンッッ!!　と。

机が陥没するのではないかと思うくらいの、超重量という名の『本の山』が目の前に叩きつけられ、僕は目を点にした。

「えっ？」

「ちょっと少ないけど、これくらいの範囲を押さえればいけるよ！」

「えっ？」

「五時間くらいみっちりやった後、テストもしてみよう！　私、問題作っておくね！」

「えっ？」

えっ？　しか呟けない壊れた人形と化す僕を前に、ニイナはにこにこと笑い続けている。

悪気《わるぎ》はおろか邪気なんて一切ない無垢《むく》かつ無敵の笑顔で。

僕は遅まきながら、ドッッと大量の汗を流し始めた。

「ニ、ニイナっ？　さすがにこの量は苦しいというか、不可能というか、僕には難しいんじゃないかなぁ、って……」

時間は昼食後。場所は約束通り概略説明《ガイダンス》があった空き教室。

一足先に到着し、一人で待っていた僕のもとにニイナが運んできたのは、十数冊はありそうな分厚い本の山だった。何だかとっても既視感のある光景に顔を引きつらせていると、一つ年下の半妖精《ハーフ・エルフ》の女の子は、不思議そうに首を傾げた。

「えっ？　でもラピ君もちゃんと入学試験、受けたんだよね？　神様達との面接」

「め、面接……？　ええっと、うん、バルドル様と会ってお話はしたけど……」

「じゃあ大丈夫！　『学区』に入れる人は、ちゃんと『学ぶ意志』がある人だから！　ない人はそもそも神様達に嘘を見抜かれて、入学できないんだよ？」

あ、本当はそういう入試条件《システム》なのか……。

確かに、『学区』の生徒になる条件は『学ぼうとする意志』だってエイナさんも言っていた。超越存在《デウスデア》の前では下界の住人の嘘は筒抜けだから、神様達の面接というのはある種『最高で無駄のない適性検査』とも言える。本当に学びたい人達だけが集まれるから、『学区』は世界最大の学校とも呼ばれるのだろう。

でも、学ぶ熱意があるのと、絶望的な課題の量に恐怖しないという関係は必ずしも当てはまらないような……！

「私も勉強はあまり得意じゃないんだけど……やっておかないと、とっても不安になるでしょ？　だから頑張ろ？」

怖い。

年下の女の子が浮かべる笑顔が、初めて怖く見える。

「大丈夫、私がちゃんと教えてあげるから！」

エイナさんだ！

エイナさんがいる！

あの酷烈《スパルタ》ダンジョン勉強会と同じ！

ギルド名物半妖精《ハーフ・エルフ》の徹底指導『妖精の試練《フェアリー・ブレイク》』！

これが既視感の正体！

やっぱりニイナとエイナさんは姉妹なんだ!!

「じゃあ、始めよっか！」

羽根ペンを握らされる僕が取れる道は当然、沢山の脂汗を浮かべながら、腹を括ることだけだった。


「すごい！」

教室の窓の外で、すっかり日が沈んだ後。

机の上に倒れ伏して、灰となっている僕の真横で、即席の答案用紙を両手に持つニイナは、顔を輝かせながら絶賛する。

「用意したテスト、全部半分は正解してる！」

「そ、それ、すごいのっ……？」

「すごいよ！　だってラピ君、ちっとも知らない教科で、習ってもないんだよ!?　それなのにこんな短時間で半分も正解できるなんて！」

干からびた声を出す僕を他所に、ニイナは興奮頻りだ。

もしかしなくても……エイナさんとの勉強会の経験があったからだろう。

エイナさんも絶対、座学を開いた後はテストをやっていたし。

あとは、計算とか考察の問題じゃなくて、歴史を始めとした暗記の問題が多かったからだと思う。Ｌｖ．５になって、記憶力とかも上がったとか……いや、さすがにソレはないか。

ただ冒険者をやってると、『思い出す』作業っていうのはかなり重要だから──『未知』に対峙《たいじ》する上で既存の情報まで参照し尽くさないと死活問題だから──見たものを手繰《たぐ》り寄せる癖は付いていると思う。その結果が解答の半分、ということなんだろう。

「ラピ君、これなら明日からの授業もすぐ付いていけるようになるよ！　待ってて、私この本を図書館に返してくるから！」

自分のことのように喜んでくれるニイナは、大量の本の山を難なく抱えて、教室を出ていった。当たり前だけど、ニイナもやっぱり【ステイタス】を持ってるんだ、と半ば放心状態で思っていると……教室の外にずっと控えていた気配が、彼女と入れ替わるように入ってきた。

「終わったか？」

「レオン先生……」

獅子色の髪を揺らす先生は、すっかり疲れきっている僕を見て、苦笑を浮かべた。

「声をかけても良かったんだが、君のためにもなると思って見守っていた。……それが、こんな時間になるとは。ニイナの勉強癖を忘れていたな」

暗くなっている校外を見やりながら、すまない、とレオン先生は謝る。

放課後に落ち合う、と約束した通り、レオン先生が来ていたことに僕も気付いていたけれど、別に責めようとは思わなかった。ニイナは僕のためにあんなに頑張ってくれていたし、レオン先生が止めないということは学区《ラピ・フレミッシュ》の学生に必要なことなのだろう、とも思っていたから。

「大丈夫です」と僕も苦笑を返すと、レオン先生は微笑んだ。

「どうだった？　学園生活の一日目は？」

「そうですね……最初は『ラピ』っていう名前に馴染んでなくて、呼ばれても自分のことだって気付くのに時間がかかっちゃったんですけど、今は慣れました。あとは……楽しかったです。『学区』のことを沢山教えてもらって」

「それならばよかった」

鷹揚《おうよう》に頷くレオン先生に、僕はそこで恥ずかしく思いつつも、反省点も語った。

「学生としては、ちょっと情けないというか……緊張してばかりでしたけど」

「だが、上手く溶け込めていた」

「そ、そうですかね……？　他の生徒に変に思われてたような……」

「いや、誰も君のことを『第一級冒険者』と気付いていなかった」

「！」

そこまで告げられて。

レオン先生が言わんとしていることに気付き、僕は前髪の下で、目を見張った。

「察していたとは思うが、授業の合間を見つけて何度か君とその周辺を観察していた。その中で、君の実力を疑う者はどこにもいなかった」

——だって、明らかに弱そうじゃないか。

——頼りなさそう～。

今日、出会った生徒達から直接もらった僕の評価。

他にも外の通りで、校舎の廊下で、沢山の生徒とすれ違った。

けれど僕のことを『第一級冒険者』だと察する人は、ついぞ現れなかった。

「知っての通り、『学区』の生徒達は昇格《ランクアップ》した者が多くいる。彼等の目は決して節穴ではない。

重心や姿勢、体の動きで、表面上の実力は見抜ける」

『神の恩恵《ファルナ》』の性質上、『幼子だろうが外見で判断するな』というのは戦う者としての鉄則。

少なくとも年の差や体格、あとは『弱そう』なんて印象で、『学区』の生徒達は『神の眷族』を判断しない、とレオン先生はそう言った。

その上で、僕が生徒達にバレないよう装っていた、と言外に指摘してくる。

……この人の言う通り、僕は今日一日、ずっと下手くそな『演技』をしていた。

能力《ステイタス》の隠蔽。

Lv．5と悟られないようにする、付け焼刃の『その場凌《しの》ぎ』を。

「どんな知恵を働かせたのか、聞いても大丈夫だろうか？」

「……今まで、沢山の人達に教えてもらったことの、反対のことをしました」

アイズさんやリューさん、あとは師匠《マスター》。

僕を一人前の冒険者に近付けてくれた彼女達の金言に逆らえば、それこそ半人前くらいには見えるのではないかと、浅知恵ではあるけれどそう考えたのだ。

特に師匠《マスター》から教わった姿勢や所作――デート用だけど――は参考になった。体に刻みつけられた超酷烈《スパルタ》の教えに歯向かうだけで、姿勢はみっともなく崩れ、重心は普通の人のように偏っては安定せず、どこか頼りなさそうな雰囲気を醸《かも》し出すことができた。

今回はそれが功を奏し、『学区』の生徒達の目は何とか誤魔化せたらしい。

経験を積んだ迷宮都市《オラリオ》の上級冒険者、それこそ第二級以上の人には看破されるだろう。

そして、目の前のこの人にも、あっさりと見抜かれた。

「実力の擬装……君はやはり『駆け引き』を知っている冒険者だ」

そこまで大仰なことじゃない。正体がバレないよう必死だっただけ。

そんな言葉が喉から出かかった。

でも、こちらを見つめる自然体の笑みに――全く隙のない微笑に、何故か僕は唇を閉ざすことしかできなかった。

「ラピ。君は今日、『冒険者は冒険してはいけない』と、そう言ったな」

机に置かれた携行用の魔石灯が、唯一の光源となって僕達の顔を照らす中、レオン先生はおもむろに話題を変える。

「……はい」

「ここからは『教師』としてではなく、『俺』個人の純粋な興味から尋ねさせてもらうが……」

俺、と自分を呼んだことに驚いていると、問われる。

「俺は誰しもが、必ず『冒険』をしなければならない日がやって来ると思っている」

「……!!」

「望むと望まざるにかかわらず。冒険者かどうかも関係なく。……君は、どう思う？」

先程までの『教師』とは異なる、まるで剣《つるぎ》のような双眼《ひとみ》。

それでいて、何だろう、どこかこちらに期待するかのような眼差し。

二人だけの視線が交じり合う、静寂の時間。

目を見開いていた僕は……ゆっくりと、時間をかけて、胸の中の思いを言葉にした。

「……僕も、『冒険』から逃げられない日が来るって、そう思います」

思い出すのは、猛牛《ミノタウロス》との一騎打ち。

18階層で衝突した黒い巨人《ゴライアス》。

異端児《ゼノス》との出会いから経た好敵手《あのひと》との再戦。

厄災と『深層』の過酷、そして美神の派閥《フレイヤ・ファミリア》との大戦。

それら以外にも、今日まで経験した沢山の『冒険』を振り返りながら、言葉を続ける。

「どんなに冒険を避けても……安全な道を選び続けても、いつか、挑まないといけない」

エイナさんの言葉を否定するわけじゃない。

あれは欲と『未知』に餓《う》える冒険者を戒める大切な教えに違いない。

けれど、それとは違う場所で、僕達は『冒険者』にならないといけない日が必ず来る。

「であれば、君はどうする？」

それの答えはもう、持っている。

「準備しておくこと。何が来てもいいように、自分をずっと養い続けること」

蛮勇と無謀は違う。

けれど、必ず危険性《リスク》を冒さなければならない時がやってくる。

それが一年後か一日後か、あるいは数秒後なのかはわからないけど、その時を乗り超えるために、養わないといけない。色々なものを。

常に最善を模索して、準備して、心構えを持つ。

第一級冒険者と呼ばれる人達は、きっとそうしてきた。後悔しないためにも。

初めての『遠征』で下層最速の群れ《イグアス》と交戦した後に得た信念を、僕は正直に打ち明けた。

「そうか。それが冒険者《きみ》の答えか」

一瞬。

本当に一瞬だけ。

こちらを見据えるレオン先生の目が、生徒《ラピ》ではなく、『ベル・クラネル』を見定める眼差しに変わった。

そんな気がした。

「授業は何を受けるか、もう決めているか？」

「あ……はい」

不意に尋ねられ、かろうじて頷く。

「見せてもらえるか？」と右手を差し出され、戸惑いつつ、学鞄《ブックバッグ》からニイナと一緒に決めた履修登録書を取り出して、手渡す。

たった数瞬、羊皮紙に視線を走らせたレオン先生は、皮嚢《ホルスター》から羽根ペンを取り出した。

そして二度、僕の履修登録書にペンを走らせる。

「『現代史』と『終末対論』。この二つも受けておくといい」

「えっ……？」

「『今日一日、君を見極めさせてもらう』。それがバルドル様と交わした約束だった」

理解が追いつかない僕を前に、レオン先生はまるで何かを認めてくれたように、

『騎士』のごとき笑みを宿した。

「君の言う通り、準備をしよう。やがて俺達が対峙しなければならない終末に、挑むために」

呆然《ぼうぜん》としたまま、返された羊皮紙を受け取る。

下界《ぼくたち》が、いつか対峙しなければいけない終末《もの》。

何を指しているのか頭がわからずとも、心が無意識のうちに悟る。

椅子に座っている僕を見下ろしていたレオン先生は、再び『教師』の笑みを纏い直した。

「後日あらためて通達するが、ラピ、君には『小隊』に所属してもらう」

「『小隊』……？」

「ああ。これもバルドル様の言う通り……私も君に、どうしても預けたくなってしまった」

髪の色と同じ獅子色の瞳が、最後ははっきりと期待を滲《にじ》ませながら、それを告げた。

「所属先はニイナもいる『第三小隊』。どうか、彼女達を導いてやってほしい」

四章
学び、顧みて、試し、進む

「今年の『学区』の最硬金属《オリハルコン》製造量は昨年の四割増！　大きな収穫だ！」

「ロイマン様の計画が一気に現実味を帯びてこられた！」

「『学区』側は渋るであろうが、創設時の契約は今も有効！　我等には逆らえまい！」

議論、という名の景気のいい声が盛んに交わされている。

喜色満面と言ってもいい『ギルド幹部』達の顔を、緑玉色《エメラルド》の瞳は、ぼうっと眺めていた。

（私、ここにいていいのかなぁ……）

居心地が悪くなる程度には豪奢《ごうしゃ》な椅子に、身を縮めるように座り直すエイナは思った。

場所は『ギルド本部』の『三階』。

ギルド長ロイマンを始めとした『上層部』の人間が集まった、広々とした『決議室』である。

「……あの、レーメル班長？　どうして私のような末端を『三階』にお呼びになったんですか？　班長達や、『上層部』の幹部と席を並べるほど私は……」

「お前は短期間で第一級冒険者を輩出してみせた。幹部候補として、十分な功績と言えないか？」

「なっ……は、班長〜」

小声で隣の席に尋ねると、普段冗談を言わない獣人の上司はくすりと笑みを漏らす。エイナは思わず、自分が担当している冒険者のように、情けない声を出してしまった。

万神殿《パンテオン》のごとき威容を誇る巨大な『ギルド本部』にとって、『三階』という言葉は特別な意味を持つ。

エイナ達ギルド職員が普段、職務を行っているのは『ギルド本部』の一階。

そして二階以降は『上層部』及び一階の職員をまとめる班長以外、立ち入ってはいけないことになっている。階段を上れたとしても、それはロイマン達に召喚される場合のみ。

『ギルド本部』の一階と二階には、厳然たる境界線として、階級の差が存在するのだ。

少なくとも一介の受付嬢が、おいそれと足を踏み入れていい場所でないことは確かである。

「今回の会議は都市《オラリオ》にとって重大な岐路となる。冒険者に寄り添い、近い視座を持つ者が一人はいるべきだと考えた。何より、今回の案件は『学区』も関わっている」

獣人の上司レーメルは、今も続けられる会議に目を向けながら、隣のエイナだけに聞こえるよう話を続ける。

「お前は『学区』の卒業生だ。参考意見を求めるにはちょうどいい」

「それを言うなら、同僚《ミィシャ》だって私と同じ『学区』出身ですが……」

「フロットでは駄目だ。会議そのものを混沌《こんとん》とさせる可能性がある」

悪あがきの反論も少々あんまりな言い方で封殺される。

猫脚の椅子がエイナの心境を物語るように、僅《わず》かに軋《きし》んだ。

（確かに同席は認めてもらったけど……ギルド長には『余計なことは言うなよ』とばかりに睨《にら》まれてたし……）

既に心労の気配を感じつつあったエイナは、視線を移動させる。

片側に十人は腰かけられる黒檀《こくだん》の長机、その上座に座るロイマンが、機嫌の良さを滲《にじ》ませながら口を開くところだった
「これならば問題あるまい。いよいよ着手できよう！　地上とダンジョン深層域を繋《つな》ぐ『立坑《シャフト》計画』を！」

盛り上がる会議を他所に、エイナは手もとの資料にあらためて目を通す。

綴《つづ》られている内容はダンジョンに立坑《シャフト》を開通させ、大型の昇降器《エレベーター》を設置するというもの。

つまりは冒険者達のための『近道《ショートカット》』の建設である。

「この『立坑計画《シャフト》』が叶《かな》った暁には、冒険者達の探索効率は格段にはね上がる。ひいては【ロキ・ファミリア】が行う『遠征』にも莫大な恩恵を与え、貴重な迷宮資源の収集はおろかフィン達の成長にも大きく寄与するだろう！」

有頂天となるロイマンの言い分は、間違っていない。

ダンジョン探索、特に上級冒険者達による『遠征』は必ず1階層から始まり、目標階層に辿《たど》り着くまでの時間と手間、何より費用《コスト》がかかってしまう。

たとえば深層51階層を探索したいのに、50階層までの道程《みちのり》で物資を消耗し、大部隊《パーティ》も疲弊して碌《ろく》に立ち回れなかった、という事態があの都市最大派閥《ロキ・ファミリア》でも起こりうるのだ。『異常事態《イレギュラー》』一つで成否が分かれるほど、現状の『遠征』はどの【ファミリア】にとっても博打《ばくち》であり、非

効率と言ってもいい。

だがこの計画が実現すれば、冒険者達は今まで払ってきた多大な労を省略できるだろう。

そして冒険者達の探索効率化は、迷宮都市が潤うことも意味している。

大々々々博打《ハイリスク・ハイリターン》から、効率的な博打《ローリスク・ハイリターン》に。

都市の運営を行うロイマン達ギルド上層部からすれば、是が非でも可決したい議題だ。

「『巨大立坑《シャフト》』の素材は、『学区』が錬金した全ての最硬金属《オリハルコン》！　超硬金属《アダマンタイト》などで補うといった不純物も一切なし！　これならばモンスターどもに破壊される心配はない！　階層主が出現する地帯《エリア》を避けて築き上げれば、万が一が起こることもなかろう！」

そして、ここで関わってくるのが『学区』だ。

『学区』の『錬金学科』——最硬金属《オリハルコン》を始めとした稀少金属《レアメタル》を精製する『錬金機関』の技術知識《ノウハウ》は世界最高水準。世界中を旅して資源や人材を集める巨大な船は度重なる技術革新を経て、貴重な金属精製の地位を不動のものとしている。最硬精製金属《マスター・インゴット》と名高い最硬金属《オリハルコン》さえ年間一定量の生産をし続けている。その生産量は無論世界随一《トップ》であり、オラリオが『学区』に巨額の投資をし続けている理由の一つでもあった。

『学区』の最硬金属《オリハルコン》供給なくして、ダンジョンに破壊されない『巨大立坑《シャフト》』完成は不可能。

そして今回の『学区』帰港をもって、ギルドが計算する最硬金属《オリハルコン》の総量に届いたのだ。

「この計画が実現すれば、それはあの『バベル』にも並ぶ偉業となろう！　冒険者達の成長が促進されれば、オラリオの悲願にも届くのだ！　諸君、新たな時代がやって来るぞ！」

「「「おおおおおおおっ！」」」

決議室が沸きに沸く。

幹部達が思い描く巨万の富とかつてない名声が幻視できてしまうほど。

ロイマンの言い分は、納得できる面もある。

この計画を耳にすれば、一定以上の上級冒険者も理解を示すかもしれない。

だがそれでもやはり、机上の空論、という言葉が怖い。

エイナはちらりと隣を見た。黙っているレーメルは我関せずだ。

エイナはそれを、好きなようにするといい、と捉えた。

「それでは、今から計画の可決を――」

「申し訳ありません。意見をよろしいでしょうか？」

結局我慢できず、エイナは勇気を出して、手を上げた。

威勢を挫《くじ》かれたロイマンは非常に胡乱《うろん》そうな、それでいて邪魔そうな目付きで見返す。

「なんだ、チュール？」

「冒険者の近道《ショートカット》を可能とする立坑《シャフト》計画は、確かに魅力的であり、画期的です。ですがやはり、安全面ではもう一考する必要があるのではないでしょうか？」

「まどろっこしいぞ。何が言いたい？」

「……多くの冒険者達を殺してきたダンジョン、上級冒険者でも対応しきれない異常事態《イレギュラー》の発生源である『下層』や『深層』と地上が直通するのは、やはり怖いものがあります」

ダンジョンは『迷宮の蓋』たる『バベル』、そして都市の創設神《ウラノス》の『祈禱《きとう》』でかろうじて管理運営ができている、というのが大前提だ。

いくら最硬金属《オリハルコン》の立坑《シャフト》――破壊不可能な『巨柱』を作成したとしても、何か間違いが起きて立坑《シャフト》内を占領された場合、『最悪』が起きる可能性がある。

立坑《シャフト》の設立は、モンスターが地上に逆流してくる危険性《リスク》と常に隣り合わせだ。

「ダンジョンが『異物』を挿入され、何か恐ろしい事態を引き起こす可能性も十分にあるかと」

「それはこれまでも散々協議した！　その上で問題はないと結論が出ているのだ！　『祈禱』を捧げる神ウラノスにもお伺いを立てている！　それに貴様は知らぬだろうが、既にダンジョンが暴走しないであろう人造迷宮《モデルケース》が我々にはある！」

ギルド内でも情報規制されているため、末端のエイナは与《あずか》り知らないことだが、判明した人造迷宮《クノッソス》の存在も『立坑《シャフト》計画』後押しに拍車をかけた。

各階層と繋がり、隣接する人工の巨大迷宮の存在があっても、ダンジョンは沈黙を保っている。ならば新たな『人工物』を挿入しても事故は起きないと上層部はそう考えているのだ――

何より人造迷宮《クノッソス》内に点在する最硬金属《オリハルコン》製の扉は【ゴブニュ・ファミリア】の協力のもと殆《ほとん》どを引き剝《は》がし立坑《シャフト》に転用する予定である。人造迷宮《クノッソス》から得られる大量の資材が見込めたからこそ、今回の計画は一気に実現に近付いたとも言える——。

（ギルド長のおっしゃる人造迷宮《モデルケース》が何なのか、具体的にはわからないけど……）

『武装したモンスター』の一件、そして冒険者の噂《うわさ》から『ダイダロス通り』とダンジョンに直通する人造迷宮《なにか》がある、とうっすらと察しているエイナは顔をしかめ、別の切り口からも意見を発した。

「立坑《シャフト》の設置により、冒険者達の階層往復の機会が失われる、という懸念もあります。近道《ショートカット》の作成は、探索の経験を奪う事態にも繋がりかねないかと……」

「立坑《シャフト》の利用は【ファミリア】の等級《ランク》状況で制限すればよかろう！　強制任務《ミッション》による『遠征』と通常探索を区別すれば何ら問題はあるまい！　我々が支援するべきは究極、男神《ゼウス》・女神《ヘラ》から途絶えた71階層以降の最大到達領域の更新だ！」

ロイマンも流石《さすが》に舌戦し慣れている。それに今日初めて参加のエイナとは異なり、確かに何度も話し合っているのだろう。こちらの懸念にも淀《よど》みなく返答を投げつけてきた。

「何もいきなり立坑《シャフト》を『下層』や『深層』と繋ぐわけではない！　まずは『上層』、次に『中層』、そして18階層『迷宮の楽園《アンダーリゾート》』！　慎重すぎるほどに段階を踏み、経過は観察する！」

「…………」

「立坑《シャフト》及び昇降器《エレベーター》の警備には【ガネーシャ・ファミリア】を常駐させる予定だ！　地上での警備が手薄になる故、新たな憲兵となる【ファミリア】の選定も急務！　チュール、お前達も引き続き冒険者を育て、都市戦力を拡充させろ！」

立坑《シャフト》を迷宮に作る時点で『慎重すぎる』という言葉は的外れであり、話もすげ替えられた。

黙って見つめる緑玉《エメラルド》色の瞳が何を考えているのか伝わったのだろう、ロイマンがかっと怒りで顔を赤くする中、エイナは最後にギルド職員としてではなく、『学区の卒業生』として意見を告げた。

「資料には全ての最硬金属《オリハルコン》を引き取り、今すぐ着工を進めると記されています。あの最硬精製金属《マスター・インゴット》は、超巨大船《フリングホルニ》の装甲補強にも用いられる『学区』の財産にして、誇りでもあります。……いくら投資しているとはいえ、理不尽な無理強いは必ず『学区』側の反発を招くかと。特に多感な学生達は――」

「ええいっ!!　黙れ、チュール！　この計画は今世紀最大の事業だ！　今日初めてのこのこ現れた貴様が口出しできるものではない！」

エイナの説得にとうとう堪忍袋《かんにんぶくろ》の緒が切れたのか、ロイマンが怒声を放つ。

他の者達からも「新参者が口を出すな！」と言われてしまう始末だ。エイナが口を閉ざす中、彼女の隣にいるレーメルだけが、変わらない立坑《シャフト》計画に嘆くように溜息《ためいき》をついた。同時にそれはエイナに謝罪しているようにも感じられた。

「何より、これは神ウノラスの神意でもあるのだ！　もう覆ることはない!!」

そうなのだ。

それが一番の問題なのだ。

結局、末端のエイナがどれだけ課題や問題点を指摘したところで、『ギルドの主神が既に許している』というこれ以上ない後ろ盾が存在する時点で、この立坑《シャフト》計画が止まることはない。

（全知である神が認めたというのなら、確かにこれは私の杞憂《きゆう》で、何も問題はないのかもしれない。でも、巨大な立坑《くぎ》で貫かれたダンジョンが何も反応を起こさないなんて、本当にありえるの？）

エイナの不安は消えない。エイナから多くの担当冒険者を奪っては呑《の》み込んできたダンジョンとは、それほどまでに恐怖の象徴となっている。

ともあれ――これで立坑《シャフト》の着工は決定事項。

エイナに向かってロイマンがしたり顔を浮かべる中、決議の印が羊皮紙に押され、幹部達の歓声と握手がそこかしこで生まれる。

富と栄光に至る道か、あるいは冥府への落とし穴か。

オラリオは創設千年の時を節目に、次の段階《ステージ》へと進むことが決まった。

（ウラノス様は、どうしてこの計画をお許しになられたんだろう……）

『本当に良かったのか、ウラノス？　立坑《シャフト》計画を認めて』

肘かけに置かれた水晶、『眼晶《オクルス》』から声が響く。

ギルド本部の地下祭壇、『祈禱《きとう》の間』。

神座に座するウラノスのもとに、通信している己の右腕《フェルズ》から諫言《かんげん》めいた指摘が飛ぶ。

『この一件は必ずロイマンの増長を許すぞ。何より、各方面から不審と不満を招く。学区からの反発は必至だろう』

予見するように告げるフェルズの声音には、貴方らしくない、という言葉も隠されていた。

奇《く》しくも同時刻、エイナが決議室で同じことを考えていたように。

ウラノスはこれまでと変わらず、感情を排した声で答えた。

「起こりうる障害より……待ち受ける『試練』を見据え、備えることとした」

『ほお？』

「手立ては幾つあっても足りはしない」

『神である貴方にそう言われると、心配の種しか増えないな』

やれやれ、と水晶の奥から嘆く気配が伝わってくる。

口では言いつつ、フェルズはもう追及しようとはしなかった。納得とまではいかなくても、まさしく神託でも授かった気分なのだろう。主の言葉を信じ、己の作業に関わる物音だけを水晶の奥から漏らしていく。

「そちらはどうだ？」

そのウラノスの問いに。

フェルズは玩具《おもちゃ》を与えられた子供のように、ほんの少しだけ、声を弾ませた。

「上々だとも。人造迷宮《クノッソス》のおかげで、期せずして特大の『魔工房《アトリエ》』が手に入った。これで予《かね》てからの『研究』も進む」

ギルドの地下祭壇から遠く離れた都市南東。

『ダイダロス通り』地下に存在する人造迷宮内《クノッソス》で、フェルズは設備の設置に勤しんでいた。

「私の『研究』には巨大な環境が不可欠だったからな。ロイマンにも厳命して、封鎖区画にしたこの階《フロア》を丸々与えてくれたこと、感謝するよウラノス」

かつてベルやウィーネ達を苦しめた迷宮は、すっかり様変わりしていた。

まだ一つしか設置されていない魔石灯の光に照らされる、薄暗い大広間。

壁際に積み重ねられた大量の本の山に、柱のごとき止まり木にて身を休めている一羽の白梟《しろふくろう》。

魔法大国《アルテナ》の技術を利用された魔力計器に、大量のフラスコ。

そして色とりどりの謎の溶液が詰まった円筒《シリンダー》。

怪しげな実験施設もかくやといった、まさに『魔術師《メイジ》の寝床』たる光景だ。

「ふふふっ、もっと改造するぞ。魔術師《メイジ》の血が騒ぐ……！」

異端児《ゼノス》の一件を契機に完全制圧された人造迷宮《クノッソス》は、今や『ギルド』の管理下にある。

正確にはウラノスの手の中だ。老神《ろうじん》はそれをかつての『賢者』に与えたのだ。

『悪』の温床となっていた人造迷宮《クノッソス》の恩恵は、計り知れなかった。

第一にダンジョン『中層』にまで及ぶ深さと規模。更に調教師《ジュラ》が扱っていた『鞭《むち》』を始め、魔道具《マジックアイテム》を開発するため存在した隠し施設。全てフェルズにとって有用なものであり、莫大な資産を確保したに等しい。

　ダンジョンとも繋がる名工《ダイダロス》千年の歴史は『秘密基地』としても『資源施設《プラント》』としてももってこいだった。フェルズはこの後、勝手に薬草や霊薬の泉を生み出す魔導生産設備を作ることも心に決めている。後日、アスフィも招いて研究に活かそうかとも考えており、今は休暇中の【万能者《ペルセウス》】の超時間外労働《スーパーウルトラハードワーク》が約束されようとしていた。

「このような巨大な『魔工房《アトリエ》』、生前にも所持していなかったよ。忌々しき故郷にすら存在していなかった」

『お前はまだ死んではいない』

「はは、肉と皮を失って何を今更。半分死んでいるようなものだろう」

　普段は吐かない痛烈な自嘲《ジョーク》さえ、笑いながら口にする。今や骨の身になったとはいえ、もと狂気の魔術師《マッド・メイジ》としての『賢者』の性《さが》が大いに疼《うず》くというものだ。

　人造迷宮《クノッソス》はダンジョンの第二の出入り口としてではなく、フェルズ専用の『一大拠点』に変貌しつつあった。

『生成の方は？』

「知識と理論は私の頭……魂に在《あ》る。設備の方も人造迷宮《クノッソス》に残っている精霊術式を流用すれば、大部分を補える筈だ。魔法大国《アルテナ》の地下宮廷にも劣らないものを作って見せるよ」

フェルズは、今からすることに、全てを使うつもりだった。

ここに疾風《リュー》が居れば忌み嫌うであろう、闇派閥《イヴィルス》が遺した迷宮魔術技術《テクノロジー》さえも利用して。

「『学区』も帰ってきた。レオンに依頼していた各素材……古の竜黄《エンシェント・ドルファー》、界底星銀《ステラス・アルヴィウム》、そして愚火の焦土結晶《エルピス・スパークル》……これらが補充されれば、条件は全て達成される」

『学区』様々《さまざま》であると、黒衣を揺らす。

下界のあらゆる土地を回る超巨大船は、フェルズ達にとってまさしく大量の資源を運ぶ船であり、『重要な要因《ファクター》』である。

そう。

全ては『救界《マキア》』のために。

「……もう生成自体には、取りかかっている」

歩み出し、とある設備の前で立ち止まる。

各円筒《シリンダー》から注入される溶液に満たされた特大フラスコ——合計、五つ。

その中には、紅い光を放つ『宝石』が、妖しい輝きを放ちながら浮かんでいた。

『間に合うか？』

「すぐにとはいかない。だが、黒竜討伐……いや『約束の刻《とき》』までには、何としてでも間に合わせなくてはならない」

既に時代は動いているのだから――。

黒衣の魔術師《メイジ》の呟《つぶや》きは、闇の奥に吸い込まれていった。

◆

『学区』に入学（仮）をして、二日目。

居住層《ライブ・レイヤー》にあるらしい学生寮の空き部屋がまだ準備できていなかったため、レオン先生の教員室に泊まらせてもらった僕は、とうとう学生生活の本番に突入した。

そう、授業の本格開始だ。

学園層《アカデミック・レイヤー》中央、『神殿塔《ブレイザブリク》』の前でニイナと待ち合わせをして、校舎に向かう。

僕が受ける最初の授業は、『古代史』――。


「みんなぁー!!　青春してるーーーーー!?」

『『『いえええええええええええええええええええええええええええええ！』』』

――の筈だったんだけど、何故か魔石灯《ひかり》が落とされた教室の中、照射《ライトアップ》された教壇の上で、びっくりするほど綺麗《きれい》な金髪の女神様が、朝から盛り上がっていた。

「いつだって身も心も若々しく！　授業もしっかり、レッツアオハル☆」

『『『アオハルぅーーーーーーーーーッ!!』』』

見目麗しい女神様の片目瞑り《ウィンク》とともに最高潮となる生徒達の雄叫び《ボルテージ》。

既に席に座って真顔になっていた僕は、隣でうつむいている少女を見た。

「ニイナさん？」

「違うのぉ……！　たまに神様が来て、授業を乗っ取っちゃう時があるの……！　アドラー先生だったらもっと普通なの！　よりにもよって何で青春の女神様《イズン》なのぉぉ……！」

ついさん付けしてしまう僕に、顔を両手で覆うニイナの耳は、尖《とが》った先っぽまで真っ赤になっていた。ちょっと可哀《かわい》そうだけど可愛《かわい》い。

長い髪を揺らす女神様、もといイズン様は、多くの生徒達に愛されているらしく、その無邪気で青春的なノリにみんな便乗してしまうのだとか。やがて場を盛り上げるだけ盛り上げたイズン様は「じゃあ授業はじめまーす」とすぐに照明をもとに戻し、普通《ふっつう》に授業を始めた。盛り上げる必要あった？

「神時代《しんじだい》直前、大陸北東部で多発した大飢饉《だいききん》。これの遠因となっているものは何か！　誰かに答えてもらおうかな～。じゃあ……ばっちりアオハル☆予習をしてくれてると信じて、新入生のラピちゃん！」

「えっ!?　えーっと……!?」

（ラピ君、『訪竜《ほうりゅう》問題』）

「ほ、訪竜問題っ」

「せいか〜い！　今度は一人で答えられるといいね！」

起立して混乱状態《パニック》となる僕に、ニイナが小声で教えてくれるけれど、ころころと子供のように笑うイズン様には全てお見通しだった。他の生徒達にくすくすと笑われながら、顔を赤らめて席に座り直し、ニイナと苦笑を分かち合う。

授業は難しかった。

背伸びをして記す女神様の板書をノートに写すことも、慣れない作業で確かに大変だったけれど、全てを知る神様が告げる事実と、下界の住人が残す歴史との相違は何故起こるのか、イズン様は常に神様の視点で問いかけてきた。積極的に質問しながら授業をこなしていくニイナ達、『学区』の生徒に置いていかれないようにするのが精一杯だった。

「今日は『戦技学科』の者達が集めた野外調査《フィールドワーク》の資料をもとに、授業を進める」

授業が終われば、少しの休憩を挟んでまた次の授業。

受ける科目はレオン先生にも勧められた『終末対論』。とうとう登場した片眼鏡《モノクル》をつけたドワーフ、アドラー先生は、『学区』の『錬金学科』が魔法大国《アルテナ》とともに作ったという魔力映写器を操作して、薄暗い教室に様々な画像を投影した。

「――――」

瞳に飛び込んできたのは、焼けた村々に、滅びたエルフの里。

崩壊した街、そして数えきれない難民。

「近年、『竜の谷』から強大なモンスターが次々と降りてきているのは諸君等も知っての通り。『学区』が設置した結界をすり抜ける竜種の被害は後を絶たない。もしオラリオの進路を考えている者がいれば、今もどこかで起きている世界の惨劇を忘れないよう心がけてほしい――」

先生の言葉が半分耳を素通りしていく中、凄惨《せいさん》な画像に釘付《くぎづ》けになっていた僕は、隣のニイナに尋ねてしまった。

「……ニイナも、港街《ここ》に来る前は、あんな光景を見てたの？」

「うん……。見たことがあるよ。沢山の人が泣いて、何もできなくて、苦しかった」

そう言って、悲しそうに瞳を細める。

「これが、今の世界なんだって……『学区』に入って、初めて知った」

それなら僕も同じだ。

こうしてレオン先生に授業を勧められるまで、『学区』に入るまでは、外の世界の詳しい情報なんて知りもしなかった。オラリオに来て、冒険者として生きるのに一杯一杯だったけれど、僕は初めて、今の『下界の実状』に触れたのだ。

遠い世界の出来事ではなくなった教室の中で、ドワーフの教師は最後に厳しく告げた。

――世界は英雄を欲している、と。

「ラピ君、準備できた？」

「ま、待ってっ！」

誰もいない更衣室で着替えを行う僕は、扉の向こうから聞こえるニイナの声に慌てて返事をした。

バルドル様やヘルメス達が用意してくれた兎《うさぎ》の尻尾《しっぽ》付きの脚衣を履き、茶色い前髪を何度もいじくって、耳付きの鬘《かつら》に問題がないか確かめた後、ようやく扉を開ける。

「わぁ！　似合ってるよ、戦闘服《バトル・ユニフォーム》！」

僕の姿を見て、両の手の平を合わせるニイナが破顔する。

赤と白を基調にした上着と脚衣。材質は薄く、軽く、柔軟性に富んでいて、『防具』としての性能は冒険者の戦闘衣《バトル・クロス》にも負けていない。『戦技学科』所属の生徒に支給される戦闘服《バトル・ユニフォーム》だ。

ナイフ用の嚢《ホルスター》がちゃっかり用意されているあたり、ヘルメス様の仕業なんだろうなぁとつい苦笑してしまう――ちなみに、正体がバレないよう荷物はほとんど持ってきてないけど、《神様のナイフ》だけは常に学鞄《ブックバッグ》に入れて携帯してる――。

ニイナの格好も同じ赤と白の戦闘服《バトル・ユニフォーム》で、僕が着る男子生徒用のものと異なり、スカート型《タイプ》となっている。背中に固定されている武器は長杖《ロッド》。どうやらニイナの役職は後衛職のようだ。

「ちなみに……ニイナのLvっていくつ？」

「私？　Lv.2だよ」

「レ、Lv.2……!!」

まだちゃんと確かめたわけじゃないけど、あのエイナさんの家族が上級冒険者の力を持っていると聞いて、衝撃というか戦慄というか、とにかく変な気持ちになってしまった。

仰《の》け反《ぞ》りかける僕と不思議そうな顔を浮かべるニイナはそのまま、魔石灯が設置された通路を抜け、青空の下に出る。

視界に広がるのは煉瓦土《アンツーカー》を彷彿とさせる赤土色の広大なフィールドと、四方をずらりと取り囲む白の観客席《スタンド》。

学園層《アカデミック・レイヤー》の一角に存在する、白剛石《ヴァルマーズ》で造られたアリーナだ。

「揃ったな。それでは『総合戦闘』を始める」

普段の教員服を着たレオン先生のもとに、戦闘服《バトル・ユニフォーム》を着た生徒達が集まる。

これも歴《れっき》とした授業で、『実技系』と呼ばれるものらしい。

机の上で勉強する筆記科目とは異なる、要は体を動かす訓練だ。

『戦技学科』の生徒は、この『実技系』の科目を一年間のうちに最低三つは履修しないといけない『選択必修科目』に指定されている。ニイナのお勧めで僕が選んだのは『剣術』と『格闘術』、そしてこの『総合戦闘』だった。

読んで字のごとく、専門的な技術の指導ではなく、総合的な戦い方を学ぶらしい。

『特別実習《ダンジョン》』も近いため、今日は対モンスターの初心を思い出してもらう。その後は『小隊』に分かれ、戦術の見直しだ。決して気を抜かないように」

レオン先生がみんなの前で授業内容を説明する中、やっぱり緊張してしまう僕。

様々な種族の生徒が揃《そろ》っていて、みんなニイナのように【ランクアップ】……実力者の雰囲気を醸し出しているし、ひょっとしなくても都市《オラリオ》の中堅派閥に食い込むくらいなんじゃあ――

「先生、いいですかー？」

「なんだ、ケイト」

「せっかくだから、新入生君の実力を見てみたいです！」

「――え⁉」

なんて考えていたら、いきなり話題に挙げられ、肩をはね上げてしまった。

すぐに「私も知りたーい！」「この時期に『戦技学科』なんて何かあるんじゃないですか？」「興味はあるよね」なんて声が次々に響いていく！

僕が前髪の下で瞳をかっ開いていると、ただ一人、ニイナだけはみんなを止めてくれた。

「待って！　実力を見せてもらうって、何をする気なの？　ラピ君に危ないことをさせるなら、私は反対だよ！」

「『戦技学科』にいる以上、危険は付きものだろう?」

「弱っちそうだし、心配なのはわかるけど、そこまで過保護じゃなくてもよくない、ニイナ?」

「そ、それでもっ……!」

男性生徒に、そして女子生徒にも『戦技学科』としての在り方を指摘され、ニイナが言葉に詰まる。過保護、というのは結構当たっていて、多分ニイナは僕の情けないところを何度も見てるから、必要以上に心配しているのだろう。ほっとけない、なんて確か言ってたし。

でも、どうしよう。何をさせられるかはわからないけど、正体はバレちゃいけないから、避けられるものなら避けたいけど……!

「確か、Lv.1だったよな。模擬戦はニイナがうるさそうだし……」

「新入生、お前『魔法』は使えないのか?」

「えっ? あっ、はいっ!」

と、そう尋ねられ、咄嗟《とっさ》に答える。

そこでほぼ同時に、レオン先生が口を挟んだ。

「ラピ、君はバルドル様から『恩恵』を授かったばかりで、まだ『魔法』は発現していないんじゃなかったか?」

「えっ? 発現はしてますけど……」

僕は不思議に思いつつ、ありのままに答えた。

レオン先生が浮かべるのは少し困ったような、ほのかな苦笑だった。

「『魔法』を持ってるのか⁉」

「なんだよ、早く言えよ！　それを見せてもらえれば実力なんて一発でわかる！」

「『魔法』が使えるんだったら、Ｌｖ．１でも後衛で役立ちそうじゃん！」

（……あっ⁉）

にわかに盛り上がる生徒達の反応を見て、僕も遅まきながら気付いた。

『魔法』とは本来、必殺。その重要性と関心は【ステイタス】の中で大きな割合を占め、有用な『魔法』を持っているか持っていないかではパーティからのモテ具合が明らかに違う。

ニイナはこっちを見てびっくりしているし、先程まで面白半分だった他の生徒達も今や大きな好奇心を剥《む》き出しにしていた。もう僕の腕試しは避けられないくらいに！

さっきのレオン先生の発言、あれは『魔法』について有耶無耶《うやむや》にしようとしてくれた助け船だったんだ！

「フンッ、ヒューマンのくせに……。発現してる魔法の属性は？　種類は？」

あたふたする僕を他所に、前髪をかき上げるドワーフ――イグリンさんがぴちぴちの戦闘服《バトル・ユニフォーム》を揺らしながら、前に歩み出る。

「え、あ、そのっ…………ほ、炎です…………」

「なら攻撃魔法だな。私が結界を用意してやるから、遠慮なく撃ち込んでみるといい」

今更『嘘《うそ》です』なんて言える雰囲気じゃない、というか許してもらえそうにない空気に、頬を痙攣《けいれん》させながら小声で答えると、イグリンさんはニヤリと挑発的に笑った。

僕から間合いを取り、フィールドの中ほどで立ち止まって向き直って、両手を突き出す。

短文詠唱を挟んで生まれるのは、土色の光の壁！

「来たーー!!　イグリンの十八番《おはこ》、【ロックウォール】！」

「今回も盛大な噛ませ犬で終わる予感!!」

「ほんと学ばないな、アイツ……」

「おい新入生、早くしろよ！」

「イグリンは障壁より頑丈だから、心配いらないよ！　本気でやってね！」

男子生徒、そして女子生徒達から催促の挟撃に遭う。

前に一歩押し出された僕は、汗をダラダラと流しながら、自分の手の平を見下ろした。

本気でやれ、って言われても………。

『うおおおおおおおお【英雄願望《アルゴノゥト》】発動ッ蓄力《チャージ》開始っゴォーンゴォーンゴォォーン！

最大蓄力《フルチャージ》完了ッいっけぇぇぇぇぇファイアボルトオオオオオオオオオオオオオオオオオオオオオオオオオオオオオ!!』

『ぐあああああああああああああああ!?　やられたぁー！』

『イグリンが吹っ飛んだぁー！』

『あの威力、第一級冒険者みたい！』

『というかもはや第一級冒険者《ベル・クラネル》そのもの！』

『『あいつ、不法侵入者だ‼』』


……………むりむり無理っ⁉　絶対に無理‼

本気なんて出したら色んな意味で大爆散《アウト》！

正体がバレないよう、できる限り加減するしかない！

僕は震える片手を突き出し、障壁を展開しているイグリンさんに向けた。

とにかく怪我《けが》だけはさせないよう、魔力も精神力《マインド》も抑えに抑えて……！

「おーい、早く詠唱しろよ！　やる気あんのかー！」

「……え、詠唱⁉」

ちんたらしているせいで飛んできた文句に、僕は素《す》っ頓狂《とんきょう》な声を出す。

そ、そうだっ。『魔法』は普通『呪文』が必要なんだ！

無詠唱魔法《ファイアボルト》をそのまま発動したら、絶対に怪しまれる！

新たな危機に直面した僕の頭はもはや過熱《オーバーヒート》寸前だった。ニイナのハラハラとした眼差《まなざ》しをもはや気にする余裕もないくらい、緊張と動揺と重圧で視界がぐるぐると回る。

思考の処理能力を超えた事態に、発汗が募りに募ること数秒、必死に『嘘の詠唱』を考えていた僕が口にしたのは、

「…………【もっ、燃え尽きろっ、外法《げほう》の業っ】」

浅ましくも仲間《ヴェルフ》の詠唱を借りることだった。

そして、ソレがダメだった。

炎《それ》っぽい呪文を必死に検索して、威力を抑えようと精神力《マインド》の最低装塡《そうてん》に躍起になっていた僕は、あっさりと魔力の制御《コントロール》を失ったのだ。

(あ――――)

手綱を失った暴馬《まほう》が出口を求めて一気に氾濫《はんらん》する感覚。

初めて味わうソレに『大失敗』を悟りながら、走馬灯のように兄貴分の顔を思い出す。

(これ、ヴェルフがいっつもお見舞いしてるやつ――――)


次の瞬間、ドーーーーーーーーーーーーーーーーーーンッ!!　と。


「はぁ⁉」

「イ、魔力暴発《イグニス・ファトゥス》⁉」

「嘘だろう!」

「ラピ君っ⁉」

障壁を張っていたイグリンさんも、他の生徒達《ギャラリー》も、ニイナも、巻き起こった爆光と爆風に叫喚と悲鳴を打ち上げる。

凄まじい爆発が生まれ、発生した煙が晴れる頃……仰向《あおむ》けになって大の字に転がっていた僕は、プスプスと焼け焦げながら、青い空を眺めた。

（……僕、ほんとうに第一級冒険者になったのかなぁ……）

ニイナが慌てて駆け寄ってくる中、無詠唱魔法なのに魔力暴発《イグニス・ファトゥス》をやらかすという前代未聞の失敗をした僕は、いっそこの空に吸い込まれて消えたい、と心の底から思った。

そしてその日、謎の新入生《ラピ・フレミッシュ》は、緊張のあまり魔力暴発《イグニス・ファトゥス》を引き起こした『超素人《ドベ》』という不名誉な称号《レッテル》を頂戴した……。


「では、ラピを【バルドル・クラス】『第三小隊』に所属させる」

「冗談じゃないッッ‼」

そんな超素人《ドベ》な僕は、パーティを組む人達から大顰蹙《だいひんしゅく》を買った。

焼け焦げたままニイナの治療魔法を受けただけで『総合戦闘』が終わろうかという頃、レオン先生の発表に、約三名の亜人《デミ・ヒューマン》達が猛抗議を開始する。

「なぜ私がこんな超素人《ド ベ》と『小隊』を組まないといけないんですか、先生！　戦闘中ですらない、ただの試射で魔力暴発《イグニス・ファトゥス》を起こすなんて、足手まとい以下に決まってる!!」

誰よりも声を荒らげるのは、前髪をかき上げることも忘れたドワーフのイグリンさん。

はい、おっしゃる通りです……。

「私達、もう、四人一組《フォーマンセル》……お荷物、要らない……非常食か、肉の盾……」

ボソボソ喋《しゃべ》るのは、顔の下半分を防具のようにも見えるマスクで覆う、黒妖精《ダーク・エルフ》の女生徒。

って言ってること怖くない!?

「あ〜っ！　また来ちゃったなぁ、神の試練！　ボクの実力に嫉妬《しっと》する一族の女神《フィアナ》が苦難を押し付けているね！」

最後はリリと同じくらい小さい小人族《パルゥム》の男の子……いや女の子？　いやいや多分男の子が、目を瞑《つむ》って笑みを湛《たた》え、やけに自信満々な調子でのたまう。

さらりと苦難扱いされてる……。

「ほ、本当なんですか、レオン先生？　ラピ君が私達の『小隊』って……」

「ああ。部隊長である君の負担は増えるかもしれないが、それ以上にラピを頼ってほしい。彼は君を支えてくれる筈だ、ニイナ」

最後に治療を終え、立ち上がったニイナが驚いた顔を浮かべる。

「びっくりした……。でも、ちょっとだけわかったかも。レオン先生は最初からそのつもりで、私にラピ君の学園案内を頼んでたんだね」

それは、僕もそう感じてた。

多分、レオン先生や、あとはバルドルド様のお考えだと思う。ただ……。

「……えっと、ごめんニイナ。みんなが言ってる『小隊』って……」

戦闘におけるパーティの単位なんだろうってことは察しがつくけど。

手を差し伸べられて立ち上がった僕に、半妖精《ハーフ・エルフ》の同級生はかいつまんで説明してくれた。

「『戦技学科』では、野外調査《フィールドワーク》や戦闘任務《バトル・ボランティア》で学園の外に出る時、四人一組《フォーマンセル》を組むことが決まりなの。人数の関係で、たまに五人一組《ファイブマンセル》になることも確かにあるんだけど……」

『学区』の中には主神様の数だけ【クラス】が存在しているから、その中から『小隊』が振り分けられるらしい。同じ【クラス】内で組まされるのは、『小隊』単位で【ステイタス】更新をしやすくするためだとか。

教育体系《カリキュラム》上、欠員と補充を繰り返すものの、神様や先生達が選出するだけあって上手く凸凹がはまるように編成されるらしいんだけど……。

「……また面倒をかけちゃうかも。ごめん、ニイナ……」

「面倒だなんて！　そんなことないよ？　むしろちょっと安心してるの、ラピ君と同じ小隊で。キミが別の『小隊』だったら私、大丈夫かなぁ、ってずっとハラハラしてたと思うから」

一房だけ翡翠《ひすい》に染まった茶褐色《ブラウン》の長髪を揺らして笑うニイナに、思わず苦笑を浮かべる。

本当に面倒見がいいんだろう。こういうところも、エイナさんとそっくりかも。

「ただ……」

ニイナのちょっと困ったような眼差しを、僕も追う。

彼女の視線の先には、イグリンさんを筆頭に、未《いま》だにレオン先生に食ってかかっている小隊員《パーティメンバー》がいた。

「がんばれよぉ、歴代最底辺の小隊《ワースト・パーティ》」

「これ以上『単位』を逃したら落第するんじゃな〜い？」

「その名で呼ぶなッ！　くそっ！」

中央塔の鐘《チャイム》が終鈴《しゅうれい》の音を奏でる中、アリーナを後にしようとする男女の生徒が、『第三小隊』のメンバーの脇を掠《かす》めながら笑い声を飛ばす。

聞こえてきた『歴代最底辺の小隊《ワースト・パーティ》』という単語に瞬《まばた》きをして、ちらりと隣を見やると、ニイナも優れない表情を浮かべていた。

（このパーティ……いや『第三小隊』には、何か色々とあるのかな……？）

僕がそんなことを思っていると、決定を覆すことのできなかったイグリンさんは、ずかずかと僕の前に歩み寄り、太い指を突き付けた。

「貴様は荷物持ち《サポーター》決定だからな!!」

はい、異論ございません……。

『三段重なった特大菓子《パンケーキ》』、なんて称される三つの層《レイヤー》の中で、居住層《ライブ・レイヤー》は二段目。

制御層《コントロール・レイヤー》と学園層《アカデミック・レイヤー》に挟まれた層《レイヤー》内部は、遮るものがない広大な大空間で、昇降装置《エレベーター》も兼ねた大柱が何本も天井を支えている。届きにくい太陽の代わりに天井に設置されているのは、これまた複数設置された大型の魔石灯だ。朝や夜の時間帯に合わせて光量が調節されることもあって、僕からすると18階層の安全階層《セーフティポイント》を彷彿とさせる。当然、視界に広がるのはダンジョンの大自然ではなく、石材と金属で造られた建物の森であるけれど。

中央の神殿塔《ブレイザブリク》を起点に円形を描く――ちょうどオラリオのような――構造の学園層《アカデミック・レイヤー》とは異なり、教師や学生の居住区に当たる居住層《ライブ・レイヤー》は網目状。

数々の学生寮や教舎が規則正しく、等間隔で並んでいる。面白いのはどんな学生寮も外観の細部が異なっており、たまに芸術的というか、変な形の建物が存在すること。

僕のために用意された空き部屋が存在するのは『第三学生寮』で、『第三小隊』の集会《ミーティング》に利用されたのも、この寮の団欒室《だんらんしつ》だった。

「自己紹介？　今更だろ？　イグリンだ」

ニイナが何とか呼びかけて、集まった面々の中でイグリンさんが投げやりに言う。

イグリンさんの身長は僕より低く、短足短胴のドワーフらしく一五〇C《セルチ》ほど。胸に差している薔薇《ばら》といい、格好は貴公子のようだけど、その体は筋肉に満《み》ち溢《あふ》れている。

ニイナより薄い茶色の髪を揺らし、今は不機嫌な表情を隠していない。

「レギ……黒妖精《ダーク・エルフ》……」

室内でもマスクを取らないのは黒妖精《ダーク・エルフ》のレギさん。

褐色の肌に赤い髪で、身長は一六〇C《セルチ》くらい。ニイナよりちょっと高いみたい。

言葉少なで感情が読みにくく、今は制服のスカートを履いているのに、椅子の上で両膝を抱えて聖書らしき本を読んでいる。とてもじゃないが目を向けられない。頬から必死に熱を遠ざける僕の印象は、独特の喋り方をする変わった子、というものだった。

「最後はこのボク！　クリスティア・エルヴィア！　クリスって呼んでいいよ！　まだ世に知れ渡ってない眠れる獅子《しし》！　【ステイタス】はぁぁ……Lv．2！」

明るく自己紹介をするのは小人族《パルゥム》の男の子……いや女の子……いややっぱり男の子、だと思う。男子制服を着てるし。体格は種族の関係で小隊の中でも最も小さい。水色の髪を品よくまとめていて、自分を卑下しがちな小人族《パルゥム》とは打って変わり、自信満々だ。

「って、Lv．2⁉　小人族《パルゥム》なのに⁉」

「うんうん、いいよいいよ、その反応！　このボクこそ【勇者《ブレイバー》】を超える逸材！　『学区』が誇るスーパースターなんだ！　エッヘーン！」

『遠征』をくぐり抜けたリリと一緒⁉

小人族《パルゥム》は、言ってはあれだけど、その非力さから最弱の種族と呼ばれている。

フィンさんやアルフリッグさん達のような第一級冒険者は確かにいるけれど、冒険者の中では圧倒的に【ランクアップ】してる人が少ない。それなのに、迷宮《ダンジョン》も存在しない外の世界でLv.2に到達してるなんて……『学区』がすごいのか、それともクリスさんの才能なのか。

ちなみに、イグリンさんとレギさん含め、『第三小隊』は全隊員がLv.2だそうだ。

驚いてしまう僕に、腰に両拳を置いたクリスさんは目を瞑って顔をキラキラと輝かせながら、胸を大いに張った。

「そんなことより、超素人《ドベ》！　特別実習《ダンジョン》では余計なことをするんじゃないぞ！　そこのハーフエルフにしがみついてろ！」

もう慣れきっているようにクリスさんを無視し、イグリンさんが険のある声で僕に釘を刺してきた。その物言いに、細い柳眉をつり上げるのはニイナ。

「イグリン、ラピ君を邪魔者扱いするのはやめて。私達はもう小隊で、仲間なんだから、しっかり親睦を……」

「何が仲間だ！　正真正銘、邪魔者だろう！　ダンジョンで勝手に自爆でもされたら堪《たま》ったもんじゃない！」

ニイナには悪いけど、何も言い返せない……。

やっちゃったなぁ、と項垂《うなだ》れていると、我関せずで本を読んでいたレギさんが、ぼそっと喋った。

「仲良しこよしとか、今更……。私達、連携《フォーメーション》、うんち……」

「だ、だから、それを話し合わないと……！　あと変な言葉使っちゃダメっ、レギ！」

「みんな、安心して！　ボクが進む方向に道はできる！　何も恐れず、ボクの背に続けばいいんだ！」

真っ赤になったニイナが注意して、クリスさんがそれこそ我が道を行く態度で勝手に喋る。

……なんだろう、このバラバラ感。

傍《はた》から見てても、噛み合っていないような……。

「あの……歴代最底辺の小隊《ワースト・パーティ》って言われてましたけど、それってどういう意味なんですか？」

僕が思いきって尋ねてみると、ニイナ、イグリンさん、更にレギさんまで一段階空気が重くなった。全く変わらないのは今もキラキラ輝いているクリスさんだけ。

苦虫を噛み潰したような顔で、イグリンさんは口を開いた。

「言葉のままだ！　【バルドル・クラス】の中でも、『戦技学科』の中でも、成績ビリっけつの最底辺！　こいつ等が私の足を引っ張るせいで……！」

「小隊、解散しないの、不可解……あと、足引《ひ》っ張ってるの、そっち……」

「みんな、喧嘩《けんか》は止すんだ！　ほら見て、ボクから迸《ほとばし》る光のオーラを！　キララ〜！」

……僕が言えたことじゃないけど、大丈夫かなぁ。

三者三様、主張を曲げず譲らずのイグリンさん達に、無言でニイナの方を窺《うかが》う。

親切で親身な女の子は、今までで見たことないくらい、深い溜息をついていた。


学生生活が始まって、時間はあっという間に経っていった。

ニイナの助けを借りながら、何とか筆記の授業に食らいついていく。

寮の朝食の前にニイナと予習復習、昼は授業、夜はまたニイナと一緒に予習復習。

他の生徒より頭が悪ければ要領も悪い僕は、とにかく量をこなすしかない。

早起きだけはアイズさんとの早朝鍛練や戦い《フォールクヴァング》の野の洗礼で慣れてる。誰よりも遅く寝て、早く起き、夢の中でも魘《うな》されながら勉強のことを考え続けた。第一級冒険者の不眠不休強靭性《タフネス》をよりにもよってこんな場所で最大《フル》活用するなんて。自主学習に率先して付き合ってくれるニイナには、本当に頭が上がらない。

だけど、勉強以上に不安だったのは、『第三小隊』の関係。

『実技』の授業で何度かイグリンさん達に声をかけても、とうとう連携は確認できなかった。

ニイナがどれだけ呼びかけても、自主練習をすると言ってはばからなかったのだ。そんな僕達を、レオン先生は遠くから見守っているだけだった。

そして、学生生活四日目。

とうとう『特別実習《ダンジョン》』当日を迎えてしまった。


「うわーーーっ!! すごーーーーいっ!! オラリオのみんな、ボクをこんなに歓迎してくれるなんて!」

オラリオ南西の門をくぐった瞬間、クリスさんの第一声はそれだった。

『学区』と迷宮都市、双方の許可が下りて巨大市壁の内側に足を踏み入れた生徒達を、大量の花吹雪《はなふぶき》が包み込む。遠くから聞こえてくるのは歓待の演奏だろうか。まるで季節外れのお祭り騒ぎとなって、都市が将来有望の生徒達を迎え入れる。

……………ナニコレ?

「わぁ! オラリオってこんな華やかだったんだ! 私初《はじ》めて来たけど、すごいね! ラピ君!」

「ソウダネ……」

赤と白の戦闘服《バトル・ユニフォーム》姿で、空笑いしながら気のない返事をする僕に、「ラピ君?」とニイナが首を傾げる。

僕も初めてオラリオを訪れた時は、確かにすごいすごいと連呼していた口だけど、もうちょっと冒険者の街というか、ここまで華々しくはなかったような……。少なくとも連日、こんな風にお祭り騒ぎしている場所ではないのは確かだ。

特製のヌガーや蜂蜜を並べるお洒落《しゃれ》なお菓子の店。

珍しい書物を置いた喫茶店。

僕の記憶と打って変わって、南西のメインストリートにはとにかく学生が好みそうな借受店舗《テナント》がずらりと並んでいた。横道をちょっと覗くだけでも瀟洒な裏通りが広がっていて、

「ここは本当にオラリオなの？」と僕は怖い思いを抱くほどだった。

色々な【ファミリア】は勿論《もちろん》、迷宮都市そのものが『学区』の優秀な人材を欲しがっているという話だったし……少しでも心証を良くするとか、そういうことなのだろうか？

（もう買物してる生徒もいるし……学生を狙った商売が目的だったりするのかな？）

リリがここにいてくれれば色々教えてくれたんだろうけど……。

「また来やがったか、『学区』のガキども」

「今年も荒れそうだなぁ、ダンジョンは」

……こちらを遠巻きに見る冒険者達から、そんな会話も盗み聞く。

興奮した面持ちで、顔を左右に振ってては物珍しそうに辺りを眺めるニイナ達を他所に、僕は一人そこはかとない不安を抱いてしまった。

「『特別実習《ダンジョン》』をする時、生徒は必ず『ギルド本部』で手続きをしないといけないんだけど……ラピ君、頼んでもいいかな？」

「えっ？　別にいいけど……ニイナは？」

「私は……ちょっと、道具《アイテム》を用意するの忘れちゃって。オラリオのお店に寄っておきたいの」

「ならボクも付いてってあげるよ！　未来の勇者をギルドにも見せておかないとね！　さぁともに行こう、ラピ！」

珍しく歯切れの悪いニイナを不思議に思いつつ、同じく武器屋や道具屋を見てみたいというイグリンさん達の意見もあって、小隊は二手に分かれた。再集合場所は『バベル』の門前。

『ギルド本部』へと向かい、ここでも正体がバレないよう――特に顔見知りには出くわさないよう――ドキドキしながら、ギルドの受付で手続きを済ませ、『実習許可証』を発行してもらった。ちなみに担当してくれたのはミィシャさんだったけど、ニコニコしながら「頑張って、後輩のみんな〜」と全く気付かず応援してくれた。

何事もなく、無事合流できた僕達は『バベル』に入る。

迷宮へと繋がる長い地下階段を下り、いよいよ『特別実習《ダンジョン》』が開始《スタート》した。

この注文書に記入して、お近くの書店へお申し込みください。

書店印

書籍扱い
(買切)

予約注文書

【書店様へ】お客様からの注文書を弊社、営業までご送付ください。

(FAX可：FAX番号03−5549−1211)

注文書の必着日は商品によって異なりますのでご注意ください。

お客様よりお預かりした個人情報は、予約集計のために使用し、それ以外の用途では使用いたしません。

氏名	住所 〒
電話番号	

発売予定	タイトル	お客様締切	弊社締切	部	著	イラスト	キャラクター原案	ISBN	価格
2024年1月15日頃発売予定!	ダンジョンに出会いを求めるのは間違っているだろうか 7 ドラマCD付き特装版【復刻版】	2023年11月17日(金)	2023年11月20日(月)	部	大森藤ノ	ヤスダスズヒト		978-4-8156-2355-5	3,300円
2024年1月15日頃発売予定!	ダンジョンに出会いを求めるのは間違っているだろうか 11 ドラマCD付き特装版【復刻版】	2023年11月17日(金)	2023年11月20日(月)	部	大森藤ノ	ヤスダスズヒト		978-4-8156-2356-2	3,300円
2024年1月15日頃発売予定!	ダンジョンに出会いを求めるのは間違っているだろうか 13 ドラマCD付き特装版【復刻版】	2023年11月17日(金)	2023年11月20日(月)	部	大森藤ノ	ヤスダスズヒト		978-4-8156-2357-9	3,300円
2024年2月15日頃発売予定!	ダンジョンに出会いを求めるのは間違っているだろうか外伝 ソード・オラトリア8 ドラマCD付き特装版【復刻版】	2023年11月17日(金)	2023年11月20日(月)	部	大森藤ノ	はいむらきよたか	ヤスダスズヒト	978-4-8156-2358-6	3,300円
2024年2月15日頃発売予定!	ダンジョンに出会いを求めるのは間違っているだろうか外伝 ソード・オラトリア10 ドラマCD付き特装版【復刻版】	2023年11月17日(金)	2023年11月20日(月)	部	大森藤ノ	はいむらきよたか	ヤスダスズヒト	978-4-8156-2359-3	3,300円

特装版は書籍扱いの買取商品です。

返品はお受けできませんのでご注意ください。

みなさまの声に
応えて、大復刻!!!
この機会を、お見逃しなく!!!!!!
2024年1月発売予定!
ダンジョンに出会いを求めるのは
間違っているだろうか 7・11・13
ドラマCD付き特装版【復刻版】
著:大森藤ノ イラスト:ヤスダスズヒト
2024年2月発売予定!
ダンジョンに出会いを求めるのは
間違っているだろうか外伝
ソード・オラトリア8・10
ドラマCD付き特装版【復刻版】
著:大森藤ノ イラスト:はいむらきよたか
キャラクター原案:ヤスダスズヒト

ダンジョンにもぐる際、地上の空気から『変わった』と思う瞬間が少なからず存在する。それは迷宮探索を繰り返す度に慣れていき、薄らいでいくものだけれど、多くがダンジョン初見の学生達にとっては勝手が違う。

いくら優秀であっても『未知』の感覚に緊張を覚え、何もいない通路を頼りに見回し、今にもモンスターが壁から産まれ落ちるのではないかと警戒を払う。そんな他の生徒達の様子を横目で見ながら、僕は大型のバックパックを背負い直した。

「余計なことをするなよ、超素人《ドベ》！　お前は戦利品の回収だけしてろ！」

「はい、わかりました……」

ダンジョン1階層、『始まりの道』とも呼ばれる大通路。

他の小隊を尻目にずんずんと進んでいく『第三小隊』の中で、イグリンさんの釘という名の命令が僕をぐさぐさと刺す。魔力暴発《イグニス・ファトゥス》の一件からどうもイグリンさんに萎縮する状況が続いていた。

（ニイナがちょっと緊張してるくらいで、他の三人は平然としてる。というか前三人が横一列に並んで進行って、すごい陣形《フォーメーション》だなぁ……）

パーティ最後尾に僕、中衛位置にニイナで、一応T字型にはなってるけど……。

『第三小隊』は、慎重な姿勢を崩さない他の学生達とは明らかに違った。どこか緊張感がない。剛胆なのか、油断しているのか。どちらかと言うと『自然体』のようにも思える。どんな戦い方をするのかまだわからないけど、この緊張感のなさが、ある意味『第三小隊』の強みなのかもしれない。

（レオン先生にはこの『第三小隊』を導いてほしい、なんて言われたけど……）

勿論、期待《きたい》には応えたい。だけど正体を隠しながら、僕にそんなことができるだろうか？

視線の先には、背中に大鎚《ハンマー》を取り付けたイグリンさん。

腰に二振りの短剣を差した双剣使いのレギさん。

身の丈ほどもある両手剣を今もブンブンと素振りしているクリスさん。

長杖《ロッド》を持つニイナは治療師《ヒーラー》らしい。

レベルを置いておいても、治療師《ヒーラー》がいる時点でダンジョンの初層では破格の戦力。

まず『間違い』なんて起きない。そう思うけど……。

後ろからパーティの様子を常に確認する僕が、もしかしたら一番緊張しているかもしれない。

『ゴブァ！』

『ウオオオオオンッ！』

大通路を抜け、迷路を曲がること数度。

とうとうモンスターが現れた。いきなり『ゴブリン』と『コボルト』の群れ！

ダンジョンの最初の遭遇《ファースト・エンカウント》に小隊が臨戦態勢を敷く中、イグリンさんが前に出る。

「そこで見ていろ、超素人《ドベ》！　私の知的な戦い方を見せてやる！」

「あ、はい！　お願いします！」

お手本と見せてやるとばかりにイグリンさんは背中の得物に手を伸ばす。

そして、大鎚《ハンマー》を握った瞬間――豹変した。

「――うおおおおおおおおおおッ!!　行くぞッゴラぁアアアアアアアアアアアッ!!

ブッ殺してやるぅ!!」

「えええええっーーー!?」

それまでの口調も物腰も全てブン投げて轟《とどろ》いた戦哮《ウォークライ》に、僕はモンスター達と一緒に驚愕《きょうがく》の叫び声を上げた。

一人突っ込んだドワーフは戦闘服《バトル・ユニフォーム》を押し上げるほど筋肉を膨らませ、大鎚《ハンマー》を振り回す。吹き飛ばされ粉砕され阿鼻叫喚《あびきょうかん》の悲鳴を上げる『ゴブリン』と『コボルト』達に、まだまだと言わんばかりにその大鉄鎚を振り下ろす、振り下ろす、振り下ろす!!

って、知的な戦い方どこ!?

「な、なにアレ!?」

「イグリンは、ハンマーを持つと人格が変わっちゃうの……」

「ウソでしょ!?」

頭を痛めるように言うニイナに、大声を上げてしまう。

いっそもう誰よりもドワーフらしいけど、今までの紳士的な振る舞いは何だったの!?

「やるね、イグリン！　だけど真の勇者はボクさ！」

「私も、行く」

間もなく、触発されたようにクリスさんもレギさんも動く。

そこからは、酷かった。

「うぇぇぇぇぇぇ………!?」

サポーターの位置から、目の前に広がり続けるあまりにもあんまりな光景に、潰れた蛙《かえる》のような声を出してしまう。

「イグリン、飛び出さないで！　レギ、クリスも先に行っちゃダメ！」

パーティ後方にいる小隊長《ニイナ》の声が矢継ぎ早に飛ぶ。

けど、誰も彼女の言うことを聞かない！

イグリンさんは『キラーアント』の群れに一人で突っ込み、レギさんは他の狩場を求めるように彼の頭上を飛び越え、クリスさんまで「ボクが道を切り開くよ!!」と言って競り合うようにやっぱり前へと突っ込んでしまう。

『後衛一』に対して『前衛三』っていうのもあれだけど、指示が届かなくなるくらい隊列を伸ばすって、嘘でしょう!?

しかもニイナ以外、全員前衛攻役《アタッカー》!?

これじゃあ集団戦闘《パーティ・プレイ》じゃなくて、単独戦闘《ソロ・プレイ》×四だ！

「みんな、この階層は……ダンジョンは、本当に初めてなんだよね？」

「うん、初めてだけど……やっぱりダンジョンでもこうなっちゃった……」

咄嗟に言い直した僕に、ニイナはこんな光景が今までもあったように落ち込んだ。

現在地はダンジョン7階層。

ダンジョン初挑戦で、一日のうちに七層分踏破！

ここは『上層』で、みんなＬｖ．2なのかもしれないけど、半日のうちに到達階層七連続更新って……怖い怖い!?　初見の階層でそれは怖い!!

腕利きの冒険者ならまずやらない行為に、僕は卒倒しそうになってしまった。

「今までの野外調査《フィールドワーク》や戦闘任務《バトル・ボランティア》でも、そうだったの。みんな単独先行しちゃって、それでも強いから、何とかなっちゃって……それで、色々問題を起こしちゃう。世界で一番過酷っていうダンジョンならまとまるんじゃないかって、そんな風に願ってたんだけど……」

願う、という言い方と、迷子のような横顔が、ニイナが今までどれだけ苦心して、どれほど手を尽くしてきたのかを如実に物語っていた。

溜息も売り切れとなっている彼女をまじまじと見てしまった後、視線を前に戻す。

「どきやがれぇ、エルフに小人族《パルゥム》！　ブッ潰されてえのか！」

「ドワーフ、本当、嫌い……」

「二人とも、怯《おび》えないで！　ボクがみ～んな敵を倒してあげるから！」

僕達を置いて、すっかり先へ行ってしまった三人の声が迷宮内にうっすらと反響する。

『魔石』の処理もされておらず、モンスターの死骸がごろごろ転がる通路の真ん中で立ちつくしながら、僕はニイナと一緒に途方に暮れてしまった。


「なんで連携しないのかって？　この野蛮人どもが邪魔だからに決まってるだろう！」

ダンジョンから帰還して、夜。

通行の邪魔だと他の冒険者や生徒に罵られ、ニイナと一緒に謝りながらモンスターの屍《しかばね》を処理して回った（というか今日一日それをするのがやっとだった）僕は、居住層《ライブ・レイヤー》の学生寮でようやくイグリンさん達を捕まえることができた。

食堂の一角を貸してもらいながら、部屋着の小隊メンバーに話を聞く。

「いちいち私の間合いに入ってきて、家宝のハンマーも碌に振れやしない！」

「野蛮人も、邪魔なのも、そっち……図体《ずうたい》、でかいし、モンスター、上手く斬れない」

「ボクはすごい小人族《パルゥム》だから、一番に切り込まないとダメなんだ！」

……協調性がないと言ったらアレだけど、やっぱり三者三様の主張を繰り返すイグリンさん達に、僕も頭を痛めてしまった。

『学区』の決まりに従って、『小隊』単位でダンジョンにもぐる気はあるようだけど、それだけだ。モンスターと遭遇してしまえば、各々勝手に戦い始めてしまう。

信頼と信用。そして思いやり。

背中を任せ合うパーティとして、致命的にそれが足りていない。

（……極端かもしれないけど……）

リリやヴェルフ達は、やっぱりすごかったんだと、変な形だけど感じてしまう。

冒険者の中でもパーティ内の不和は付きもの。

それぞれ個性があって、主張があって、方針がある。

それにどうやって折り合いをつけ、連携の強度を高めていくのか、冒険者やサポーターは常に求められる。その点で言えば、【ヘスティア・ファミリア】がどれだけ恵まれているのか、僕は今更ながらに痛感した。

「貴様等のせいで勉強する時間がなくなった！　超素人《ドベ》！　私の代わりにレポートを書いて提出しておけ！」

「えっ⁉」

「ちょっと、イグリン！」

用紙を押し付けられる僕が仰天していると、流石のニイナも怒った。

だがイグリンさんはどこ吹く風で、

「こいつは『魔石』と『ドロップアイテム』を集めることしかできないだろう！　言うなら私達のおこぼれで『単位』を取れるんだ！　なら、それくらい役に立て！」

むしろ同じ小隊になれて感謝しろ。そう言わんばかりの口調に、僕は気圧《けお》されて何も言えなかった。仲間《パーティ》として何もしてあげられていないのは事実だし。

結局ニイナが止める暇もなく、イグリンさんは食堂を出ていってしまった。

「私……終わってる。提出、お願い」

「ボクはまだだよ！　だからニイナ、またレポート手伝ってくださいお願いします！」

押し付けられた用紙の上に、レギさんが自分のものを置き、クリスさんはどこで知ったのか『土下座』をしながらニイナに縋《すが》りつく。去っていくレギさん達を追おうとしていたニイナはクリスさんに阻まれる格好となってしまい、がっくりと肩を落とした。

歴代最底辺の小隊《ワースト・パーティ》。

きっと冒険者から言わせれば可愛い方なんだろうけど……名前の謂《いわ》れを理解した僕は、前途多難そうだと、そう思ってしまった。

「レオン先生、失礼します……あ、バルドル様？」

何とか自分の分もレポートを書き終えた、就寝時間ぎりぎり前。

付いてきてくれようとしたニイナには大丈夫だからと伝え、一人でレオン先生の教員室に訪れた僕は、意外な神物《じんぶつ》の姿に目を丸くした。

「三日ぶりですね、ラピ。どうですか、『学区』での生活は？」

「ええっと……慣れるのに一苦労です」

レオン先生とテーブルを挟んでお茶を楽しんでいた――というより、もしかして僕が来るのを待っていた？――バルドル様に穏やかな声で尋ねられ、僕は苦笑交じりに本心を語った。

「でも、苦労と同じくらい……新しいことばかりで、ワクワクしています」

これも本心。

勉強は確かに大変だけど、知らないことを知るというのは楽しいことだと知れた。

自分に興味があることなら尚更だ。物知りな先生達との交流や、新しい戦い方の発見や気付き、大図書館やアリーナを始めとした施設など、『学区』は自分を磨こうと思えばいくらでも磨ける環境が整ってる。エイナさんと語った『初心へ返る』には打ってつけだった。

限られた学食を争う昼食闘争なんかもすごいし、【ファミリア】の生活とも違って、新鮮で、刺激に溢れている。

イズン様の言葉を借りるなら「これぞアオハルね☆」ってやつかもしれない。

僕がそう打ち明けると、バルドル様は目を瞑ったまま「そうですか」と微笑んでくれた。

「あ、レオン先生。これ、レポートです……」

「ありがとう、ラピ。後で細部まで目を通しておくが、イグリンには明日《あす》の朝一番に私のもとへ来るよう伝言してくれ」

バレてる……。

軽く目を通しただけで僕の肩代わりを見抜いたレオン先生に、気まずいやらなんやらで「はい……」と答えるしかなかった。

「今日、初めてダンジョンへ行ってもらったが、『第三小隊』はどうだった?」

「ええっと……こ、個性的な人達だな、って?」

レオン先生の質問に、何とか言葉を選ぶと、バルドル様が口もとに指を添えてくすくすと肩を揺らす。

「……レオン先生、バルドル様。どうして、僕をニイナ達の小隊に入れたんですか?」

気になっていたことを尋ねる。すると、

「このまま彼等が『特別実習《ダンジョン》』を行えば、全滅するからだ」

あっさり。

何の比喩も用いず告げたレオン先生に、驚いてしまう。

うっすらではあるけれど、僕も全く同じことを思っていたから。

「『第三小隊』の面々はもともと、ニイナを除けば他の部隊に所属していたのですが、どの『小隊』でも問題を起こしたがために転々として、今こうして集められたという経緯があります」

「……問題児扱いされてる、ってことですか？」

「少なくとも生徒達からは。我々教師陣からすると称《たた》えるべき長所はあるが、それを差し引いても協調性が乏しい」

あまりにも尖り過ぎている、と。

バルドル様、それにレオン先生が交互に答える。

それも僕が感じたところ。イグリンさん達は確かに連携は全く機能していないけど、裏を返せば『個の力』だけでダンジョンを何度も踏破してしまったということだ。

彼等一人一人の力は、同じLv．2の眷族の中でも目を見張るものがある。

だけど……そんな『個の力』をもってしても、ダンジョンには遅かれ早かれ命を奪われてしまうと思う。他の上級冒険者達が辿った末路のように。

「私や他の教師が探索に随伴する、では特別扱いになってしまう。イグリン達のためにもならない。それにこの時期はどうしても、人手が足りなくなる」

特別実習中《ダンジョン》は教師の多くが迷宮内に配置される。

ダンジョンの広さを顧みても、教師を配置できるのは正規ルートのみだろう。

生徒に降りかかる異常事態《イレギュラー》に対処するためにも、細部まで人員は割《さ》けないのが本音らしい。

しかも聞くところによると、言わば選良《エリート》である『学区』の生徒を目の敵《かたき》扱いする冒険者達に絡まれたりなど、何かと揉《も》め事が多くなるのだとか……。

「『第三小隊』を解体し、別の部隊にばらばらに組み込んだとしても、そこでまた問題を起こしてしまうだろう。ダンジョン内での騒動《トラブル》拡散の危険性《リスク》は極力抑えたい。さてどうしたものかと考えていた時……君がこの『学区』に来ることになった、ラピ。いや、第一級冒険者《ベル・クラネル》」

「！」

「ヘルメスから貴方の入学を打診された時、実はそんな『交換条件』もあったのです。『学区』での経験を提供する代わりに、『第三小隊』の面倒を見てもらうという」

レオン先生の言葉に目を見張り、バルドル様の『種明かし』に納得する。

今回の『学区』入学に関して僕はお金も何も払っておらず、一方的に恵んでもらうばかりだった。気まずく思っていたけれど、そんな条件があったというのなら心は少し軽くなる。

言うなれば、これは冒険者依頼《クエスト》だ。

既に前払いされている『学区』入学という報酬の代わりに、僕はバルドル様達の期待に応えなければならない。

「感触はどうだろうか？　『第三小隊』の安全は守れそうか？」

「あ、はい。危なくなったら暴れるので、誰も死なせません」

そこは大丈夫だ。

大丈夫だから、言いきってしまう。

『中層』の範囲なら必ずニイナ達を支援《カバー》しきれると。

気負いのない僕の答えに、レオン先生は目を細めた。

「頼んでばかりで恐縮だが、もう一ついいだろうか？」

「何ですか？」

「イグリン達の他に、ニイナも『問題』と呼べるものを抱えている」

思ってもいなかったことを告げられ、僕は少なからず衝撃を受けた。

親し気で、誰からも慕われ、今日まで僕をあんなに助けてくれたニイナにも、なにか『悩み』がある……？

「もしよければ、彼女の力にもなってもらいたい」

「……ニイナに何があるのか、聞いても大丈夫ですか？」

「できれば私の口からではなく、『級友』として彼女の苦悩を聞き出してほしい」

そこまで言われて、わかった。

レオン先生達はニイナの問題を放置していたのではなく、『同じ目線の誰か』の手で導くのが最良であると判断したのだ。

「今の彼女は特に繊細な時期だ。ニイナ自身が抱える『迷い』も重なって、我々『大人』が下手を打つと、色々なものを失ってしまうかもしれない」

「強さも弱さも知る、等身大の視点を持つ貴方なら適任ではないかと……ヘルメスから話を聞いた時、私はそう思いました」

レオン先生の説明を継ぐように、バルドル様が言う。

「そこでレオンと話し合ったのです。貴方は生徒として、あるいは冒険者として、彼女を導けるのではないかと」

神様のお言葉に、少し決まりが悪くなりながら、頭に手をやる。

自分がそんな大層なヒューマンだとは思わない。でも謙遜《けんそん》して、そんなことは無理だと拒もうとも思わない。

今日まで助けてくれたニイナのために、僕も恩返しをする。

それだけだ。『学校の友達』なら、きっとそれだけでいいんだ。

「……わかりました。やってみます」

ありがとう、とレオン先生に言われ、恩に着ます、とバルドル様に感謝される。

くすぐったく思いながら、僕はお二人と笑みを交わした。

「本来なら、息抜きもかねて『修学旅行』なんてものを試してみるのもいいのだろうが……

『学区』の教育体系《カリキュラム》そのものが修学旅行の繰り返しのようなものだからな。効果があるか少々疑わしい」

「『修学旅行』……？」

「異なる環境で見聞を広め、経験を得る学生主体の小旅行のことです」

小話をしていると、寮の就寝時間もそろそろ。『学区』の【クラス】には代表生徒である『監督生』――【ファミリア】に置き換えるなら幹部候補――がいて、規則《ルール》違反を犯せば取り締まられてしまう。

寮長でもある彼女達に怒られる前に、そろそろこの場を辞した方がいいだろう。

「ラピ、最後になるが、いいか？」

教員室を出る直前、レオン先生が僕の背に声をかけた。

「『第三小隊』は、どこで止まると思っている？」

振り向いた僕は。

階層ごとに定められた『単位条件』を思い出しながら、答えた。

「12階層だと思います」

「ちくしょうっ⁉」

イグリンさんの苛立《いらだ》ち交じりの声が、群がる『インプ』の鳴き声に呑み込まれる。

白霧が立ち込める、ダンジョン12階層。

『上層』の最下層に到達した『第三小隊』は、何度目とも知れない苦戦を強いられていた。

「早くあの『竜』を倒せぇ！」

「無理……疲れた」

「スーパー強いボクも多勢に無勢かなっ！　ゴメンネ、みんな！」

『インプ』の群れに取り囲まれたイグリンさん達の視線の先、霧の奥に浮かぶのは、体長四M《メドル》は超す『小竜』だった。

『オオオオオオオオオオオオオオオオオオオオッ!!』

上層の稀少種《レアモンスター》『インファント・ドラゴン』の咆哮が、草原の海と一緒に『第三小隊』をびりびりと震わせる。

強靭《きょうじん》な竜鱗《りゅうりん》に包まれた長い尾が渦を巻き、『迷宮の武器庫《ランドフォーム》』——何本もの太い枯木を薙《な》ぎ倒し、悲鳴を上げる『インプ』さえ巻き添えにしていく。何とか飛《と》び退《の》いて薙ぎ払いの一撃を回避するけれど、前衛の三人の動きは明らかに精彩を欠いていた。

「【揺れる聖輪《せいりん》、吐息は白く。花々謳《うた》う、清浄の丘】——【マギア・クリス】！」

純白の花弁——いや白の魔力片《へん》が風とともに前衛の体を包み込む。

ニイナの治癒魔法だ。

後衛位置で長杖《ロッド》を構え、何とか三人の支援に徹するものの、それも焼け石に水。

体力が戻ったおかげで竜の追撃から何とか離脱することができたけれど、イグリンさん達の疲弊は未だ色濃かった。

「……ニイナ、撤退しよう。この戦いは、もう……」

「……うんっ」

サポーターとして側に控えていた僕の言葉に、ニイナは一瞬つらそうな顔を浮かべたものの、小隊長としてすぐに切り替えた。

「みんな、撤退して！　取り決めてある南の広間《ルーム》まで！　急いで！」

「なにっ⁉　ふざけるなっ、俺はまだっ……！」

咄嗟に反論しようとしたドワーフの怒声は、けれど最後まで続くことはなかった。

体を張って誰よりも前衛で戦い続けているイグリンさんが一番わかってる。

このまま戦闘は続行すれば『間違い』が起きる可能性があると。

たとえば、この広間《ルーム》の奥から別の大群《モンスター》が現れるとか――。

『ブゴォオオオオオ……！』

「わぁ！『オーク』の群れだ！　醜いね！　戦いたくないな！」

「……戦略的撤退。しょうがない」

壁が迫るように現れた四体の『オーク』を見て、クリスさんもレギさんも逃走に移る。

イグリンさんも「くそっ！」と悪態をついて後に続く。

（『魔法』が欲しい）

追いかけてくるインプにオーク、とどめに竜。

辺りを窺いながら、こちらとあちらの間合いを計算。万が一の可能性を潰すため、僕は走りながらバックパックを漁《あさ》った。

そしてニイナのもとから離れ、こちらに追いついてくるレギさんの隣に並ぶ。

「レギさん！　『魔法』、準備できる⁉」

「……詠唱、時間、ない」

「僕が罠《トラップ》を用意するよ！　だから、三本先の枯木の辺りに！　無理かなっ？」

並走しつつ情けなく笑う僕と、手袋《グローブ》が摑《つか》んでる『それ』を見て、黒妖精《ダーク・エルフ》の女生徒は呟いた。

「……やったげる」

すぐに前方へ加速。

僕の注文《オーダー》通り、三本先の枯木のもとで立ち止まり、片膝立ちとなって呪文を唱え始める。

それを確認した僕は、背後から迫ってくるモンスターの群れをちらりと一瞥《いちべつ》し、手袋《グローブ》の中にあった『それ』――『パープル・モスの毒袋』をばらまいた。

ダンジョンに赴く前、お店で購入しておいた道具《アイテム》。『上層』を探索していた時はリリもよく使っていた小袋から舞い上がるのは、無論『毒鱗粉《どくりんぷん》』。

『ゲホッ、ゴホッ⁉』

『ウベェエ⁉』

インプを中心に『毒』の症状に苦しみ始め、モンスター達の進行が緩む。

これだけじゃあ、あの大群の追撃は止められないけど、約束通り時間は稼げた。

「【ダーク・マイン】！　……完了」

魔法円《マジックサークル》を広げ、地面に片手を押し当てていたレギさんが、再び走り出す。

僕も急いで——Ｌｖ．１くらいの全力を装いつつ——枯木周辺を避けてニイナ達の後を追う。

間もなく、インプ達を蹴散らして『オーク』達がドシドシと猛追してきた瞬間、

「【黒爆《どーん》】」

『オオオオオオオオッ⁉』

レギさんの爆散鍵《スペルキー》とともに『地雷魔法』が発動し、『第三小隊』は何とかモンスター達を振り切ることに成功した。


「くそったれ！」

イグリンさんが、被《かぶ》っていた兜を地面に叩《たた》きつける。

静まり返った広間《ルーム》にその音はよく響いた。だけど、それを咎《とが》める人物は誰もいない。

ニイナも含め、誰もが息を切らしていたからだ。

「これでもう四度目だぞ⁉　またあの竜を仕留め損なったじゃねえか……！」

既に『特別実習《ダンジョン》』が始まって四日目。
11、12階層の進攻《アタック》はもう都合三度目となる中、『学区』が『単位条件』に指定する

小竜《インファント・ドラゴン》を『第三小隊』はまだ撃破できていなかった。『単位』に定められているモンスターの『ドロップアイテム』を提出しなければ、この先の階層に進むことはできない。

初日に7階層も進んだ『第三小隊』の快進撃は、見事に停止《ストップ》してしまっていた。

「そこの超素人《ド》《ベ》を除けば、俺達は全員Lv．2なんだ！　ギルドの情報通りなら、あんな竜なんて楽に倒せるんじゃねえのか！」

撤退したとはいえ臨戦態勢を解除しきることはできないのだろう。片手で大鎚《ハンマー》を持って『激しい方のイグリンさん』のままでいる彼は「くそ！」と悪態をつき、苛立ちを剝《む》き出しにする。

「『第七小隊《エリートども》』を除けば、12階層に一番乗りしたのは俺達だったのに……！　どうして他の小隊に先を越されちまってるんだ！」

それは……とても簡単だ。

集団戦闘《パーティ・プレイ》ができていないから。

『第三小隊』は非常に効率が悪いから。

正規ルートを辿り、最短距離で向かったとしても、12階層分の距離は思いのほか大きい。道中で発生する交戦を顧みれば消耗は更に激しくなる。そして連携もせず個々人の力のみで階層を突破していく『第三小隊』は、他のパーティより体力や精神力《マインド》が奪われることになる。

先程の戦いで、Lv．2でありながら『第三小隊』が小竜《インファント・ドラゴン》の一団を圧倒できなかった理由は、単純な活力《スタミナ》切れだ。

（今回の進攻《アタック》は、ニイナの提案で12階層に着いてから補給を済ませたけど……）

確かに体力は魔法で回復できるし、精神力《マインド》も道具《アイテム》で何とかなる。

けれど、『インファント・ドラゴン』は広大な階層に五匹も出現しないと言われる稀少種《レアモンスター》。

階層主がいない『上層』で強敵《ボス》と言われる所以《ゆえん》はそこにあり、そもそも遭遇しにくいのだ。

更にここに、『学区』の生徒同士の竜の奪い合いが発生すると、どうなるか？

答えは――『争奪戦』さながら運よく見つけるのも一苦労となる、だ。

そしてそんな一苦労をし続け、竜を探しているうちに、せっかく回復した体力も奪われていき……今の『第三小隊』のようになる。

10階層からは怪物の宴《モンスター・パーティー》も発生するようになり、敵の数も、交戦回数自体もかなり増える。

地味に小竜《インファント・ドラゴン》を取り巻く子分《インプ》達の存在も痛かった。

（ニイナの『魔法』は回復や支援に傾いてるらしいし、Lv．2だからって前衛に無理やり上げるのも、いい作戦じゃない……）

前衛の支援回復を捨てるのもこのパーティでは怖い。もう精神力回復薬《マジック・ポーション》は尽きてしまっているし、これ以上のニイナへの負担は帰還のことも考えると避けざるをえない。

全てが、悪く回ってしまっている。

単純に12階層の突破だけなら『第三小隊』も難なくこなしていただろう。

でも今の環境で小竜《インファント・ドラゴン》の撃破となると、一気に難易度が増す。

迷宮に何年ももぐり慣れた冒険者なら、まだ消耗を抑えられるかもしれないけど、イグリンさん達はダンジョンを知ってまだ四日目の初心者《ビギナー》も初心者《ビギナー》。逆に僅か四日で『上層』を完全踏破しかけている生徒達は、やはり優秀過ぎるということなんだろうけど……いくらLv.2でも無駄が多ければ、ダンジョンそのものに苦しめられるのは道理だ。

——ということを、言葉を選び抜いて穏やかに伝えてみたけど、「今更言うな！」と怒鳴り返された。ごめんなさい……！

「……今日も、引き上げよう。道具《アイテム》もなくなっちゃったし、これ以上は危険だよ」

小竜《インファント・ドラゴン》が他に出現する11階層は『争奪戦』の激戦区になっている。

最後の望みに縋って12階層まで来た『第三小隊』の面々は、ニイナの言葉に顔を歪《ゆが》めたり、沈黙したり、落ち込んだりした。

反論は上がらず、無言の承諾が交わされそうになった、その時。

「……ニイナ、ごめん。もうちょっとだけ待って？」

「えっ？」

心の中で謝りつつ、僕は口を挟んだ。

「『第三小隊』なら、まだいけると思う」

——直感だけど、多分、ここじゃないとダメだ。

精も根も尽き果てようとしている状況。

『極限』とまでは言わなくても、追い込まれている状態。

ここじゃないと、きっと『第三小隊』は変われない。

既に【ランクアップ】してLv.2になっているイグリンさん達は、多少なりとも無理が利く。無理が利いてしまうから、集団戦闘《パーティ・プレイ》を軽視し、個々の力で押し通してしまう。

だから、無理が利かないこの状況で、新しい方法を経験できれば――苦労の末の成功と、驚くくらいの効果を体験できれば、彼等はきっと学べる。次に活かせる。武器にできる。

だって彼等は、『学区』の生徒なんだから。

(これもきっと……『知識』と『知恵』だ)

『深層』でリューさんと二人きりになった時、あらゆる手段と機転を用いて強くならなければ生き残れなかったあの体験を、多少なりとも再現できれば、いける。

『追い込まれた先でこそ成長する機会も存在する』と、今の僕は何となく、そう思っている。

まぁ、本当は『まだいける』は、ダンジョンじゃあ危ない言葉筆頭なんだけど……。

「このパーティなら、まだ『冒険』じゃないから……大丈夫だよ」

瞳を前髪で隠しながら、そう笑いかける。

ニイナ、イグリンさん、レギさん、クリスさん、みんなが目を見張った。

『冒険者は冒険者しちゃいけない』。エイナさんの言葉を思い出しつつ、まだ『冒険』の範疇《はんちゅう》じゃない、とはっきりとニイナ達に告げる。

個々の力だけでここまで来れたんだ。

力をかけ合わせれば……『第三小隊』は、もっと先へ行ける。絶対に。

レオン先生達もそれを知ってるから、この小隊を解散させるのをためらっていた筈だ。

「ま、まだいけるって……どうするつもりだ⁉　今まで何も上手くいかなかったんだぞ！」

「えっと、今日までずっと、みんなの動きを見てて、『作戦』みたいなものを思いついたんですけど……」

この四日間、最後衛《サポーター》の位置で『第三小隊』をひたすら観察してた。

普段の僕の配置《ポジション》は前衛。あるいは命《ミコト》さんと交替して時折中衛に下がるくらいで、パーティの後ろという視点は酷《ひど》く新鮮だった。だからこそ、わかることが沢山あった。

『今、あの攻撃が欲しいな』とか。

『あそこにズレるだけでクリスさんの負担が減るのにな』とか。

そして──『今、僕が前衛にいたらどうするだろう』、とか。

色んなことを考えているうちに、小隊員《パーティ・メンバー》の色々なことも見えてきた。

多分、【ヘスティア・ファミリア】ではこの感覚を味わえなかったと思う。後衛の位置まで下がらせてもらったとしても。それくらい【ヘスティア・ファミリア】の練度は高い。

まだまだ発展途上の『学生』だからこそ、気付くことがいっぱいあったのだ。

「冗談じゃねえ！　超素人《ド》野郎《ベ》の作戦なんて信じられるか‼　ここで自爆でもされたら、堪ったもんじゃねえ！」

けれど、片手に大鎚《ハンマー》を持つイグリンさんは激しい語気で拒絶する。

……しょうがない、と言えばしょうがない。ずっと最後衛《サポーター》を務めていた僕は、今日までパーティに何も貢献を果たしていない。『作戦』を提案するには、僕には信用が足りなかった。

これは明確な僕の落ち度だ。

リリがここにいれば『詰めが甘いですね』と溜息をついたことだろう。

どうしよう、と頭の中で悩んでいると、

「私、いいよ」

ずっと黙っていたレギさんが、そう言った。

「作戦、聞く」

「なっ……なに言ってんだ、お前⁉」

「さっき、逃げた時の指示、よかった……。ドワーフの怒鳴り声《むちゃぶり》より、全然マシ……」

誰も彼も驚く中、食ってかかるイグリンさんに、レギさんは黒色のマスクの下から淡々と告げた。イグリンさんがたじろぐ一方、きょろきょろと僕達の間で視線を往復させていたクリスさんも、何故《なぜ》か両手を腰に置いて胸を張る。

「ボクもいいよ！　ラピの耳と尻尾はモフモフだからね！　きっといい作戦だよ！」

かなり関係ないし、この耳と尻尾は変装道具だけど、何故かクリスさんも僕を信用してくれた。驚愕を重ねていると、僕と目が合ったニイナはじっとこちらを見つめ——今日までの『ラピ・フレミッシュ』の姿を思い出すように——ゆっくりと笑みを浮かべた。

「私もラピ君の作戦、聞きたい」

僕を除けば、三対一。パーティの票決に、イグリンさんは今度こそぐっと言葉に詰まった。

うぐぐっ、と一頻り唸《うな》った彼は観念するように、僕に人差し指を突き付けた。

「しょうもねえ作戦だったら、言うことなんて聞かねえからな！」

パーティって難しい。

これまでリリやヴェルフに支えられてきた僕は、今になってそう思う。

でも信用を、そして『信頼』を預けてもらったからには——応えよう、と。

揺れる前髪の下で笑みを噛み殺しながら、そう誓って、頷きを返した。

「それでラピ君、どうするの？」

「うん、難しいことじゃないんだけど……」

自然と円陣を組むように身を寄せ合う中、ニイナに尋ねられた僕は考えをまとめた。

僕も、リリと一緒に数えるくらいしかやったことはないけど……。

「『狩猟《ハント》』してみない？」

『地形を有利に活用すること』。

エイナさんとの座学で、最初の頃に教わった基本戦術。

そんな基本に、僕と『第三小隊』は立ち返ることにした。

「おい、本当に大丈夫だろうな……⁉」

霧が漂う広間《ルーム》の中、イグリンさんの唸るような声に、多分、という言葉を喉の奥に隠す。

僕もあっちに行けば良かっただろうか？　でも準備が必要なのはこっちの方だったし、『Lv.1のサポーター』に大役は任せてもらえなかった。今はニイナ達を信じるしかない。

やがて、息をひそめて待つ僕達の祈りが通じたように……度重なる地響きが、広間《ルーム》に迫ってきた。

『オオオオオオオオオオオオオオオオオオオオオオオッ！』

通路口を破る勢いで現れたのは、『インファント・ドラゴン』。

竜より先に広間《ルーム》に飛び込んできたのは、半妖精《ハーフ・エルフ》と小人族《パルゥム》！

「みんな、釣れたよ！」

「さっすがボク！　囮《おとり》も難なくこなしちゃう！」

言葉通り『囮役』を務めたニイナとクリスさんが、僕達の方に逃げながら叫んだ。

僕がニイナ、特にクリスさんに頼んだのは斥候《スカウト》。

小人族《パルゥム》ながら前衛で戦えるのはすごいけど、今回は種族特有の視力を活かしてもらい、この階層特有の『霧』の中から竜の索敵をこなしてもらったのだ。リリと色々あった——《神様のナイフ》を奪おうとした——一件から、この『霧の階層』でも小人族《パルゥム》の視力が存分に効果を発揮するのは既に知っている。

安全な逃走ルートの確保は、小隊長として如才ないニイナの仕事。二人揃って先程の小竜《インファント・ドラゴン》を見つけ出してもらい、ここまで誘導してもらった。

無論、竜の後には『オーク』や『インプ』を始めとした他のモンスターもくっついてきている。一度敗走した相手を前に、パーティの状《コンディション》態自体は変わらない。

普通に戦えば押し負けるだろうけど——。

「【ダーク・マイン】！」

『ガァアアアアアアアアアアアアアアア⁉』

もうこの広間《ルーム》には、レギさんの『地雷魔法』が山ほど設置してある。

クリスさん達が『釣り』に出かけている間に、ありったけ仕掛けておいた魔光の爆薬。

『オーク』や『インプ』が隠された魔法円《マジックサークル》を踏むだけで漆黒の閃光が巻き起こり、次々と爆散していく。流石に『インファント・ドラゴン』は沈むことはないけれど、地雷を踏み抜いた左の前脚はもう使いものにならない。ニイナとクリスさんは打ち合わせ通り左右にはけて、広間《ルーム》の安全地帯に移動する。

何てことはない。

少し時間をかけて、ただの広間《ルーム》を『活用できる有利な地形』に変えただけ。

「うおらぁ！」

『オオオオオォォォォォォォォ⁉』

地雷を免れたモンスターをイグリンさんが乱暴に刈り取っていく中、小竜《インファント・ドラゴン》がまるで『仲間』を呼ぶように雄叫《おたけ》びを上げるけれど、無駄だ。

既に広間の壁面は破壊してある。迷宮は組成の再生を優先し、新たな敵は産まれない。怪物の宴《モンスター・パーティー》は発生しない。僕がこの広間《ルーム》に残った理由でもある。

地雷を埋めるレギさんを他所に、イグリンさんと一緒に迷宮壁を破壊して回ったのだ。この広間《ルーム》は今やまさに地雷原であり、僕達の『狩場』だ。

誘《おび》き出して、罠にかけて、仕留める。

本当に単純な狩猟《ハント》。

個人が好き勝手に振る舞っているうちは無理だけど、パーティが連携できるなら、いくらでもやりようがある。

（全部、『経験』だ）

僕が今日まで――第一級冒険者になるまで――ずっと溜め続けてきた『経験』を、全て吐き出してるだけ。

アイズさん達のように、戦い方を教えることはできなくても、これくらいの『手解《てほど》き』なら僕だってできる筈だ！

「囲めっ、囲めぇぇぇぇ！」

残るモンスターは竜一匹。

霧の代わりに黒い火の粉が舞い散る幻想的な空間で、『第三小隊』が四方から攻撃を重ね、苦しむ『インファント・ドラゴン』を追い詰めていく。

そして、

「おおりゃあああああああああああああああああ！」

ニイナ達の囮《サポート》を受け、枯木を跳び台に変えて宙高く舞ったイグリンさんが、竜の背中に大鎚《ハンマー》を振り下ろした。

『ゴッッッッ⁉』

鱗《うろこ》と背骨を貫く致命打。敵の『魔石』の位置は既に伝えてある。

首を大きくしならせ、仰け反った『インファント・ドラゴン』は断末魔の悲鳴を上げ、次には大量の灰が舞い上がった。

お願い……‼

モンスター撃破を見届けた後も、ニイナ達と一緒に固唾《かたず》を呑んで見守る。

祈るように、灰となって散った小竜の爆心地を見つめていると……ごろっ、と。

音を立てて、鋭い『小竜の牙』が地面に転がる。

「でっ、出たぁーーーーーーーーーーーー!! 小竜《インファント・ドラゴン》の『ドロップアイテム』！

やったぁぁぁぁぁぁ！」

「よっ、よっしゃあああああああああ!!」

ばんざーい！　と両手と一緒に歓声を上げたのはクリスさん。

続いて喜びの声を上げたのはイグリンさんで、指でつまんだマスクを下ろし、可憐《かれん》な唇に笑みを宿らせたのはレギさん。

最後に、ぼうっと突っ立っていた僕のもとに、ニイナが駆け寄ってきた。

「ラピ君、すごい！　作戦、ばっちりだったよ！」

「う、うんっ、良かった……。あ、ニイナ、危ない仕事をやってもらって、ごめんね？」

「ううんっ、そんなことない！」

初めて見るくらい興奮しているニイナに、両手をぎゅっと握ってブンブンと振られる。

照れ臭くて思わずはにかんでいると、『小竜の牙』を抱えたイグリンさん達までこっちへ走ってきた。

「超素人《ドべ》！　いや、ラピ！　やるじゃねぇか！」

「あ、いや、みんながすごかっただけで、僕は別に……」

「謙遜するんじゃねぇ！　てめぇ、さては迷宮《ダンジョン》オタクだな！　的確なことばっかり言いやがって！　だからこんな中途半端な時期に入学したんだろ⁉　そうだろ！」

「あ、あははは……」

何度も笑って背中をバシバシと叩いてくるイグリンさんに、苦笑する。

本当は現役冒険者だから、あたらずとも遠からず、なのかな？

「ラピ、君は幸運の兎《うさぎ》だね！　今日からボクの護衛獣にしてあげるよ！」

「あ、ありがとうございます？」

「いぇーい」

「い、いぇーい？」

クリスさんとレギさんとも、ちょっと不思議な喜びの分かち合いをする。

珍しくはしゃぎ回る『第三小隊』に、僕はあらためてお礼を言った。

「ありがとうございます、イグリンさん、レギさん、クリスさん。僕を信じてくれて――」

「イグリンでいい」

「えっ？」

「イグリンって呼べ！　敬語も要らねえ！」

「ボクも呼び捨てでいいよ！　今日から君は従者と書いて心の友だからね！」

「私も名前……あげる」

笑顔を浮かべるイグリンさん達に、僕は気付けば、破顔していた。

不思議なもので、一気に距離が縮まった気がする。

仲間と共有できる『成功体験』。一緒に苦しんだ時間が長いほど、その時の喜びは大きい。

これがダンジョン。そして集団戦闘《パーティ・プレイ》の醍醐味《だいごみ》。

図らずも初心に立ち返った僕も、心が弾んでしまいそうになるほど嬉《うれ》しかった。

「……ニイナ」

「……うんっ」

ニイナとも笑い合っていた僕は、最後に、声をかける。

意図は伝わったのだろう。

頷き返したニイナは前に出て、真剣な表情で口を開いた。

「ねぇ、みんな。私、これがダンジョンなんだと思う。みんなと力を合わせないと、きっとこの先も進めなくなるんだと思う」

小隊長のことを全く聞いていなかった生徒達が、今は目と目を合わせて、耳を傾けている。

「だから、これからも私は力を合わせたい。この小隊が『落ちこぼれ』なんて言われないように。……みんなは、どう？」

返ってくるのは、「……仕方ねえ」なんて、まだ素直になれない言葉だった。

「俺の夢のためにも、『単位』が取れねえのは困る。……だから、力を貸してやる」

「ボクも一人で戦うより、何だか楽しかったな！　次もやってみようよ！」

「ドワーフも、小人族《パルゥム》も、単純……。でも、いいよ」

返ってきた三人の答えに、僕は胸を撫で下ろし、ニイナは感極まったように、ちょっとだけ涙目になっていた。


『ドロップアイテム』を僕のバックパックに詰め込み、慎重に運んで、迷宮を後にする。

地上に出ると、日はすっかり暮れていた。

達成感も相まって夕日の光が優しく、そして温かく見える。

笑みを絶やさない『第三小隊』は、そのまま『学区』に帰還するのではなく、『ギルド本部』へと足を向けていた。

「……ねえ、やっぱりやめない？　『魔石』の換金なら、『バベル』でもできるし……」

「今日は私達が『上層』を突破した記念日じゃないか！　凱旋《がいせん》するには小さな換金所なんて相応《ふさわ》しくない！　『ギルド本部』で胸を張らせてもらうべきだろう！」

大鎚《ハンマー》を手放して背負っているため、『貴公子のイグリン』になってるドワーフに僕が苦笑していると、ニイナは何だか顔を曇らせていた。

「でも……」

「足並みを揃えようって言ったのはニイナ、君じゃないか！　ボク知ってるよ、こういうのはけーわいって言うんだ！」

　イグリンとクリスの言葉に、ニイナは何も言い返せず、黙ってしまう。

　僕もできればダンジョン探索の前後はギルドの掲示板で情報を収集しておきたいので、賛成したけど――知り合いに会うのがちょっと怖くはあるけど――乗り気じゃない彼女の姿を見て、不思議に思った。

　けど、その疑問はすぐに氷解することになった。

『ギルド本部』に着いた後、ロビーの一角で何事もなく換金を終えると――。

「……もしかして、ニイナ？」

「！」

　足早にロビーを去ろうとするニイナの肩に、投じられる声があった。

　彼女の名を呼ぶのは他でもない、エイナさん。

「……ニイナだよね？　私だよ、エイナ！　わかる⁉」

　眼鏡の奥で、自分と同じ緑玉色《エメラルド》の瞳を見開く彼女に、ニイナは息を呑んだ。

　そして、視線を断ち切って、駆け出した。

「ま、待って、ニイナ！」

　エイナさんの言葉を振り切り、外へ飛び出してしまう。

イグリン達と一緒に呆然《ぼうぜん》としていた僕は、傷付いた表情を浮かべるエイナさんとニイナが去った方向を交互に見比べながら、断腸の思いで後者に向かうことにした。

今は学生《ラピ》だから、なんてことは言い訳にならない。ごめんなさい、と心の中で謝りながら、様子がおかしかった級友を追いかける。

「ニイナ、待って！　どうしたの⁉」

「はぁ、はぁ……！」

夕暮れの大通りを走り、雑踏を縫いながら、何とかつかず離れずの距離を保って、中央広場《セントラルパーク》でようやく立ち止まったニイナのもとへ駆け寄る。

広場の北西側、飛沫《しぶき》の音を鳴らす噴水前にたたずむ半妖精《ハーフエルフ》の女の子は、胸を押さえていた。

「……ごめん、何でもないから」

「で、でも……」

「本当に、大丈夫だから……。私が、情けないだけ……」

そう言ってうつむくニイナの顔は、僕が初めて目にする陰があった。

茜《あかね》色の光に染まる彼女に、僕は追及も、気の利いた言葉も何一つかけられなかった。

「……先に、『学区』に戻ってるね。……ごめん、ラピ君」

そう言って、ニイナは都市南西、港街《メレン》に通じるメインストリートへ向かい、人垣の奥に姿を消した。

『学区』の戦闘服《バトル・ユニフォーム》を着る僕に周囲から好奇の視線が寄せられるけれど、南西と北西の方角を緩慢に見ることしかできない。

「……余計なことかもしれないけど……」

きっと姉妹に違いないあの二人に、僕はずっと助けられてる。

だから、意を決した。

もと来た道を引き返し、イグリン達に頭を下げてバックパックを始めとした荷物を預けて、一人自由時間をもらうことにした。


「はぁ……」

夕日が完全に姿を消し、空が星で埋まる頃。

溜息とともに『ギルド本部』の裏口から出てくる彼女を見つけて、声をかけた。

「エイナさん」

「えっ……？　べ、ベル君？」

申し訳ないけど待ち伏せていた僕を見返して、エイナさんは目を丸くした。

今は、鬘《かつら》は被っていない。『学区』の戦闘服《バトル・ユニフォーム》も脱いで、変装セット一式は用意した鞄《かばん》の中に押し込んでいる。

イグリン達と別れた後、僕はこそこそと北西のメインストリート『冒険者通り』の路地裏に向かい、誰も見ていないことを確認して、地下のお店『魔女の隠れ家』へと足を運んだ。

迷宮街《ダイダロスどおり》攻防戦やシルさんとの逃走デートの時にも立ち寄った、魔術師《メイジ》のお店だ。

【ヘスティア・ファミリア】の本拠《ホーム》に『学区』の生徒が出入りしているっていう噂《うわさ》が流れるとまずいし……ここしか頼るところが思いつかなかった僕を、店主のレノアさんは「また来た」と辟易《へきえき》しながら迎えた。何度も頭を下げ、イグリン達から分けてもらったヴァリス金貨で購入した服を着替えさせてもらい、店から出る時は学生《ラピ》ではなく冒険者《ベル》に戻ってギルド本部にやって来たというわけである。

「ど、どうしたの、こんなところで？　それにいつもより、何だかお洒落だね……？」

「あ、あははは……」

適当に買った服がお洒落と言われて内心複雑な思いになりつつ、切り出した。

「実は夕方、『ギルド本部』にいたんですけど、エイナさんが……エイナさんと似た女の子といるのを見かけて……」

嘘を交えることに罪悪感を覚えながら、そこまで伝えると、エイナさんの顔色は悲しみに染まった。僕の罪悪感も少し増した。

「それで、気になって、エイナさんの仕事が終わるのを待ってて……もしよければ、話を聞きたいな、って」

二人の事情に足を踏み入れることを自覚しつつ、それでも放っておけそうになかった。

ニイナも、エイナさんのことも。

少し迷う素振りを見せていたエイナさんは顔を上げ、小さく頷いてくれた。


「あの子は、ニイナっていうんだけど……私の妹なの」

ギルド職員の格好で冒険者と食事をするのは体裁上、よろしくない、ということでエイナさんの家に一度立ち寄って、着替えてきた彼女と一緒に、都市北界隈《かいわい》の小洒落たレストランに入った。鎧戸ではなく高価なガラス窓を使っていて、冒険者の酒場というより上級階層の人達が安全に使えるようなお店だ。

テーブルを挟んで食事もとりながら、エイナさんはぽつぽつと語り始める。

「年は六歳離れてるんだけど……実は私、あの子との思い出は一つしかないんだ」

「えっ……？　ど、どういうことですか？」

確かに年は結構離れてるみたいだけど、思い出が一つしかない……？

「あの子が生まれてすぐ、私は『学区』へ行っちゃったから」

「！」

「私達のお母さん、体が弱いの。薬が必要で、お父さんはいっぱい働いてくれているけど……

子供ながら何とかしたいって思っちゃって。本当はすぐに働こうと思ったんだけど、お母さんがそれならせめて、『学区』へ行ってほしい、って……」

エイナさんの家庭の事情を初めて聴き、少なくない衝撃を受ける。

エイナさんが『学区』に入学したのは、何と六歳の時。産まれたニイナと入れ替わるように、たった一人で学問の園《その》へ旅立ったらしい。

『学区』へ経て就職先をギルドに選んだのも、最初は高いお給金が目当てで、ご両親に仕送りするためだと、少しの自嘲とともに語ってくれた。

「故郷にも全然帰れなかったし、ニイナは私のことなんて覚えてないと思う。むしろ『姉がいる』っていう情報だけで、赤の他人くらいにしか感じてないいんじゃないかな」

「そ、そんなことは……！」

「……ごめんね、変なこと言って。でもそれくらい、私達は遠いの。私も赤ん坊の頃のあの子を、うっすらとしか覚えてないし……ようやく里帰りできた時には、今度はニイナが『学区』へ行ってた」

あまりにも距離と時間が離れたエイナさん達《たち》姉妹の話に、呆然とすることしかできない。

ニイナもきっと『学区』へ進んだのは、エイナさんと同じ目的に違いないだろう。

家族を想い、助けるために、家族が離れ離れになってしまう。もしかしたら、この下界ではありきたりな話なのかもしれないけど、どうしても僕はやるせなくなってしまった。

「手紙をね、出してたんだ。お母さん達は勿論、『学区』に行ったニイナにも。戸惑うかもしれないけど、私は貴方のお姉さんだから、何か困ったことがあったら言って、って。返事が来た時、文章はぎこちなかったけど、すごい嬉しかった……」

そこまで微笑を浮かべていたエイナさんは、おもむろに顔を曇らせた。

「でも、ある時から手紙が返ってこなくなって……忙しいのかな、面倒になっちゃったのかな、それとも……会ったこともなくて、何もしてないくせにお姉ちゃん振《ぶ》って、嫌われちゃったのかなって……そう思って」

だから自分からも手紙を出せなくなってしまった、と悲しい告白を聞いてしまう。

「お母さん達はそんなことないよ、ニイナはちゃんと大切に想ってるよ、って言ってくれるんだけど……私は、怖かった。だから今年、『学区』が帰ってくることに……手放しで喜べなかった。ううん、ちょっと怖がってた。あの船には、ニイナが乗ってるから」

……そうか。

『学区』の話をした時や、港街《メレン》で一瞬見かけたエイナさんの切なそうな眼差しは、ニイナのことに考えを巡らせていたからだったんだ。

「……だからね、今日会った時も、久しぶりじゃなくて『初めまして』って気持ちの方が強かったかも」

「えっ……で、でもっ、エイナさんはニイナっ……妹さんだって、すぐにわかってましたよね？　自分から声をかけてたし……」

「わかるよ。『学区』の服《ユニフォーム》を着てたし……お母さんに、そっくりだったもん」

夕方の光景を思い出しているのか、エイナさんはほのかに笑った。

自分達の母親にそっくりだとエイナさんは言うけど……僕は、エイナさんとニイナこそが
そっくりで、誰が何と言おうと二人は姉妹なんだと、そう思った。

「でも、ニイナは私と会いたくなかったみたいだった……」

「……！」

「逃げ出しちゃったし……やっぱり私、嫌われてるんだよ」

最後に、エイナさんは無理しておどけてみせた。

でも、そうか。これで少しだけ、二人の関係がわかった気がする。

ニイナも何か『悩み』を抱えてる……レオン先生はそう言ってた。

それはエイナさんが今話《はな》してくれたことに、少なからず関係している？

レオン先生は直接彼女の口から聞いてほしいと言ってたけど……聞き出せるのだろうか？

少なくとも、無理矢理吐き出させてはいけない気がする。

エイナさんより、ニイナの抱えているものの方が複雑のような……そんな予感がした。

姉妹の問題と呼べるものに、僕なんかが首を突っ込んでいいのかも判然としない。

僕自身、色々考えないといけないと思う。

それでも、今は――。

「エイナさんの妹さんはきっと……いいえ、絶対に嫌ってないと思います」

「えっ？」

「じゃないと、あんな苦しそうな顔、嫌いな人に見せないと思うから」

あの時、二人の側で見て、感じたものをそのまま伝える。

エイナさんに声をかけられて言葉を失うニイナの横顔も、外に飛び出して夕日に彩られていた儚い表情も、嫌悪なんてものとはかけ離れていた。

今は見開かれている、ニイナと同じ緑玉色《エメラルド》の瞳を真っ直ぐ見つめ、僕は力強く断言した。

呆然としていたエイナさんは動きを止めていたかと思うと……双眸《そうぼう》を潤ませ、今だけは悲しみを忘れて、微笑んでくれた。

「ありがとう、ベル君……」

「あ、い、いえっ……むしろ部外者なのに、口を出しちゃって……ごめんなさい」

「ううん、そんなことない。私は……嬉しかった」

はっと正気を取り戻して、思わず謝ってしまうと、エイナさんはゆっくりと顔を横に振る。

頬を染め、穏やかに笑う年上の女の人に、大馬鹿野郎の僕はつい見とれてしまう。

たちまち照れ臭くなって、下手くそな笑みを浮かべると、エイナさんはくすくすと口もとを押さえた。

まるで見計らっていたように、あるいは微笑ましいものを見せてもらった御代《サービス》とでも言うように、従業員《ウエイター》さんがエイナさんの空のグラスに綺麗な琥珀《こはく》色のお酒をそそいでくれる。ちなみに僕は『学区』に戻らないといけないから果汁《ジュース》だ。

二人してお礼を言って、乾杯し直すようにグラスに口付けようとすると――ゴンッ、と。

窓際の席にいる僕達のすぐ隣から、何だか鈍い音が鳴った。

いやでも僕達の隣って、それこそ通りに面してる窓ガラスしかないような……と思ってそちらを見ると、

『ベ　ル　く　ん』
『ベ　ル　さ　ま』

窓ガラスに額をくっ付けて、光のない目で口パクする、神様とリリがいなすった。

「うわああああああああああああああああっ⁉」
「きゃああああああああああああああああっ⁉」

エイナさんと一緒に椅子から引っくり返りそうな衝撃を受け、声を上げてしまう。

よく見ると神様達の後ろにヴェルフや命《ミコト》さん春姫《ハルヒメ》さんリューさんとにかく【ヘスティア・ファミリア】の総員《フルメンバー》が揃っており、僕は『何でっ⁉』と心の中で叫んでしまった。

　そうこうしているうちに窓への密着頭突きを止《や》めた神様とリリが、バタバタと入り口側に回り込み、悲鳴を上げる従業員《ウェイター》さんの制止を振り切って店内へ押しかけてくる！

「な～～～～にをしてるんだねぇ、ベルくぅ～～～～～～～～～ン？」

「か、神様っ⁉　どうしてここにいるんですか⁉」

「質問で返さないでください、ベル様ぁ。『学区《クエスト》』におられるのではなかったのですかぁぁ？」

「リ、リリっ、いやエイナさんに用があってて、ちょっと抜け出してきて……！」

　深淵《しんえん》に引きずり込まれそうな重圧に震えが止まらず、後ろめたいことはない筈なのに弁明紛《まが》いのことを行うと──神様とリリの眉尾がくわっ！　と急角度に持ち上がった。

「「信じられるかぁぁぁぁぁぁぁぁぁぁぁぁ‼」」

　すかさず落とされる特大の雷‼　耳がァァー⁉

「こ～～んな洒落込んで君を誘惑する気満々《キ》じゃないかっ、このアドバイザー君はァ‼」

「ゆっ、誘惑なんてしてませんっ、神へスティア！　ギルドの制服だと体裁上まずいので、この服は致し方なく……！」

「いーえっ、してましたァ～！　目をウルウルさせて雌《おんな》の顔になってあわよくば純粋無知なベル様をお持ち帰ろうと狙ってましたァァーー‼　リリにはわかります！」

「なってませんっっ、アーデ氏っっ‼」

　顔を真っ赤にするエイナさんにも飛び火して、もう何が何だかわからない‼

お願いだから誰かこの状況説明して⁉

「ベル殿、それが……シル殿の密書が、凍《い》てついた顔をしたヘルン殿の手で館に届けられました……」

するると神様達の後を追って店に入ってきた【ヘスティア・ファミリア】の中で、命《ミコト》さんが気まずそうに口を開いた。

「ヘグニ殿に尾行させている白兎《しろうさぎ》のもとに妖婦《ようふ》の影あり……急がれたし、と地図付きのものが」

「はいっっ⁉」

「兎に甘い勇士《エインヘリヤル》ではベル殿を見逃す可能性があるので、自分達に……というかヘスティア様達に白羽の矢が立ったようです……」

尾行されてた⁉　ヘグニさんに⁉　どうやって⁉　怪しい『視線』全然感じなかったけど⁉　兎《ペット》を怯えさせない方法とか熟知してるの、あの人⁉

『学区』への侵入は不可能な筈だから……もしかして僕、都市内《オラリオ》にいる間はずっと監視されてるってこと⁉　シルさん何やってるんですかー⁉

「あの酒場の娘《おんな》は、豊穣の女主人に捕まって身動きがとれないみたいでな。主神の命令を終わらせた後、暴走する『女神の付き人』を取り押さえるの大変だったんだぞ……。押しかけた厨房から刃物を持っていこうとして、何とか意識を刈り取ったが……」

「っっっっっ…………⁉」

命《ミコト》さんに続いて、少しボロボロになっているヴェルフがげんなりして語る内容に空前絶後レベルで絶句する。全身の体温を急激に低下《イメージ》させながら。

現場を見てもないのに、はっきりした光景が頭に浮かんでくる！

ヘルンさん、まだ僕の命《イノチ》狙ってたの⁉

病《やまい》のごとく顔色を七色に激変させる僕と、未だ神様達とワーキャー言い合うエイナさんを交互に見て、はわわっとあたふたする春姫《ハルヒメ》さんが唯一の良心に見えてしょうがない。

というか、無《ム》の表情でこっちを直視してるリューさんが一番コワイ‼

「本拠《ホーム》を出てから今日まで、実はとっかえひっかえ女の子の家に入り浸ってるんじゃないだろうなぁ、ベル君！」

「してませんっしてませんっ⁉　ちゃんと勉強してます‼」

「いーえわかりませんよ、ヘスティア様！　ヘルメス様がベル様に余計なことを吹き込んでいる可能性がありますっ！」

「信じてよぉリリィ⁉」

「それよりもベル、まだ私は告白の返事を頂いていないのですが」

「「はあああああああああああああああああああああああああっ⁉」」

「きぇえええええええええええええええええええええええええ⁉」

神様リリエイナさんの大絶叫の後に僕の奇声が爆発する‼

何でこの時機《タイミング》で言うんですかっ、リューさぁーーーーーーーーーーーーーーーーんっ⁉

「べ、ベル君っ、本当なのっ⁉　彼女から告白されたってっ…………って、そういえば、戦争遊戯《ウォーゲーム》中にそんなやり取りがあったような……」

「ああ、確か『神の鏡』でオラリオ中に中継されていたのでしたね――――って、リュー殿ぉ⁉　いきなり膝をついてどうなさったのですかぁ⁉」

「お顔が熟《う》れに熟れ過ぎた苺《いちご》のようでございますぅ⁉」

「都市中……衆目の前で……愛の誓い…………ぜんぶ聞かれて…………末代の恥…………助けて、アリーゼ…………」

「火に油そそいでおいて自爆してんじゃねえ、馬鹿野郎ぉ⁉」

「どういうことだっベルくぅうううううーーーーーーーーーーーんっっ‼」

「は・な・し・を‼　く・わ・し・く‼　全て吐くまで帰しませんよベル様ぁ！　というか本拠《ホーム》に戻ってきてください今スグ‼」

「ごめんよ、ベル……やっぱり止《と》めればよかった……屑《くず》でごめんよ……」

詰め寄って何かを思い出したように動きを止めるエイナさん、突如崩れ落ちた妖精《エルフ》に仰天する命《ミコト》さん、今にも燃えつきそうな妖精の紅《あか》さに取り乱す春姫《ハルヒメ》さん、顔を両手で覆って脆き者は正義とか今にも言い出しそうなリューさん、ヴェルフの怒声のあとに神様とリリの咆哮が飛んだ。最後にヘグニさんの謝罪が聞こえたのは、幻聴だろうか。

もう収拾がつかない混沌そのものに、白眼を剝いて失神したい衝動に駆られる。

とりあえず……迷惑をかけたお店には全力で謝って、二度と近付かないようにしよう。


「ラピ君！」

ボロクソになった僕が『学区』に戻ってこれたのは、日が変わろうかという真夜中だった。

本来ならこの時間、跳ね橋のように港へかけられた制御層《コントロール・レイヤー》の舷梯《タラップ》は閉じられているのだけれど、まだ開放されたままだった。そして、その前に立っていたのは、不安そうな顔をしていたニイナ。

レノアさんのお店に戻って、鬘《かつら》も戦闘服《バトル・ユニフォーム》も纏い直している僕は、駆け寄って来る彼女に疲労をひた隠した、精一杯の苦笑《にがわら》いを浮かべた。

「どこ行ってたの⁉　ぜんぜん帰ってこないから、心配したんだよ⁉」

「本当にごめん……。ちょっとオラリオで、色々あって……」

「……私のせい？　私が、キミに心配をかけたせいで……」

「ちっ、違うよっ！　本当に違うっ！　ニイナのせいなんかじゃないから！」

怒ったかと思うと、すぐにつらそうな表情を浮かべるニイナに、慌てて否定する。

エイナさんに会いに行ったのは僕の身勝手で、むしろコソコソ探るような真似《まね》をしたくらいだし、その後の展開はちょっと不可抗力過ぎるような気もするけど自業自得だし……！

とにかく気に病む必要はこれっぽっちもないと伝えたかったのだけれど、ニイナは何かを敏感に感じ取ったのか、

「……ウソつき」

と、ぽつりと呟いた。

拗ねてるような、責めてるような、でもどこか嬉しそうな、そんな顔で。

「……私もラピ君や、みんなに迷惑をかけちゃったから、これでおあいこだね」

「そ、そうかな？　そんなこともない気もするけど……そう言ってもらえるなら、助かるかな？」

片手を頭にやりながら、つい本音をこぼしてしまうと、ニイナは今度こそ「ふふっ」と笑ってくれた。

その笑顔を見れて、僕もようやく安堵することができた。

「寮に戻ろう？　明日の『特別実習《ダンジョン》』はお休みだけど、訓練はあるし」

「あ、それなんだけど……明日『派閥体験《インターン》』に行ってきてもいいかな、ニイナ？」

今夜色々あった僕は、ヘスティア様からの厳命で一度【ファミリア】に戻ることになった。

『学区』ではオラリオの『派閥体験《インターン》』自体は自己申告式。ちゃんと先生達に情報共有して許可

が下りれば、いつだって行けることになっている。『眷族募集《リクルート》』より先んじて、『戦技学科』以外の生徒達ももう何人も『派閥体験《インターン》』に繰り出していると聞くし。

『第三小隊』の訓練に付き合えないのは心苦しいけれど、特に不自然さはない筈の僕の申し出に――ニイナは、はっきりと動揺した。

「ラ、ラピ君……もう進路、決まってるの？」

「えっ？　あ、うんっ、一応冒険者志望だから、ぼんやりとは……」

レオン先生が準備してくれた設定を咄嗟に引っ張り出して、誤魔化すと……ニイナは目を伏せて、「そう……」と暗く呟いた。

「……ニイナ？」

「……！　ご、ごめんねっ。私、停まってる昇降器《エレベーター》、動かしてもらってくる！　あとで監督生《アリサせんぱい》に、いっぱい怒られようね！」

はっとしたニイナは急いで作った笑みを浮かべ、カンカンカン、と舷梯《タラップ》を登っていった。

波の音がかすかに聞こえる。

大きな汽水湖に打ち寄せる、広い海の音が。

制御層《コントロール・レイヤー》の奥に消えた彼女の後ろ姿を、僕は黙って、見つめることしかできなかった。

「ん～っ、青春ね！」

「…………イズン様？」

「甘きも苦みも一生を彩る水玉模様！　さぁ一緒に～っ、アオハルー☆」

「………ア、アオハルー？」

ひょこ、と舷梯《タラップ》の裏側から姿を現し、満面の笑みを浮かべる金髪の女神様に倣《なら》って、片手を夜空に向けて突き出す。

きっとニイナと僕のために、校長《バルドルさま》にかけあって舷梯《タラップ》を下ろしてくれていたのだろう。

青春《アオハル》ってなんなんだろう、と僕はちょっと真剣に考えつつ、女神様のご慈悲に感謝した。

そしてその後、しっかり何枚もの反省文を書かされた……。


「一時の方角！　来ます！」

リリの鋭い指示が飛ぶ。

樹皮に包まれた迷宮に響き渡る翅音《はおと》を聞き取り、パーティ全体が途絶えることのない戦意を同じ方向に向ける。

「『ガン・リベルラ』は僕が。ヴェルフは『デッドリー・ホーネット』をお願い！」

「おう！」

前衛が二手に分かれ、遠距離攻撃の術《すべ》を持つ狙撃蜻蛉《ガン・リベルラ》の群れに僕が対策し、新たに現れる巨大蜂《デッドリー・ホーネット》を階位昇華《レベル・ブースト》の光を宿すヴェルフが受け持つ。

身に纏うのは戦闘衣《バトル・クロス》に《ゴライアスのマフラー》、そしてヴェルフ新作の兎鎧《よろい》。

『生徒』ではなく、久方ぶりの『冒険者』の武装だ。

『学区』の戦闘服《バトル・ユニフォーム》も悪くないけど、こっちの方がやっぱりよく馴染《なじ》む。

体の内側から躍動するような感覚を覚えながら、僕はＬｖ．５の能力《ステイタス》を思う存分に解放した。

速攻射撃《ファイアボルト》を使うこともないまま、即座に肉薄、宙で回転する独楽《こま》のごとく狙撃蜻蛉《ガン・リベルラ》の群れを一思いに解体する。

これまでのパーティだと、遠距離攻撃を行う敵後列の位置まで無闇《むやみ》に上がると、リリや春姫《ハルヒメ》さんに危険が及ぶ可能性があったんだけど――。

「春姫《ハルヒメ》、頭を下げなさい」

「は、はいっ！」

今は『絶対的な中衛』として、リューさんがいる！

パーティ真側面から襲いかかってくる『マッド・ビートル』の大群の眼前を、風のように一過《いっか》し、新たな武器《アルヴス・ユースティティア》で一、撫でしたかと思うと、鼓膜がおかしくなりそうな灰の爆発が連鎖する。

今の状況は乱戦。気付かないところでモンスターに『魔石』を摂取されないよう核《かく》の一撃必殺に切り替えている歴戦の冒険者は、僕も思わず瞠目してしまうくらいの『技』を披露し、

『Lv.6』という数字を遺憾なく発揮する。

更に、春姫《ハルヒメ》さんに出していた指示を回収するように、二本あるうちの小太刀を一振り、投擲《とうてき》。

屈《かが》んだ漆黒の頭巾《ゴライアス・ローブ》の真上すれすれを翔《と》ぶ一刃は、何もいない空間を駆け抜けて失投かと思いきや、樹皮に亀裂を入れて今まさに出現したモンスターの胸部に、突き刺さった。

『ギシャァ――――ゲッッ⁉』

産まれ落ちた瞬間、灰となって崩れ落ちた『リザードマン』が文字通り『生死』という言葉を披露する羽目となる。

ダンジョンでモンスターを相手取る上で、理想の対処法とは何か？

【ファミリア】の間でそんな話題が挙がった時、館の掃除をしながらリューさんが淡々と答えたのは、

「壁から産まれ落ちた直後、あるいは直前に仕留める」

というものだった。

確かにそれならばモンスターに何もさせない。

させないけど、迷宮壁から産まれ落ちようとするモンスターの気配を正確に察知する離れ業なんてできっこない。少なくとも今の僕達には無理だ。恐らく【八咫黒烏《スキル》】を有する命《ミコト》さんがぎりぎりで実践できるくらい。

そんな『スキル』と同等の感覚と直感を有しているリューさんこそ、間違いなく【ヘスティ

ア・ファミリア】で一番強い！

（リューさんのおかげで、パーティの安定感が段違いに増した！）

これなら後衛のリリや春姫《ハルヒメ》さんへの側面奇襲《サイドアタック》や後方襲撃《バックアタック》を封殺することができる。

完璧な守備がもたらすのは攻撃力の底上げだ。前衛組は何の憂いもなく正面の敵に集中することができ、パーティの突撃《ラッシュ》が生み出す破壊力はこれまでと一線を画するものとなる。

あまりの頼もしさにリューさんを見ると、ちょうど空色の瞳とばっちり視線が合い、すぐに顔が伏せられた。覆面の上からでもわかるほど紅潮し、細く尖った耳にも伝染する。僕も身を焦がす羞恥と、そして若干の目眩《めまい》を覚えてしまう。

現在地、22階層『大樹の迷宮』。

予想通り『派閥体験《インターン》』申請を受理された僕は『ラピ』から『ベル』に戻り、『竈火《かまど》の館』に帰って、朝から待ち受けていた神様に根掘り葉掘りの尋問を受けた。リューさんと一緒に正座しながら。

二人とも赤面しつつ、もー自分達でもよくわからないしどろもどろな質疑応答を繰り返した後、「ぜぇぜぇ……この話はまた夜だ！」と神様はバイトへ出かけていった。僕、いつになったら腹を括《くく》ってリューさんに返事ができるのだろうか……。

ともあれ、図らずも今日一日予定なし《フリー》となり、ならばせっかくだからと、僕がいない間も連携を確認していたリリ達の迷宮探索に同伴することになった、というわけだ。

この階層に初めて足を踏み入れて、まだ四ヵ月は経っていないだろうか。

もう【ヘスティア・ファミリア】は、単独で20階層以下の層域を悠々と攻略できるほど成長しているのだ。

「ベル様っ、リュー様ぁー！　今は戦闘中です、集中してください！　なーに学生みたいな目と目が合って甘酸っぱい青春《アオハル》みたいなことしてるんですかぁー！」

「す、すいませんっ」

「ごめんっ！」

と、僕達の様子に素早く気付いたリリからの厳しい注意。青春《アオハル》って流行《はや》ってるの？

Lv.5とLv.6が怒られるという醜態にちょっと泣きたくなりつつ、新たに出現したモンスターの波に、パーティ全体で対処する。

「……？」

そこでふと。

僕は戦闘中にもかかわらず、背後を見てしまった。

「おいベル、どこを見てるんだ！」

「……ベル殿？」

隣で戦っていたヴェルフが声を飛ばし、距離を置いて真後ろにいた命《ミコト》さんが不思議そうな顔を浮かべる。パーティの側面で迎撃していたリューさんも何かに気付いたように、こちらに一瞥を飛ばした。

僕はすぐに「ごめん！」と言って、ヴェルフとともに正面の敵へ切り込む。

雄鹿のモンスター『ソード・スタッグ』を両断し、奥に控えていた大型級『マンモス・フール』をヴェルフとともに切り裂いて、つつがなく戦闘を終了させた。

「……あの、命《ミコト》さん。いいですか？」

長い戦闘が終わり、ようやく一息つけるようになった後。

リリ達とともに『魔石』と『ドロップアイテム』の収集を終えた僕は、水筒の補給がてら命《ミコト》さんに声をかけた。

「何ですか、ベル殿？」

「最後の戦いなんですけど、リューさんが中衛に残ってくれていたから、命《ミコト》さんも前衛に上がってもらってもよかったかな、って……」

連携、あとは陣形《フォーメーション》の確認と『更新』をするように、僕は感じたことを伝えた。

「あの位置でも良かったんですけど、もし前衛を押し上げてもらったら、僕がもっと前に上がれて、正面の敵の注意を全部集められたような気がしてて。そうすれば、結果的にパーティの安全性も上がったかもしれない……かなーと」

「なるほど、確かに……。すみません、そこまで考えが至らず」

「あっ、いえっ、別に責めてるわけじゃなくて……！　僕こそ偉そうなことを言って、すいません！」

リューさんが加わる前は、多能冒険者《オールラウンダー》の命《ミコト》さんが僕達【ヘスティア・ファミリア】の生命線だった。【八咫黒烏《スキル》】の力も併用して後衛《リリたち》を守り続けてくれていたし、意識が守備寄りに傾いているのは、むしろ命《ミコト》さんの今までの献身の証《あかし》だ。ちょっと失礼だったかもしれない。

情けないまま、何度も謝る。

こういう時、やっぱり団長は向いてないなぁと、つくづく痛感していると……リリがこちらを見て、きょとんとしていた。

「リリ……？　どうしたの？」

「……いえ、リリが言おうとしていたことを先に奪われてしまって、呆気《あっけ》に取られてしまったというか……」

「えっ⁉　ご、ごめんっ」

「別に構いません。それに敵の意識をかき集める件《くだり》は、前衛職を経験したことのないリリでは言及できなかったところですし……」

そう言って、僕のつま先から頭の天辺まで、リリはじろじろと眺めてきた。

「ベル様……何だか賢くなりましたか？」

……？

何だか思いがけない言葉を告げられ、目を白黒させてしまう。

「私《わたくし》もそう思います。今日のベル様は、何だか知性を感じられるというか……」

「ち、知性……」

「はは、第一級冒険者になっただけのことはあるか」

「そ、そうなのかな……？」

春姫《ハルヒメ》さんとヴェルフの言葉にも、いまいち納得が追いつかない。

レベルが上がったから頭の回転が早くなる……まぁ、あるのかもしれないけど……。

頬りに首をひねっていると、一歩離れた位置で見守っていたリューさんが、指摘した。

「『視野』が広がっている」

静かで、けれど凛《りん》とした声音に、みんなの視線が彼女のもとに集まる。

「ベル、貴方はもともと『個人』の『視野』はほぼ完成されていた。私とともに『深層』に落ち、敵の誘導や死角からの対処を覚えた時の感覚。あれがそうです」

……自意識過剰になるわけではないけど、その指摘は、確かに、と頷けるものだった。

アイズさんの教えとリューさんの教えを繫げて一気に視界が広がった、あの感覚。

あれがリューさんの言う『視野』だと言うのなら、確かにベル・クラネルは武器を得ている。

そういう意味なら、『戦いの野《フォールクヴァング》』でアルフリッグさん達にも鍛え上げられたおかげで、死角に対する『視野』もより鋭敏になった気がする。

リューさんはそのまま話を続けた。

「貴方はその『視野』を、自分だけではなくパーティにも広げつつある」

「後衛としての視点、ということですか？　リュー殿」

「ちょちょっ、待ってくださいっ、それでは後衛指揮《リリ》の存在意義がッ……！」

「あたらずも遠からず、といったところでしょうか。ですから安心しなさい、リリルカ。貴方の指揮と彼の『視野』は別物です」

命《ミコト》さんが質問し、その内容にリリが取り乱すと、リューはまるで姉妹の長女のように言って聞かせた。

「より具体的に言うなら、『戦術眼』でしょうか」

「『戦術眼』……」

「リリルカのような指揮者が戦場全体を俯瞰《ふかん》して、パーティ全体を導くことに対し、ベルは戦況に応じてパーティに必要な行動を選択、あるいは共有している」

まとめると、リリの視点は全体的、僕の『視野』は部分的、といった感じだろうか。

リリ一人では咄嗟に補えないところを前衛や中衛同士で補完できるのが強みで、指揮官の負担《ふたん》が減り、より密な連携を迅速に行うことができる――リューさんはそう補足してくれた。

「殲滅《せんめつ》効率と対処速度が上がることはパーティにとって有益です。配置《ポジション》が近い者同士が同じ景色を共有できることも大きい。指揮官はその動きを後方から汲《く》み取って、更に戦略を広げることができる。選択肢の増加だ」

説明を聞いて、おおっ、とヴェルフや命《ミコト》さんの間からも理解に手が届いた声が広がる。

確かに、今までは前衛攻役《アタッカー》として、いの一番に切り込むことを優先していた気がする。リューさんが加わってパーティの安定感が遥《はる》かに増したから『視野』にも余裕ができた、ということもあるんだろうけど。

おそらくだけど、この『視野』という概念は【アストレア・ファミリア】時代のリューさんも培っていたものなのだろう。中衛の指示や後衛の指揮を待たず、前衛のみで考える能力。パーティの潤滑油《じゅんかつゆ》、あるいは歯車となる力。もしかしたら、リューさんも【アストレア・ファミリア】の誰かに教えてもらったのかもしれない。

「貴方のその『視野の広がり』は、『学区』に編入した故でしょう」

「！」

「私は今回の『学区』出向が、ちょうどいい息抜きになると思っていましたが……貴方はそんな息抜きすら、成長の糧《かて》に変えてしまうようですね」

そう言って、リューさんは微笑んだ。

褒められて、つい照れてしまう僕は、喜びもあった。

『学区』で過ごしている時間も、決して無駄になっていない。もしかしたら『第三小隊』に狩猟《ハント》を指示できたのも最後衛《サポーター》としての経験、そして『武学』を始めとした授業の賜物《たまもの》かもしれない。

『学区』での勉強を認めてもらうことが嬉しかったし、何よりニイナ達も褒めてもらえているようで、誇らしかった。

「ベルとの連携も確認できた。そろそろ戻るか。帰り道も長いからな」

「ええ、『魔石』や『ドロップアイテム』もたんまりと入手できましたし！　やはり幸運の兎《ベル》様がいると儲けが違いますね！」

「ははは……」

それから数度の戦闘をこなした僕達は、『大樹の迷宮』を後にすることにした。

神様が帰ってくる前には本拠《ホーム》に戻っておきたい。今日は留守を何と第一級冒険者《アルフリッグさんたち》にやってもらっていて——春姫《ハルヒメ》さんを狙う人達の不法侵入の警戒も兼ねていて——少しだけ心配なのだ。

夜の間に『学区』へ戻っておかないといけないし。

ちょっとした多忙さを伴う学生と冒険者の『二重生活』に、気持ちいい疲労と充足感を今から覚えていると、

「てめえ……！　『学区』のガキども！　調子に乗ってんじゃねえぞ！」

「そっちこそ、もうちょっと品を持った行動ができないの！　やっぱり冒険者ってみんな、ならず者なのね！」

洞窟状の『岩窟の迷宮』、13階層に差しかかったあたりで、激しい口論が聞こえてきた。

見れば冒険者達の一団と、『学区』の『小隊』の間に一触即発の空気が流れている。

怪物進呈《パス・パレード》か、それとも獲物《モンスター》の奪い合いでもあったのか。どちらにせよ穏やかではなく、今にも武器に手を伸ばしそうな冒険者達を見て、僕の足はひとりでに動いていた。

「あの、どうかしましたか？」

「あァン⁉　首ツッコんでんじゃゃ――――って、ラ、【白兎の脚《ラビット・フット》】⁉」

「第一級冒険者⁉」

凄《すご》んでいたヒューマンの冒険者が、僕の顔を見るなり仰け反るように後退し、他の冒険者達も『深層』の化物《モンスター》を前にしたかのように怖気《おじけ》づく。あ、この反応、普通に傷付く……。

僕の心中など露ほど知らないだろう冒険者の一団は、「な、なんでもねぇっ」と言って、そそくさとその場を離れていった。

取り残されるのは僕と、ぽかんとした『戦技学科』の生徒達。

知り合いではないけど、胸の紋章《ワッペン》は竪琴《たてごと》と本……【ブラギ・クラス】かな？

「世界最速兎《レコードホルダー》！」

「ベル・クラネルだ！　『学区』に侵入した不届き者！」

「私達を助けたつもり⁉」

「でも助けてもらったのは事実だから、お礼は言うわ！」

「「「「助けてくれてありがとうございました！　ペッッ！」」」」

四人一組《フォーマンセル》の小隊は揃って礼を告げたかと思うと、一糸乱れず地面に唾を吐いた。

軍隊のように統率された動きでザッザッと立ち去る後ろ姿に、僕はちょっと泣きそうになった。やっぱり、ニイナ達にも正体は絶対バラせない……。

「『学区』の生徒か。しっかり嫌われてるな、お前も」

「いや、僕のせいだから……仕方ないよ」

「感謝しているのか目の敵にしているのか、よくわかりませんね……」

成り行きを見守っていたヴェルフやリリ達が合流する。

僕ががっくりと肩を落としていると、春姫《ハルヒメ》さんが口を開いた。

「何事か揉めていたようですが……何かあったのでございましょうか？」

「品行方正の『学区』の生徒が、多くが無法者である冒険者と対立する……『学区』帰港の折に、よく見かける光景ではあります。それこそ、地上やダンジョン関係なく」

「『学区』が教える作法《マナー》とか礼節なんて、冒険者とは一番ほど遠い言葉ですからねぇ……」

「まぁ、よく聞く話ではあるな」

リューさん、リリ、ヴェルフがこの時期の風物詩とばかりに答える。

オラリオの生活歴が短い僕と命《ミコト》さん、そして遊郭という狭い世界で暮らしてきた春姫《ハルヒメ》さんは、ほえー、と漏らし、反応が真っ二つに分かれた。

でも、そうか。

話を聞く限り、乱暴な冒険者と『学区』の生徒の折り合いは、悪いのか……。

「生意気なガキどもがッ……見てやがれ」

冒険者達が立ち去った迷路の先に、視線を向ける。

何か気にかかる悪意《つぶやき》が聞こえたような気がして、僕はちょっと嫌な予感を覚えてしまった。

五章　私の夢

Legi Gigi

Iglin Mars

Christia Elvia

Nina Tulle

Rapi Flemish

「う～～ん……」

ニイナは朝から難しい声を出していた。

人も疎《まば》らな自習室で、机の上に広げた沢山の教科書や参考書を眺めながら。

「ごきげんよう、ニイナ」

「あ、ミリー先輩」

通りかかった三つ年上の妖精《エルフ》が声をかけてくる。

ニイナにも愛称で呼ぶことを許してくれた彼女、ミリーリアは、【バルドル・クラス】の『第七小隊』。歴代最底辺の小隊《ワースト・パーティ》なんて呼ばれる『第三小隊』とは異なる、戦技学科の上位集団だ。

本物の選良《エリート》である彼女は、半妖精《ハーフ・エルフ》の自分のことも何かと気にかけてくれる。

「珍しいですわね。優等生のニイナが机の上で唸《うな》っているなんて。何かわからないところでも？」

「あ、違うんです。今からラピ君のために、ノートを作ってあげようと思って」

「ラピ？　あの新入生の？」

きょとんとするミリーリアに、ニイナは「はい！」と笑顔を咲かせた。

「ラピ君って、すごいんです！　全然知識がない筈《はず》なのに、授業に付いていこうとずっと頑張ってて！　私との勉強にもずっと付いてきてくれるし……こんな人、初めてです！」

「そ、それは凄《すさ》まじいですわね……」

ニイナは自分の学習法が『質より量』だと理解している。

たとえ『学区』に入学できた生徒――『学ぶ意志』がある者でも呻《うめ》いてしまうほどの、ある種、殺人的な『量』だ。これまでニイナの勉強量に付いてこれる生徒は誰もいなかったし、『効率が悪い』なんて言われたことだってある。

そんな中で、愚直なまでに必死に食らいついてくる新入生《ラピ》の姿は、ニイナにとって驚きであり、新鮮であり、何より感動した。

むしろ彼はニイナよりも遅く寝て、更に早く起きて、ニイナ以上の『量』をこなしている時さえある。その話を聞いたミリーリアは、ニイナの勉強量を知っているが故に顔を引きつらせて、ラピの評価をあらためているようだった。

「だから私も、ラピ君を応援したくなっちゃったんです。授業が少しでもわかりやすくなるように、こうやってノートを作ってあげたいなって……」

この要点をまとめた予習・復習ノートを作るのも一度や二度ではない。

自画自賛ではないが、ニイナが用意したこのノートのおかげで、ラピは何とか授業に振り落とされずに済んでいるという実感がある。

最初はレオンに頼まれたから、だから面倒を見ていた。

けれど今は彼の人柄を知り、それを好ましいと感じて、率先して付き合っている。

（普通の友達みたいに、気が合う、っていうのとは少し違ってて……）

歯車同士が嚙《か》み合う、と言えばいいのだろうか。

とにかくニイナとラピは相性が良かった。

（あとは……お父さんにも似てる気がする）

長い前髪のせいで瞳はよく見えないが、恥ずかしがって笑う雰囲気や、慌てて誰かのために手を貸そうとする姿なんて、ニイナが愛している父親にそっくりだ。

だからではないが、お人好しでお節介焼きのニイナは、自分自身の意思でラピを応援したくなっていた。

「ミリー先輩はラピ君のこと、どう思いますか？」

「どう、と言われましても。彼とは大して交流がありませんし、まだ『学区』に来て十日も経っていませんわ」

「そうなんです！　まだそれだけしか経っていないんです！　それなのにもう、『第三小隊』を団結させちゃったんです！　あの『第三小隊《ワースト・パーティ》』ですよ⁉　私がずっとまとめられなくて、トイレの中で一人泣きそうになってた、あの歴代最底辺の小隊を！」

「ニ、ニイナ……そこまでぶっちゃけるのはどうかと思いますわよ？」

イグリン辺りは決して認めないだろうが、『第三小隊』の精神的支柱は今やラピだ。

迷宮《ダンジョン》オタクなんて言われている彼は、あの地下迷宮の中ではびっくりするくらいの判断力を発揮する。小隊長であるニイナもつい、彼の意見を参考にしてしまうほどだ。

自分からは決して前に出ようとせず、見守っているような時が多いが、彼はニイナ達が困っていると必ず知恵を貸してくれる。おかげでもう『第三小隊』は、数ある小隊の中でも高順位の獲得単位数争いをしている。

ラピ・フレミッシュ。

彼は本当に不思議な人物だった。

内気で恥ずかしがり屋、おどおどしがちで頼まれごとを断れない性格。

けれど努力家で、他者に優しさを分けることができ、強い芯を持っている。

ラピを語る緑玉色《エメラルド》の瞳がきらきらと輝いているだろうことが、ニイナは自分でもわかった。

そんなニイナを眺めていたミリーリアは、唐突に「ふふっ」と笑みを漏らす。

「ニイナはあの兎《うさぎ》さんに夢中みたいですわね」

「……何だか、変な意味も含まれていませんか？」

「気のせいですわ♪」

そんなニイナの評価を裏付ける出来事が、その日の放課後にも起こった。

「お～い、戦技学科ぁ！　ちょっと意見くれねぇかぁ！」

レオンからの各種通達が終わり、戦技学科の面々が特別実習《ダンジョン》の準備をしようとしていた時。

『鍛治学科』の男子生徒《ヒューマン》が二名、一振りの剣を持って教室に駆け込んできた。

「【ゴブニュ・ファミリア】へ派閥体験《インターン》に行ってるんだけど、また『失格』って言われちまっ

合いが始まる。

なんだなんだと戦技学科の生徒達が円を作っては集まって、『学区』では日常の意見の出し
半分悲鳴交じりに、体格のいい少年達は机の上に武器を置き、ニイナ達に助けを求めてきた。

「このままじゃあ入団させてもらえねぇよ！　前の帰港の時も落とされちまったしよ〜！」

た！　何を作っても合格がもらえない！」

「ちゃんとした『機構武装』に見えるけど……」

「うん、むしろ立派なものじゃない？　使わせてもらいたいくらい」

「ふん、私の方がよっぽど質のいい武器を作れるがな」

「うるせぇイグリン！　アホで変わり者のドワーフは黙ってろ！」

たちまち騒がしくなる教室内で、鼻を鳴らすイグリンが剣をとって『魔力の刃《ひかり》』を出現させ
ると、「えっ⁉」と驚きの声を上げる人物がいた。ラピだ。

「そ、その剣、なんなの……？」

「ただの『機構武装』だけど……あ、そっか。ラピ君は見るのは初めてだっけ？『第三小隊』

で『機構』付きの武器を使ってるのは私以外誰もいないし、私もダンジョンで使ってないから」

「錬金、そして鍛冶の両学科が生み出した『学区』の発明さ。使い手の『魔力』を吸って、
射程《リーチ》や威力を底上げしてるんだ」

ニイナの隣で、イグリンが剣を軽く取り回しながら説明する。

剣身部分を包み込むように約三C《セルチ》ほどの魔力光の刃が発生しており、光の鎧《よろい》を纏《まと》っているようでもあった。武器本来の威力に加えて、魔力分の出力を増幅しているのだ。

初めて見る『機構』に、ラピは唖然《あぜん》としていた。

「オラリオには『機構』入りの武器が出回ってねぇし、絶対価値があると思うんだ！　ダンジョンのモンスターにだって十分通用する！」

「だけど、認めてもらえねえ……。ゴブニュ様は寡黙で、何も教えてくれねえし」

鍛冶学科の生徒達の嘆きに、戦技学科も意見は言うものの『これ』といった答えには辿《たど》り着けず、うーんと頭を悩ませていると、

「ラピ、何か言いたいことがあるの？」

「えっ⁉」

「口がむずむずしてるよ。なら言ってやればいい！　君はボクの護衛獣だからね、自信満々にすればいいんだ！」

何か言いあぐねるラピの横で、小人族《パルゥム》のクリスが何故《なぜ》か胸を張ってのたまう。

教室中の視線が一斉に集まり、思わず怯《ひる》んでいた少年は、やがて、おずおずと口を開いた。

「あの、その……この『機構』って、多分、壊れやすい、い、いですよね……？」

「んっ？　おい新入生、聞き捨てならないな」

「強度は先生達も保証してくれてる。今年の特別実習《ダンジョン》で壊れた『機構』はまだゼロだぞ？」

鍛冶学科の生徒達が睨《にら》むように反論すると、「あぁいやっ、そういう意味じゃなくて……！」と再び怯みかけながら、何とか考えをまとめ、言葉を選び始めた。

「この『機構』って、多分『魔道具《マジックアイテム》』とか、『魔石製品』みたいな仕組みが武器の中に組み込まれてるんですよね……？」

「ああ、合ってる。普通の武器とは、そもそも構造が違う」

「なら、その構造を守るために『耐久性』が落ちてるっていう考えは……合ってますか？」

「……普通の武器と比べて、っていう意味なら、そうなる。でも、ほんの僅かな差だぞ？」

「はい、そうだと思います。思いますけど……ダンジョンでは多分、その僅かな差が、怖い」

いつの間にか真剣な表情を浮かべる鍛冶学科の生徒に、ラピははっきりと言った。

「迷宮《ダンジョン》で武器が壊れた時は、半身を失うのと同じ……っていう話を聞いたことがあります」

「……!!」

「探索にいくつもの武器を持っていこうとしても、限りはありますし……オラリオの冒険者はきっと、『長く戦える武器』の方が大切なんだと思います」

オラリオの鍛冶師の腕《レベル》は総じて高く、耐久性を始めとした武器の性能も抜群に高い。

そう前置きをした上で、『機構を組み込むための耐久性の犠牲』は迷宮都市では致命的だと、ラピは言外に告げた。

『学区』の『機構武装』は確かに実戦に耐えうる高い水準でまとめられている。

しかしダンジョンでは『僅かな差』が明暗を分け、きっと命取りとなってしまう。

驚きを共有する生徒達の中で、瞠目《どうもく》するニイナもまたその事実に気が付いた。

「近接戦闘《なぐりあい》をあまりしない魔導士とかには、この『機構』っていう仕組みは合ってるとは思うんですけど……『普通の武器より壊れやすい』っていうのは、どんなにすごい武器でも、冒険者達は手に取りにくいのかな、って…………はい」

まるで冒険者の生の声をよく聞く『当事者』のように、ラピは時を止める生徒達に向かって、恐る恐るそのように締めくくった。

「……そうか。オラリオの冒険者は『瞬間的な戦闘力』じゃなくて、持久力……『戦い続ける力』を重視するのか。ダンジョンでは連戦が当然だから！」

「確かに深い階層にもぐったり、それこそ『遠征』をしてる最中なんて、万全な整備なんて受けられないわ。『機構武装』は普通の武器より、入念な調整《メンテナンス》がいるし……」

「鍛冶師を無理やり同行させても、専用の設備がないと何とかなる問題でもないしな」

「少なくとも主装《メイン》の装備には選びにくい！　武器の性能だけじゃなくて、使い手のことも考えないと駄目ってことか！」

間もなく、生徒達は水を得た魚のように活発に議論を再開させた。

特に鍛冶学科の二人は「ありがとよ！　希望が見えた気がするぜ！」と目を白黒させるラピの肩を何度も叩《たた》くほどだった。

少年の意見によって、教室が新たな観点を手にし、知的興奮に包まれたのだ。

「……ラピ君。もっと自信を持って、どんどん意見を言った方がいいよ！」

「えっ……ニ、ニイナ？」

「レオン先生も言ってたでしょ？　意見の発信は重要だって！　ラピ君のおかげで、私達はまた一つ、賢くなれたんだよ！　すごいことだよ！」

その光景にニイナも嬉しくなり、ラピに近寄って訴えた。

『第三小隊』の面々も同じだった。

「間違っていたら、いくらでも訂正してやる。間違いを恐れるんじゃない！」

「うん、私達、『学区』……」

「いいよラピ、ボクの護衛獣なだけはあるね！　これからもどんどん賢さを上げていくんだ！」

イグリンに、レギに、クリスにもそう言われ、最初は呆《ほう》けていた少年も「う、うんっ！」と嬉《うれ》しそうに頷《うなず》いた。

（ラピ君って、やっぱり不思議だなぁ……）

まだ興奮が落ち着かない中、特別実習《ダンジョン》のため戦闘服《バトル・ユニフォーム》に着替えようと教室を後にしたニイナは笑みを浮かべる。

世話のかかる弟のようなのに、頼りになる兄のような一面を見せる時がある。

それがラピの魅力だった。

だから、ニイナは目が離せなくなっていた。

今では気付くと彼の姿を探しており、見つけたら顔を明るくさせ、すぐに駆け寄るほどだ。

(私、ラピ君のお姉ちゃんなのか妹なのか、わかんないな)

自分の行動を振り返りながら、苦笑を浮かべる。

(……本当のお姉ちゃんとは、何も話せないくせに)

そして、そんな自虐もする。

校舎を出て、顔に陰を落としていると、友人達が通りかかった。

「ニイナ～！　これから実習？」

「あ……うん。ベティ達は勉強？」

「そうだよ～！　これから試験の追い込み～！」

ラピも会ったことのある犬人《シアンスロープ》、狸人《ラクーン》、そして女性の牛人《カウズ》の女生徒達だ。

試験の『本番』が近い彼女達は胸に教科書類を抱え、疲労感を滲《にじ》ませている。

そこで、ちらりと互いの視線を交わし合った彼女達は、思いきったように尋ねてきた。

「ニイナ。やっぱりギルドの試験、一緒に受けようよ？」

「……」

「あんなに頑張ってたのに、もったいないって。教養学科、戻ってきなよ？」

「……でも私、ギルドの模擬試験、C判定だったから……」

「私の方が成績悪いってば～！　五年前にZ判定からギルドに受かった『フロットの奇跡』もあるし、ニイナならいけるって！」

犬人《シアンスロープ》、女性の牛人《カウズ》、狸人《ラクーン》の友人が、それぞれ口々に言う。

目を伏せたニイナは、何とか笑顔を作って、謝った。

「……ごめん、みんな。もう諦めたの。それに今の私は戦技学科だから……じゃあね」

そう言って、立ち去る。

友人達の寂しそうな視線を背中で感じながら、すぐに通りの角を曲がる。

そして誰もいない路地の壁に背中をつけ、胸に巣くっている『感情』と、必死に戦った。

「……ラピ君もきっと、進路は決まってるんだよね……」

ぽつり、とそんなことを呟《つぶや》く。

自分より後輩の彼はもう、『目標』とか、あるいは『夢』なんてものを持っている。

その事実が、今は堪《たま》らなく虚《むな》しくて、惨《みじ》めだった。

「……」

吸い込まれそうなほど青い空を見上げる。

美しい蒼穹《そうきゅう》は、ニイナに何も答えてはくれなかった。

【ヘスティア・ファミリア】から『学区』に戻った後も、僕と『第三小隊』は順調と呼べる日々を過ごしていた。

ダンジョンの苦労と達成感を覚えたおかげでそれぞれの意識が高まり、『学区』にいる間は連携の訓練、実習ではダンジョンをとんとん拍子に踏破し、なんと既に14階層まで安全に足を伸ばせるようになっている。レオン先生にもお願いされた、ニイナの問題にはあまり踏み込めていないけれど、今は『小隊』のために力を入れようと決め、イグリン達と頑張っている。

そして『学区』の生活を始めて十日目、『特別実習』の開始から七日目の朝。


「今日こそ15階層にいってやろうじゃないか！」

『学区』が定めるダンジョン最深層域の踏破に、『第三小隊』は熱意を燃やしていた。

イグリンの号令に誰も異論を挟まない。巨大造船所で大点検大修理《オーバーホール》に移っている『学区』の正門前に朝早くから集まった僕達は、互いに頷き合い、オラリオへと出発した。

これまで通り都市の南西門をくぐり、実習手続きのためにギルド本部へ。

ギルド本部には入らず、外の前庭で待っているニイナの事情を、もう誰も詮索しようとはしなかった。いつか彼女が自分から話してくれるのを待ちながら、今日も窓口で実習の手続きを済ませる。ロビーに訪れる『学区』の生徒の中から誰かの姿を探すエイナさんを見つけたものの、今、声をかけることはできない。申し訳なく思いながら、僕はギルドの大型掲示板のもとへ向かった。

「何か有用な情報はあったかい？」

「ううん、冒険者依頼《クエスト》がほとんどかな」

僕が背負っているバックパックに寄りかかりながら、イグリンが尋ねてくる。

ラピ・フレミッシュは今、『第三小隊』の中でサポーター兼迷宮《ダンジョン》オタク——『戦う力はないけど役に立つ知恵袋《ブレーン》』という位置づけとなっている。カッコ良く言ってもいいならリリのような参謀だろうか。自分がリリと同格なんて口が裂けても言えないけど。

ともあれ、そんな迷宮《ダンジョン》オタクが情報収集に余念がないというのは受け入れてもらえてるようで、ダンジョン出発を急かされつつも、掲示板の前で時間をもらっていた。

「……あれ？」

探索する目的地の階層以外にも、最低でも上下三層分の情報を集めておく。

リリが自分に課しているという日課《ルーティーン》を、『第三小隊』のサポーターとして真似《まね》させてもらっている僕は、ある情報に目をとめ、首を傾げた。

「どうしたんだい？」

「いや、『迷宮の孤王《モンスターレックス》』の情報が、ちょっと気になって……」

『中層』の階層主『ゴライアス』。約二週間の次産間隔《インターバル》を持つ階層主の情報に、違和感を覚える。

掲示板には、次の出現は『二日後』と記されているけど……。

（戦争遊戯《ウォーゲーム》が終わって、最後の宴会が開かれたのが確か十四日前……）

あの後、ボールスさん達は18階層へと戻った。

安全階層《セーフティポイント》という地理上、『ゴライアス』を討伐するのは多くの場合が迷宮の宿場街《リヴィラ》の住人で、今回もボールスさん達が処理しているだろう。『派閥大戦』の間は、ほぼ全ての【ファミリア】がダンジョンを出て地上に待機していた筈だし、17階層に産まれた『ゴライアス』はしばらく放置されていたに違いない。

だから、直近の階層主を倒すとしたら十四日前のボールスさんで、今書《か》かれている『十二日前にゴライアス討伐』という情報はおかしい気がする。

次の階層主出現が『一日後』だったら、次産間隔《インターバル》の関係上、まだ誤差の範囲。けれど『二日後』だと、『中層』を探索する者に油断を招く絶妙な境界《ライン》。

「なぜ18階層に出る階層主の情報なんて見ているんだ？　私達の目的地は15階層だぞ？　そんなところまで間違ってもいくものか」

「うん、そうなんだけど……」

念のために──という僕の言葉は、背中から離れるイグリンには届かなかった。遠ざかっていく仲間の後ろ姿を他所に、僕はもう一度大型掲示板に視線を戻す。

（迷宮の宿場街《リヴィラ》の住人が『ゴライアス』を倒しても、地上への連絡を面倒くさがって、情報に齟齬《そご》が生じる、っていう話はまぁ、聞いたりするけど……)

『ゴライアス』が18階層にいると思い込み、討伐しに行ったら三日前に迷宮の宿場街《リヴィラ》の住人が倒していました、なんて事例《ズレ》は多々あるらしい。今回も『ズレ』——というより僕の考えもその例に漏れないのかもしれない。

ギルドから報酬をもらって18階層と地上を往復し、正確な『ゴライアス』討伐日を報《しら》せる『連絡屋』なんて仕事もあるらしいし……。

(僕の勘違いかもしれないし……この『違和感』だけ、忘れないようにしておこう)


「はッ」

掲示板の前から兎人《ヒュームバニー》の生徒が立ち去るのを視界に、嗤《わら》う男達がいた。

彼等は今回の『連絡屋』を務めたヒューマンと獣人達だった。

彼等はとある日、『学区』の生徒達と揉め、第一級冒険者《ベル・クラネル》に邪魔され、発散しきれない鬱憤を抱えている、上級冒険者達だった。

「あのおっかねえ咆哮《ハウル》でも聞いて、精々漏《も》らしやがれ」

ロビーを行き交う、赤と白の戦闘服《バトル・ユニフォーム》姿の『お利口さん』達を見下しながら、冒険者達は嘲笑していた。

『ウオオオオオオオンッ！』

「ニイナ、横道から『ヘルハウンド』！」

「レギ、クリス、お願い！　息吹《ブレス》、撃たせないで！」

「了解《らじゃー》」「まっかせてー！」

ニイナの後ろで用心深く索敵していた僕が警告すると、『第三小隊』は淀《よど》みなく散開した。

三時の方角から迫る黒犬《ヘルハウンド》の群れを、壁や天井を蹴りつけ跳ね回る黒妖精《ダーク・エルフ》のレギが攪乱《かくらん》も交えて強襲し、隙を引きずり出したところで、地を這うすれすれから肉薄した小人族《パルゥム》のクリスが身の丈ほどもある両手剣《ブレード》を横一閃。

まとめてモンスターを斬断する冴《さ》え冴《ざ》えとした快音が響くのと、ほぼ同刻、主戦場《メイン》の通路に残ったイグリンがニイナの魔剣支援を受けながら突撃する。

「うおりゃあああああああああああああああ‼」

『ガギィッ⁉』

振り下ろされた大鎚《ハンマー》が、水晶の体を持つ蟷螂《かまきり》のモンスター《クリスタル・マンティス》三体をまとめて粉砕した。

『戦士状態《モード》』に豹変《ひょうへん》しているイグリンの雄叫《おたけ》びが『岩窟の迷宮』に残響する中、危なげなく戦闘が終了する。

「よっしゃあ！　15階層も余裕だぜぇ！」

「戦利品、収拾。早く」

「ラピ君、『魔石』手伝うよ」

「ありがとう、ニイナ」

大鎚《ハンマー》を高々と掲げて浮かれるイグリンを他所に、文句を言うレギがクリスと一緒に素早く『ドロップアイテム』を集め、短剣型の『魔剣』を腰に戻したニイナが『魔石』の抽出を手伝ってくれる。戦いの後処理も抜かりなし。

もともと個々の力が突き抜けていた『第三小隊』は、やはり大したものだった。

それが15階層まで辿り着いた僕の感想。

『最初の死線《ファーストライン》』と呼ばれる『中層』の敵を難なく破り、先へ進んでいける。

まだ『ミノタウロス』のような大型級と遭遇こそしていないものの、もう僕が余計なことをしなくても十分なほど、『第三小隊』は集団戦闘《パーティ・プレイ》を高めつつあった。

今日はどの『小隊』よりも早く、深くダンジョンの先へ進めそうだった。

「今なら何でもできる気がするぜ！　このまま18階層まで行けちまうんじゃねえか？」

「行けば？　一人で」

「ボクとみんなのおかげで『単位』は、あと二つだからね！　猛牛《ミノタウロス》はどこかな！」

みんなも手応えを感じてる。油断には達さない程度に自信をつけ、士気は高く、きっと理想の状態《コンディション》。今の『第三小隊』なら『岩窟の迷宮』の中では敵なしかもしれない。

「…………」

「ラピ君？　どうしたの？」

けれど。

パーティの状態《コンディション》とは別のところで、僕は『引っかかるもの』を覚えていた。

（今日のダンジョン、いつもと違うっていうか……『嫌な感じ』がする……）

何が、と問われても、何かが、としか答えられない自分を歯がゆく思う。

ニイナを困惑させてしまうくらいには、顔を左右に巡らして、周囲を窺《うかが》っていると――。

『キキャアアアアアアアアアアアアア！』

「うわっ⁉　びっくりしたぁ！」

モンスターの甲高《かんだか》い啼《な》き声が響き渡った。

クリスが飛び上がるほどの、天井から産まれ落ちた『バッドバット』の大群。

「――――」

『上層』でも戦った蝙蝠《こうもり》のモンスターだとわかり、安堵《あんど》する『第三小隊』に対し、僕の頭の中で打ち鳴らされる『警鐘』は最大級のものとなる。

そして。

『キイァァァァァァ――――――‼』

『キキイイイイイイイイイイイイ！』

『イアアアアアアアアアアアアアアア！』

まるで音程の外れた合唱を巻き起こすように、階層中から猛烈な『不協和音』が発生した。

「な、なに⁉」

「『バッドバット』、怪音波《なきごえ》、いっぱい……！」

「まさか、大量発生か⁉」

幾重にも重なる怪物達の金切り声に、ニイナとレギが耳を塞ぎ、イグリンが周囲を見回す。

蝙蝠のモンスター『バッドバット』の主な攻撃手段は、動きを阻害する『怪音波』。

聞き間違える筈のない叫喚は、たった今、何十何百に及ぶ蝙蝠の大群がダンジョン中で『大量発生』したことを告げていた。

（『違和感』の正体は――『バッドバット』が一匹もいなかったこと）

答えに辿り着く。

僕は今日、『岩窟の迷宮』の暗がりに必ずと言っていいほどひそんでいる『蝙蝠』の姿を、一度だって目にしていなかった！

（――不味《まず》い‼）

違和感の判明は、遅過ぎる『危機感』に直結する。

あらゆる方角、至る所から轟く岩盤が爆ぜるような音。

岩盤を突き破って現れるモンスターの生誕。

ダンジョンが『壁』ではなく、『天井』の中から、夥《おびただ》しい『バッドバット』を産み放った
結果——15階層は均衡を喪《うしな》ったように崩落した。

「なっっ⁉」

「う、うぉおおおおおおおおおおおおおお⁉」

僕達の頭上、蝙蝠の大群が産まれて穴だらけになった天井もまた、抜け落ちる。

始まるのは、凶悪な岩石の雪崩《シャワー》‼

「ッッッ‼」

第一級冒険者の全神経が、Ｌｖ．５の全能力が、雄叫びを上げる。

立ちつくすレギ、イグリンを突き飛ばし、ニイナとクリスの体に片腕を巻きつけながら、崩落の効果範囲外へと全力で跳ぶ。

『岩窟の迷宮』全体が恐ろしい震動に包まれる中、落雷に負けない轟音《ごうおん》を連鎖させ、ダンジョンは恐ろしい叫喚を上げた。

「ヘスティア様ぁー⁉」

どうも中央広場《セントラルパーク》の方角が騒がしい。

ジャガ丸くんの屋台でバイトをこなしながら、ヘスティアがざわめきを感じ取っていると、リリが慌てた様子で駆け込んできた。

「ダンジョンの『中層』で崩落があったそうです！　すごい範囲で発生して、『学区』の生徒達も巻き込まれているそうで……！」

「崩落⁉」

バイト中であることも忘れて声をあげてしまうヘスティアに、リリは声を震わせる。

「今は【ガネーシャ・ファミリア】と、【ロキ・ファミリア】、あとは『学区』側が岩盤の撤去を急いでいるそうですが……予断は許さないと」

「ベル君は⁉　あの子は今、どこにいる⁉」

女神の嫌な予感を肯定するように、眷族は顔を歪《ゆが》めた。

「今、リュー様がギルドにうかがいに行ったところ……ベル様が所属している『第三小隊』も、15階層で特別実習中《ダンジョン》だと……」

弾かれるように振り向き、空を衝《つ》く摩天楼施設、そしてその下に広がっているダンジョンの方角を見つめる。

『恩恵』の数は減っていない。ベルに万が一のことは起きていない。

しかしヘスティアは瞳を揺らしながら、言わずにはいられなかった。

「15階層で遭難って、またなのかよ、ベル君……！」

強い『既視感』と一緒に。


「ダメだ！　こっちも塞がれてやがる！」

大鎚《ハンマー》を片手に持ったイグリンの、焦りの声が響き渡る。

立ち塞がる土砂の山は進路を完全に塞いでいた。『土の民』とも呼ばれるドワーフでもお手上げの状況に、ニイナやレギ、クリスの顔から血の気が引いていく。

現在地、ダンジョン15階層。

殺人的な岩雨から何とか脱することができた『第三小隊』は、メンバーが誰一人欠けることがなかった代わりに、別の苦難を味わうこととなっていた。

大規模崩落による、帰還経路《ルート》の遮断だ。

（この迂回《うかい》ルートも使えない……）

ギルドから買い取っていた『中層』の階層地図に、これも自腹で用意しておいた【万能者《アスフィさん》】謹製の血の羽根ペン《ブラッド・フェザー》で赤の×印を記す。

僕達、というより『学区』の全生徒が行き帰りに利用していただろう階層の正規ルート、その全てが崩落によって塞がれている。細い血管のように派生する小径も全て駄目。15階層から14階層に戻るための通路が、ことごとく殺されていた。

中には崩れ落ちた岩盤によって地形ごと変貌している地帯《エリア》も存在し、その場にとどまって様子見することも危険だったほどだ。

(多分、地上への脱出ルートは存在しない……)

少なくとも現状は。

地上から専用の装備で冒険者達が岩盤撤去をしない限り、帰還の術は絶望的と言っていいだろう。いくら僕が第一級冒険者になったとはいえ、力任せに蓄力《チャージ》の大砲撃を放って岩盤を破壊しても、衝撃が二次災害を生んで更なる状況悪化を招くのは想像に難くない。

専門の知識がなく、ただ壊すことしかできない僕じゃあ、この窮地を打開できない。

15階層に都合よく『学区』の教師がいて、都合よく合流できる。

そんな『運任せ』を期待するのは一番の下策だろう。

(僕達以外にも閉じ込められた人達がいるなら、心配だし、できるなら助けたいけど……疲れてるニイナ達をこの状況で連れ回すことは……できない)

そんなことをすれば、先に『第三小隊』が力つきてしまう。

どこにいるかもわからない遭難者を探して回るというのなら、せめてニイナ達を『安全地帯』に送り届けた後だ。

「ラピっ、別のルートはないのか⁉」

「……南西にもう一つだけ細い通路があるけど、ここがダメなら塞がれてると思う。移動するだけ体力を失うから、確かめに行くのもお勧めしたくない……」

「そんな……」

ニイナ達から希望を奪う羽目になっても、僕はイグリンの問いに正直に答えた。

今の状況を正確に共有することを選んだ。

退路なし。八方塞がり。孤立無援であると。

(悔しい……それに、申し訳ない)

僕が『バッドバット』の違和感にもっと早く気付いていれば。

『異常事態《イレギュラー》』の前兆を感じ取ってさえいれば、ニイナ達をこんな目に遭わせずに済んだ筈だ。

やっぱり、まだまだ。

きっとアイズさんやリューさん、フィンさんや師匠《マスター》なら、不穏な気配にいち早く気付き、パーティを安全圏に逃がしていたに違いない。第一級冒険者になっても、ベル・クラネルはまだ経験の足りない『未熟者』であることを痛感させられる。

より慎重にならないといけない。より勤勉にならないといけない。より神経を研ぎ澄まさなければならない。自分も、仲間も護るためには。

後悔と反省を刻み、直《ただ》ちに思考を切り替えた僕が顔を上げた、その時。

重苦しい沈黙が支配していた小隊の中で、レギが口を開いた。

「小隊長《ニーナ》……どうする？」

「え……？」

「方針、決めて」

パーティの目標をどこに設定するのか。

的確に、そしていっそ残酷に、レギは部隊を預かる隊長に要求した。

ニイナは息を呑《の》み、答えに窮する。

「……冷静に考えりゃあ、取れるのは二つだ。正規ルートに陣取って、地上からの救助を待つか……」

「あとはラピが言ってた、もう一つのルートに望みを賭けるかだね。ボクはうん、救助を待つ方がいいかな！　別に行動して絶望するのが嫌だからとかそういうんじゃないよ、ウン！」

イグリンとクリスが選択肢を提示する。クリスに関しては胸の内を正直に語ってくれた。

ニイナは呼吸と唇を震わしながら、僕の方を振り向いた。

「ラピ君……水と、食料……あとは道具《アイテム》、どれくらいある……？」

「……まともにみんなで分ければ、食料は半日も持たないと思う。道具《アイテム》は回復薬《ポーション》が四、精神力回復薬《マジック・ポーション》が三、高等回復薬《ハイ・ポーション》が二つ……」

バックパックからみんなに見えるように全て出して、地面に並べる。

予備《スペア》の武器は、レギやクリス用の短剣《ショートソード》が二振り。

イグリン達も各自で用意している道具《アイテム》を見せ合った。

自分達の装備をすぐさま確認したニイナの状況判断は正しい。優等生の名の通り満点だと思う。それ故に、自分達の首を自らの手で絞めているようにも感じられた。

所持品を確認するということは、寿命を数値化することと同義だ。

冷静さを失っていれば、冷酷な数字に常に翻弄《ほんろう》されることになる。僕にも覚えがある。

そういう僕はというと、『状況は全然マシだ』と感じてしまうのは、『深層』の決死行を経験してしまった故だろうか。

この状況では役に立たない参考を蹴りつけながら、道具《アイテム》をバックパックに入れ直し、ニイナを窺う。

発汗がすごい。呼吸が浅くなってる。重圧に違いない。

仲間の視線が集まる中、パーティの命を左右する重大な決断を迫られている。

その姿に、僕は不謹慎にも——六ヶ月前の『かつての僕自身』を重ねてしまった。

(リリも、こんな気持ちだったのかな……)

仲間《ヴェルフ》が負傷して、僕は混乱していて、無闇に移動を重ねて、大粒の汗を幾つも流して。

あんな絶望的な状況の中で、誰よりも弱い筈のサポーターは、誰よりも冷静だった。

ここにリリはいない。

だから今度は、リリに助けてもらった僕が、ニイナ達を助ける番だ。

「一度、落ち着こう」

あの時のリリの言葉を、なぞる。

はっと肩を揺らしてみんなの視線が集まる中、僕はまず、ニイナに歩み寄った。

「ニイナ、息を吸って？」

「え……？」

「深く吸って、ゆっくり吐いて？　すぅー、はぁー、すぅー、はぁーー……こんな風に」

大袈裟《おおげさ》に深呼吸して笑いかけた後、ちょっと考えてから、ニイナの小指を握る。

『深層』でリューさんにやってもらった、おまじない。

びくっと一度は震える手から、すぐに力が抜けていく。

僕と視線を合わせて、しっかり絡めるニイナは、静かに息を吸っては吐いてを繰り返し、呼吸を安定させた。

イグリンにも近付いて手を伸ばすと、「要らねぇよ！」と今にも舌を出しそうな顔で振り払われてしまう。レギも両手を腰の後ろに隠しながら「パス」と言う。

クリスは「ボクはやって！」と両手を差し出してきたので、はいはい、と握ってあげる。

変な空気になるけれど、さっきよりずっといい。みんなの肩から力が抜けた。

「パーティの方針だけど、さっきの二つ以外に、もう一つあると思う」

僕がそう言うと、ニイナ達の顔に驚きが広がった。

周囲にモンスターの気配はない。しばらくは襲撃に身構える必要はない。

だから僕は慌てず、ここでもリリの言葉を思い出しながら、その提案を行う。

「今、上の階層に帰還するのは絶望的だと思う。だから、あえて下の階層……18階層に避難する方法がある」

衝撃のあまり、ニイナ達は言葉を失った。

「18階層はモンスターが産まれない安全階層《セーフティポイント》。冒険者の宿場街もあるから、そこに辿り着ければまず安全は確保できる」

当然、小隊のみんなは反論と疑問をぶつけてくる。

「ラピ、待ってよ！　ここは15階層だよ？　三つも階層を越えるなんて、スーパーですごいボクでもヘトヘトになっちゃうよ！」

「『縦穴』がある。『中層』に沢山ある落とし穴を見つけて、飛び込めば、下部《した》の階層へ一気に移動できる」

「階層主《かいそうぬし》……どうする？　化物、塒《ねぐら》、17階層……」

「今日、ギルドの掲示板に載ってた情報通りなら……あと二日は次産間隔《インターバル》に猶予がある筈」

「ラ、ラピ君、地図《マップ》はあるの……？」

「うん、18階層までは用意してある」

クリスの訴えに、レギの問いに、ニイナの確認に、淀《よど》みなく答える。

ギルド本部で掲示板を確認していた僕を思い出しているのか、イグリンは呆然《ぼうぜん》とした面持ちで聞いてきた。

「お、お前、まさかこうなることがわかってたのか……？」

「わかっては、いなかったかな。でも、何が起こってもいいように、準備はしておこうと思った。……僕が知ってる一番すごいサポーターは、そんな人だった」

苦笑を返しつつ、立ったまま16階層、17階層の地図《マップ》を広げて見せる。

僕達冒険者のためにリリはパンパンのバックパックを背負って、入念な準備を怠らない。

『第三小隊』のサポーターを務めると決まった時、僕はそんなリリを参考にした。

本当に、ただそれだけだった。

だから僕は、胸を張って一番すごいサポーターを自慢した。

イグリン達が息を呑む中、ニイナに視線を移す。

「ニイナ、何を選んでも大丈夫」

「えっ……？」

「『第三小隊』は強いから。だからどんな道を選んでも、きっと地上に帰れる」

僕が笑いかけると、ニイナは、緑玉色《エメラルド》の瞳を大きく見開いた。

ちょっとだけ背中を押して、僕は選択そのものをニイナと、『第三小隊』に委ねた。

今、僕が選んではいけない気がする。

それは『ラピ』の役目ではない気がする。

僕がここにいる意味。【ファミリア】の団長でも、第一級冒険者でもなく、『ラピ・フレミッシュ』としてここに立っている意義。

人を導けるような器だとは決して思わない。

でも多分、Lv.5になった僕は、これまで通り、ずっと自分のために走り続けているだけではいけないいんだと思う。

リューさんの言ってた『視野』。

共有と波及。

あるいは、希望という名の光の伝播。

ヘルメス様、そしてバルドル様やレオン先生は『学区』を通じて、僕にそれを教えたかったのではないか。

今では、そう感じている。

「……っ」

長い茶褐色《ブラウン》の髪が揺れる。高貴な血を表すような、一房の翡翠《ひすい》の髪も。

抱きしめるように両手でぎゅっと長杖《ロッド》を握るニイナは、力強く顔を上げた。

「進もう」

イグリン達は驚きを、僕は笑みを宿した。

「立ち止まってしまったら……それはもう、『第三小隊《わたしたち》』じゃない気がする！」

その宣言に、今度こそイグリンも、クリスも笑みを浮かべた。

マスクの下で頬を持ち上げるレギも、きっとそうだ。

「よっしゃあ！　行ってやろうぜ、18階層！　馬鹿にしてた連中をみんな見返してやる！

『歴代最底辺の小隊《ワースト・パーティ》』なんて汚名、挽回するんだ！」

「ボクの武勇伝が一層華やかに彩られるんだね！　あとイグリン、汚名は挽回じゃなくて返上だよ！」

「クリス、突っ込み、珍しい……幸先《さいさき》、きっといい」

相変わらず三者三様の反応、だけど向かう意志は一つに向いているイグリン達に、ニイナは破顔した。こちらを見て、僕も頷きを返す。

方針は前進《ぼうけん》。

『第三小隊』は18階層に向けて出発した。

「おい、やべぇよ……戻ってきた連中が、15階層から先に進めねぇって……」

「探索慣れしてる冒険者なら、18階層を目指す……きっと『学区』のガキどもだって。お、俺達が階層主の情報を偽ったせいで、どれだけの連中がヤべェ目に遭うか……！」

「し、知らねぇよ！　ちょっとビビらすだけでっ、こんなことになるなんて思わなかったんだ！」

冒険者達のそんな会話を耳に捉えながら、しかし今になっては意味のないことだと相手にせず、レオンは正面に屹立《きつりつ》する『バベル』を見つめた。

「まさかこんな状況で、生徒達がダンジョンに閉じ込められるとは」

天と地が引っくり返ったような騒ぎに包まれる中央広場《セントラルパーク》。様々な【ファミリア】の冒険者や、『学区』の教師が駆けずり回る中、男は上半身を白銀の鎧《よろい》で包んでいた。

背に携えるは『大長剣』。

よりにもよって今日、ダンジョンの監視官から外されていた時機《タイミング》の悪さを嘆きつつ、白亜の巨塔へと足を向ける。

「これもアオハル～……とは流石に言えないわね。お願いレオン、青春を謳歌《おうか》しないといけない子供達を助けて～！」

「予断は許されず、気休めの言葉は口にできません。ですが全力を尽くします、イズン様」

全身を使って嘆願する女神は、『騎士』のごとく誓いを捧《ささ》げる絶対強者に信頼の笑みを投げかけ、現在確定している情報を伝えた。

「生徒の中で、ダンジョンに取り残されているのは【バルドル・クラス】の『第七小隊』、あとは『第三小隊』。前者の選良部隊《エリート》は大丈夫だと思うけど、後者の『歴代最底辺の小隊《ワースト・パーティ》』が心配ね……」

イズンは『戦い』の神でもなければ『運命』の女神でもない。

不安を隠さない彼女の思いに——そして『杞憂《きゆう》』に、レオンは笑みを落とした。

「それに関しては断言します。心配は要りません」

「ほえ？」

一瞬後には、誰よりも速く駆け抜ける駿馬《しゅんめ》のごとき豪脚を溜めながら、告げる。

「『第三小隊』には、『英雄の卵《かれ》』がいる」


『オオオオオオオオオオオオオッ！』

「どきやがれぇええええええええええええええ！」

立ち塞がる大型級『ライガーファング』を、イグリンの大鎚《ハンマー》が真っ向から迎え撃つ。

続く『アルミラージ』を黒妖精《ダーク・エルフ》の双剣が、穿孔《せんこう》していた床から飛び出す『ダンジョン・ワーム』を小人族《パルゥム》の両手剣が、鋭い刃撃とともに何度も切り飛ばす。

「みんな、頑張って!!」

その光景に向かって風の斬撃波《カッター》を『魔剣』から撃ち出しながら、ニイナはすかさず回復魔法を行使した。

後衛の支援《フォロー》によって、三枚の前衛が息を吹き返す。

今や指揮も務めるようになったニイナの判断は的確だった。体力も精神力《マインド》も無駄遣いできない状況下で、ぎりぎりのところを見極めながら魔法を発動させ、イグリン達《たち》前線を支え続ける。

12階層の手痛い経験から『魔剣』まで装備するようになった彼女は、治療師《ヒーラー》はもとより小隊長《リーダー》としての素質を急速に開花させつつあった。

(縦穴から16階層に降りて、モンスターの圧《あつ》が増した！　中衛《レギ》にも前衛へ上がってもらって、もう後がない!!)

だからこそ、ここが正念場であり『苦境』であると、ニイナにははっきりとわかった。

『学区』出発前に予定していた迷宮探索時間はとうに越えている。連続戦闘回数を更新し続ける『第三小隊』はまさに限界への挑戦を繰り返しており、多くの上級冒険者がそうであるように『ダンジョンの洗礼』をその身に浴びていた。

継戦能力《スタミナ》の低下。魔法で癒せる体力の問題ではなく、連戦による頭脳の酷使から生じる集中力の乱れ。一つの失敗《ミス》が戦線の瓦解を招くという極限状態が、果実の皮を丁寧に剝《は》ぐように、生徒達の余裕を削いでいく。そこに容赦のないモンスターの波が打ち寄せれば、『学区』でも経験したことのない『苦闘』が形成される。

傷を負ったイグリンの額に、袖を引き裂かれ剝《む》き出しになったレギの褐色《かっしょく》の二の腕に、返り血を浴びたクリスの首筋に、幾筋もの汗が伝う。ニイナはもっと酷《ひど》い。誰よりも魔法を行使しているせいで精神力《マインド》が圧迫され、大粒の汗が肌の上を何度も滑る。

すぐ後ろにいるラピが完璧な時機《タイミング》で精神力回復薬《マジック・ポーション》を補給してくれていなければ、今頃精神疲弊《マインドダウン》に陥っていただろう。

(進めてるっ、綱渡りでも前進できてる！　ラピ君も協力してくれてるし、ここを乗り切ればきっと越えられる！　あと一度だけでいいから休憩《レスト》を挟めれば、私達は18階層に辿り着ける!!)

毒蛾《パープル・モス》の毒袋《ばくだん》を始め、持参してきた道具《アイテム》を駆使して援護してくれるラピを含め、『第三小隊』は一丸となって戦えている。今、この小隊はすごい力を発揮できている。

(だからお願い、どうかこのままっ……！)

前の敵なら何とかなる。

正面からの敵ならば前衛の三人と自分の支援で切り抜けられる。

一方向ならば、対応できる。

だから、このまま何も起きないで。

――そんなニイナの祈りを嘲笑《あざわら》うかのように、迷宮は死の鎌を呼んだ。

「ニイナ、後ろ!!」

前衛で戦っていたクリスが、弾かれたように振り返る。

滅多に聞くことのない余裕を失った小人族《パルゥム》の叫び声が、その名を告げた。

「『ミノタウロス』だ!!」

恐ろしい咆哮《ハウル》が背中を打撃し、ニイナの呼吸が一瞬途絶える。

何とか振り向いた緑玉色《エメラルド》の瞳に飛び込んできたのは、三体の猛牛だった。

『ヴヴォオオオオオオオオオオオオオオオオオオオオオオオオオオオッ!!』

強制停止《リストレイト》に追い込みかねない咆哮《ハウル》をまき散らし、よりにもよってこんな時に初遭遇した大型級『ミノタウロス』達が、凄まじい勢いで突撃してくる。

ニイナは戦慄も半ば『魔剣』を突き出した。

そこで終わりだった。

使用限界を超えていた緑刃が亀裂に埋め尽くされ、音を立てて砕け散る。

ニイナは凍結した。クリス達も声を失った。

「――――」

謀ったかのような最悪の『挟撃』。

イグリン達は目の前で相手取るモンスターの群れで手一杯。救援は死を意味する。

故に猛牛どもの最初の餌食《えじき》となるのは、最後尾にいるサポーター。

戦う力なんてない、無力な獣人の少年。

「あ――――」

絶望が大顎《おおあご》を開ける。

迷宮が哄笑《こうしょう》を上げる。

イグリンも、レギも、クリスも『挫折』の瞬間に心がへし折られようとする中、ニイナは、
張り裂けるかのごとく叫んでいた。

「――逃げてぇ、ラピ君っっ!!」

その悲鳴に対する少年の答えは、

「大丈夫」


バッ、ッ、クパッ、クの帯から、、両腕を引、き抜くことだっ、た。

「何とかする」

大型のバックパックが、どさっと地面に落ちる。

少年の両手が予備《スペア》の短剣《ショートソード》を二振り、淀みなく引き抜く。

そして、風になった。

「――――――」

限界まで圧縮された時の中で、ニイナは見た。

接敵間際、『ミノタウロス』が獲物に向かって剛腕を振り下ろす、その直前。

少年の姿がぶれる。

刹那、錯覚としか思えないほどの瞬間移動で猛牛の懐に出現し、右手を銀の閃光に変える。

ドンッッ!!　と耳を疑うような衝撃。

それこそ『大砲』のごとき刺突音が『ミノタウロス』の胸部中央から発せられ、爆砕。

影は止まらない。

舞い散る灰の雨を置き去りにする勢いで、加速。

仲間を失い硬直する二匹目のもとへ肉薄し、今度はすれ違いざま、左手の銀を閃かせる。

射抜かれる胸部、貫く短剣、再び爆砕。

『オオオオオオオオオオオオオオオオオオオオオオオオオッ!?』

最後の一体は、怯《おび》えるように叫喚を上げ、携えていた石の大斧《ネイチャーウェポン》を大上段より振り下ろした。

地面が爆《は》ぜ、砂塵《さじん》が舞う。処刑兎《ヴォーパル・バニー》はもうそこにいない。

命知らずの回避行動で斧《おの》のすれすれをすり抜け、背後を掠《かす》め取り、全てを終えていた。

背中から『魔石』を貫かれた『ミノタウロス』は、己の命運を理解することも叶わぬまま、

大量の灰粉となってかき消える。

「………えっ？」

あっという間だった。

いいいい、いいいい、圧倒的だったのかもわからなかった。

どれくらい強いのかすら、よくわからなかった。

哄笑を上げていた迷宮が、口を噤《つぐ》むように、沈黙する。

ニイナも、イグリン達も、他のモンスターも同じだった。半妖精《ハーフ・エルフ》の唇から呟きの欠片が転がり落ちる中、真っ先に再起動した黒妖精《ダーク・エルフ》の少女が、慌てて残りのモンスターを斬り屠《ほふ》る。

戦闘が今度こそ終了する。

「はっ……はァああああああああああああああああああああっ⁉」

間もなく、イグリンが大声を上げて、兎人《ヒュームバニー》の少年のもとに駆け寄った。

「おまっ、なんだ今のはぁ⁉」

「えーっと……『魔石』を狙った一撃必殺を、試してみて……」

「動き、Ｌｖ．1、全然違う……‼」

「そ、それは……実は最近、【ランクアップ】して……」

「何で教えてくれなかったのさ⁉」

「す、すいません」

レギとクリスも加わり、三方向から詰め寄られるラピは——正体がバレないよう手加減する筈だったが【闘牛本能《スキル》】のせいで全能力が爆上し、想定していた以上に凄まじい処刑っぷりを披露してしまった少年は——空笑いと謝罪を繰り返した。

呆然と立ちつくしていたニイナもはっと我を取り戻し、走って、抱き着くかのような勢いでラピの体を触診し始めた。

「だ、大丈夫、ラピ君⁉　怪我はない⁉　本当に平気⁉」

「へ、平気だよ、ニイナ？　そ、それよりも、休憩《レスト》を取ろう！」

「えっ？」

「回復を済ませて、先へ進もう！　モンスターの襲撃が途切れた今のうちに！」

ラピの呼びかけに『第三小隊』は全く腑《ふ》に落ちない表情を浮かべていたが、今は非常事態。少年の言っていることが極めて正しいことに加え、疲労から判断力が落ちていることもあって、追及をやめたニイナ達はいそいそと僅かばかりの休憩《レスト》を取った。

道具《アイテム》を使用し、回復を済ませ、すぐに出発する。

斥候《スカウト》としての能力と地位を確立しつつあるクリスが先頭になって、慎重に、そして最高速度で前進する。『縦穴』をすぐに発見できたことも幸いして、『第三小隊』は17階層に辿り着いた。

「なんか色々納得いかねぇけど……これなら18階層まで行けるぞ！　ラピも戦えるんなら、もう後ろを気にしなくたって大丈夫だしな！」

「モンスターともほとんど出くわさないし！　運命の女神様達が微笑んでくれてるよ！」

何より、図らずもラピの活躍が『第三小隊』に火をつけた。

苦境にあって追い風が吹き、士気が上がる。散発的に遭遇《エンカウント》する二、三匹程度のモンスターも速度を緩めず斬り捨てて、進み続け、17階層の目抜き通りとも呼べる『大通路』に出た。

「ラピ、道！」

「……後は道なりに進むだけ。このまま17階層の奥に行ける」

道案内《ナビ》を求めるレギの一声に、地図《マップ》を両手で広げたラピが端的に告げる。

『第三小隊』の顔に希望が広がり、ニイナはぎゅっと長杖《ロッド》を握りしめた。

「いける……！　これなら！」


（うん、これなら行ける。行けるけど……）

ニイナの声を聞きながら、僕は辺りを見回した。

横幅も広く、頭上も果てしなく高い大通路。巨人が通り抜けられるほどの巨道からは、とうとうモンスターの影すら見かけなくなった。

静かだ。

静か過ぎる。

15階層一帯を巻き込んだ大崩落によって、ダンジョンが組成の再生を優先し、モンスターを新たに産み落としていないと仮定したとしても、耳を貫く静寂が支配している。

そして、この『静けさ』を僕は知ってる。

「……っ？」

不自然な状況に、ニイナ達も気が付いた。

走りながら不安そうに周囲を窺い、ニイナもイグリンもレギもクリスも、後ろ《こちら》を見やる。

パーティ最後尾の位置にいる僕は、それでも『進むしかない』と頷きを返した。

強い懸念に支配されながらも前に向き直り、足音を響かせていく。

モンスターは現れないいんじゃない。出てこないいんだ。

まるで何かを待ちわびているように──あるいは何かの誕生を恐れているように。

（これは、やっぱり……ギルドの掲示板の情報は……）

酷い『既視感』がズキズキと頭の後ろ辺りに疼痛《とうつう》をもたらす。

顔をしかめる僕は、それでも『第三小隊』と一緒に突き進んだ。

物音が途絶えたせいでニイナ達の息遣いがやけに響く。ブーツが蹴り飛ばした石が音を立てて飛び、静まり返った薄闇に吸い込まれていく。

悪寒が、何も知らない小隊全体を侵食していく。

先頭のクリスが不穏な空気に負けるように走る速度を上げた。ニイナ達もそれに合わせて加速する。かつて半年前にここを通った新人冒険者《ルーキー》のように、この静寂が生きている間《あいだ》はまだ間に合うのだと、自分達へ言い聞かせるかのごとく。

そして。

「!!」

「ここが、『嘆きの大壁』……!」

凄まじい規模の大広間に到達する。

壁も、天井も、歪《いびつ》で巨大な岩石で形成される中、左側の壁面だけ異なる作りに、レギやイグリンが言葉を失う。表面に一切の凹凸《おうとつ》がない美しいあの壁面こそ、冒険者達にとっての『嘆き』そのものだ。

「クリス、止まらないで! 先へ——」

そこで、一人パーティに訴えた僕を、今度こそ踏み潰すように。

バキリ、と。

「っ——」

鳴ってしまった。

その音が。

ニイナ達がばっと横を振り向いた先。

巨大な亀裂が、大壁の上から下にかけて、雷《いかずち》のように走り抜ける。

「——走って!!」

僕の大声に押し出されるように、ニイナ達は一斉に地を蹴った。

大広間をぐんぐんと縦断していく。それでも残酷な亀裂が奏でる『産声』の方が早い。

バキッバキッという罅割《ひびわ》れる音が加速度的に増えていく。鼓膜を殴りつける音色がニイナ達の顔から色という色を奪う。喘《あえ》ぎ、苦しみ、嘆くような亀裂音はとうとう怒涛《どとう》のごとき轟音へと変わり、破滅の鳴動へと至った。

次の瞬間。

一際凄まじい破砕音とともに、ソレは産まれ落ちてしまった。


『ウオオオオオオオオオオオオオオオオオオオオオオオオオオ!!』


『迷宮の孤王《モンスターレックス》』――ゴライアス!!

産まれたばかりの大き過ぎる赤ん坊は、眼下で青ざめる生徒達を認めるなり、耳を聾《ろう》する大咆哮を上げた。


『――――――――――――――――――――ッッッ!!』


雄叫びとともに走り出す大巨人。

大木のごとき足が振り下ろされる度に地面が割れ、地鳴りが生じ、轟然と震撼《しんかん》させる。

「いっ、急げぇえええええええええええええええええええええええええ!?」


悲鳴交じりのイグリンの叫喚が爆ぜた。

汗が噴き出す体中から最後の力をかき集め、ニイナ達が全速力でひた走る。

『ゴライアス』の猛追！

六ヶ月以上も前、初めて味わった『決死行』の焼き直し‼

——だけど、頭の中身だけは冷静に。

常道《セオリー》通り逃げの一手。迎撃なんてありえない。第三小隊《パーティ》の安全が最優先。

正体秘匿の制約を抜きにしても、この状況下で階層主戦は回避一択。相手より僕のレベルが上だろうが、通常のモンスターとの戦闘と階層主戦は違う。間違いはいくらでも起こりうる。たとえここで殿《しんがり》を務めたとしても、僕を失った『第三小隊』がこの先で危険に陥ったのでは何も意味はない。危険性《リスク》は徹底的に排除する。今は『冒険』を冒す時じゃない。

最後尾でこちらを睨んでくる巨人との距離を見極めながら、見る見るうちに埋まっていく命《いのち》の猶予を計算し続ける。

走る。走る。走る。

迫りくる巨大な圧力と殺気から、ニイナ達が文字通り死にもの狂いで遠ざかる。

疲労も思考も恐怖もかなぐり捨て、視線の先の出口へ。

けれどそこで、地響きに足をとられ、一人の小人族《パルゥム》が転倒してしまった。

「あうっ！」

「「「クリス⁉」」」

クリスの顔が恐怖に引きつる。

ニイナ達の顔に絶望が宿る。

僕は躊躇《ちゅうちょ》なく、バックパックを脱ぎ捨てた。

「ひあっ⁉」

「みんな、行って！」

「「‼」」

パーティの最後尾の位置から速度を緩めず、その小さな体を抱き上げる。

クリスを横抱きにし、一瞬立ち止まってしまったニイナ達を大声で突き飛ばす。

驚愕も半ば、『第三小隊』は前に向き直り、渾身《こんしん》の力を振り絞った。

真っ赤になってしがみ付くクリスを抱えながら、僕も岩の床を蹴り付ける。

「走れ、走れ、走れぇええええええええええええええええええええ‼」

イグリンの絶叫が巨人の大音声にかき消される一方、最後尾にいる僕は、残酷な判断を下さなくてはいけなかった。

――間に合わない。

――さっきの停止が致命的。

――連絡路に飛び込むより先に、ゴライアスの攻撃が炸裂《さくれつ》する。

両腕は塞がれてる。もう狙撃《ファイアボルト》も撃てない。これは僕の落ち度。

『オォォ――――』


後方で大きな風が動く。巨腕が頭上に振り上げられた気配。全てを粉砕する一撃が来る。

もはや後ろを振り向けないニイナ、イグリン、レギの絶望の息遣いが聞こえた。

クリスが我慢できないようにぎゅっと目を瞑《つむ》り、僕の戦闘服《バトル・ユニフォーム》を握りしめた。

だから僕は、誰にも探知されないその一瞬の空隙を利用して、『鐘《かね》』を鳴らした。

一秒分の蓄力《チャージ》。

右足に付与される純白の光粒《こうりゅう》。

遥か頭上より放たれた破壊の鉄槌《てっつい》が僕達を殺す前に、右足を、地面に振り下ろす。

「飛んで!!」

い、い、い、
爆砕する。

ニイナ達が踏み切り、連絡路まで足りない距離を、地面を砕いて超加速した僕という『砲弾』が埋め合わせる。

イグリンの背中に体当たりする形でニイナ達をまとめて突き飛ばした瞬間――破壊の一撃がすぐに真後ろで炸裂した。


『オオオオオオオオオオオオオオオオオオオオオオオオオオ!!』

破壊の余波、暴力的なまでの風圧、それらにも殴り飛ばされる格好で、広間最奥の連絡路へと雪崩《なだ》れ込んだ。

吹っ飛ぶ。

あまり思い出したくなかった狭い洞窟内の激突を、あの時のように繰り返す。

「きゃあああああああああっ⁉　ラピィイイイイイイイイイ！」

女の子のような悲鳴を上げるクリスを胸の中にぎゅっと閉じ込めながら、世界が二転三転、ニイナもイグリンもレギも一緒に飛んでは転がりながら、洞窟の奥へ奥へと。

あらゆる角度から降りかかる衝撃に、今回ばかりはしっかり意識を保っていると、緩やかな下り坂を無茶苦茶な勢いで転がり落ちていき、やがて――。

「「「ううっ――⁉」」」

ずしゃあ――っ‼　と。

連絡路の出口から散弾のごとく吐き出され、『第三小隊』は地面に投げ捨てられた。

落下の衝撃の後、地面を削り、ようやく止まる。

仰向けの態勢で瞳に涙を溜めるニイナ、うつ伏せで地面に抱擁《ほうよう》と接吻《せっぷん》を交わしているイグリン、衝撃でマスクを失って可憐《かれん》な相貌をあらわにしながら放心しているレギ。

最後に、一番派手に飛ばされた僕は、痛む背中に片目を瞑りつつ、抱擁を解く。

リリより小さな小人族《パルゥム》は白目を剝いて、失神していた。

（……『昼』、かな）

頭上から降りそそぐ『光』に目を眇《すが》めながら、階層の時間帯を判断する。

引き寄せられるように立ち上がった僕は、視界に広がる緑の木々と遥か天井で咲く水晶群《クリスタル》の菊《マム》を認め、呟いた。

「迷宮の楽園《アンダーリゾート》……」

倒れたまま、ぴくりとも動けない『第三小隊』がよろよろと動き始めたのは、僕が最後の回復薬《ポーション》を分配してから、たっぷり十分後だった。

「宿に泊められないとは、どういうことだ⁉」

『貴公子状態《モード》』のイグリンの怒声が、木材と水晶の街に響き渡る。

学生といえど強面のドワーフの剣幕に怯《ひる》みもしない相手は、左目に眼帯をした宿場街の大頭だった。

「宿代払えねえ客を泊める宿屋がどこにあんだ？　あぁん？」

「その宿代が法外すぎる！　五十万ヴァリスとは何だ⁉」

「リヴィラは高級宿だからなぁ。地上の安宿なんて霞《かす》んじまうほどの楽園《リゾート》ってわけよ。気に食わねぇなら帰りやがれ、『学区』の甘ちゃんども」

「ぐっ……⁉」

耳に小指を突っ込みながら、いい加減なことをのたまうボールスさんに、血管が浮き出るほどイグリンの怒りが募る。彼の背後にいるレギやクリスは「ぶーっぶーっ！」と騒ぐ中、大鎚《ハンマー》を背中に受け持っている僕は、こっそり苦笑を浮かべていた。

腰を抜かしたように放心し続け、しばらく移動できなかった『第三小隊』が、えっちらおっちらと階層南部の連絡路口から階層西部、湖沼と断崖の上に建つ『リヴィラの街』にようやく辿り着いたのは、『夜』が訪れる頃合いだった。

天井の菊《マム》の燐光《りんこう》が薄れ始め、薄闇に包まれていく中、心身ともにボロボロとなった『第三小隊』は宿をとろうとしたが、ご覧の有様。どうやらボールスさん——というか『リヴィラの街』の住人達全般が、『学区』の生徒達のことが嫌いらしい。まともに取り合ってもくれない。

まぁ、取り合ってくれても、法外な代金は請求するんだろうけど。

「てめぇ等の得物、あとは身に着けてる防具と服を引き渡しゃあ、一晩は泊めてやるぜ？」

「っっ……！　ふざけるな！　私達はこの後ダンジョンから帰らねばならないんだ！　武器も防具も渡せるものか！」

イグリンは唾を跳び散らすくらいに叫び返し、ボールスさんに背を向ける。

ニイナ達も困った顔をしながら、一縷《いちる》の望みに縋って別の宿を探しに行く。

ならず者達の洗礼というには……ちょっと酷だ。状況も相まって。

僕は『第三小隊』が見えなくなったことを確認し、武器の手入れを始めるボールスさんに顔を寄せた。

「あの、ボールスさん」

「あぁ？　気安く呼ぶんじゃねえ、『学区』のガキ。俺様はてめえ等《ら》世間知らずが――って」

言葉の続きを遮る形で、瞳を隠していた前髪を右手でかき上げる。

「お前っ、【白兎の脚《ラビット・フット》】⁉　何やってんだ、そんな格好で⁉」

「しーっ！　バレたらまずいんです……！　ニイナ達に聞こえないように……！」

声をひそめて懇願すると、目を白黒させていたボールスさんは、すぐにニヤリと笑った。

長台《カウンター》の内側、店の奥へと案内してくれる。

「また面倒事に付き合わされてるってか？」

「面倒事ってわけじゃあ……。ただちょっと事情があって」

「ガキどものお守《も》りを任されてる時点で、そこいらの冒険者依頼《クエスト》より面倒だぜ」

大きな手の平でバンバンと肩を叩かれて、苦笑を深める。

ニイナ達にもこんな風に気安く接してもらえると助かるんだけど……。

「んで？　入用か？」

「はい。後で僕がお金を立て替えるので、宿を借りられませんか？」

「それがよぉ。あのクソガキにはああ言ったが、実はどこも宿が空いてねえんだ。お前等も崩落のせいでここまで避難してきた口だろう？　上から来た連中、下の探索から戻ってきて帰れねえ連中、全員宿をとっちまって今はもうパンパンよ」

な、なるほど……。言われてみれば頷ける。

15階層の惨状からうっすら察していたけど、地上の帰還ルートを遮断されたわけだから、冒険者達はこの18階層に避難するしかないだろう。

「それじゃあ、野営道具とかあったら売ってもらえませんか？　安全な場所を見つけて、後は勝手にやるので……」

「おう、それならいいぜ。お前にはしこたま借りがあるからなぁ。ちゃんとまけてやる！」

指で円を作るボールスさんに、それでも『ちょっぴり』だけなんだろうなぁ、と思わず笑いながら、あと一つ気になっていたことを尋ねた。

「ボールスさん、17階層に産まれた『ゴライアス』って、どうなってますか？　他にもここに逃げてくる人がいると思うから、討伐した方がいいと思うんですけど……」

「お人好しっつうか、よく働くなぁ、てめぇも。ただ、そっちは心配要《い》らねえぞ。もう17階層から地響きも何も聞こえてこねえからな、間違いなくブッ倒されてるぜ。逃げ込んできたモルドの話によれば、『学区』の連中が相手をしてたらしいが……」

「あ、モルドさんも来てるんですか？」

『リヴィラの街』に来るまで——疲労困憊《こんぱい》の『第三小隊』をこの『安全地帯』に送り届けるまで——随分と時間がかかってしまったので、17階層に引き返す暇がなかったけれど、ボールスさんの話を聞いて、ひとまず安心する。18階層には僕達の方が先に着いていた筈だから、モルドさん達には『リヴィラの街』へ向かう途中で追い抜かれたんだろう。西の湖畔へ直進する最短ルートではなく、一度階層中央の大草原地帯に出て、安全なルートを使ったから。

ニイナ達を一度ボールスさんに預けて、戦うつもりだったんだけど……。

「それよりも、ゴライアスが派手に暴れて連絡路が塞がれちまってな。子分どもに掘らせてるが、洞窟全体がぺしゃんこに崩れてて、ありゃあ開通に時間がかかる」

「ってことは……18階層には、しばらく滞在しないといけなそうですね」

「おう。野営するなら、このリヴィラの下、湖の周りがお勧めだぜ。モンスターは食料のある大森林に行くからな、襲われる心配はそこまでねえ。食料が手っ取り早く欲しいんなら、【ロキ・ファミリア】の連中みてえに森の方へ陣取ってもいいが……」

「あはは……食べ物も、ここで買わせてもらいます」

「よし、商談成立だ！　ま、てめぇがいりゃあどこで野営しても大丈夫だろ！」

やっぱり調子よくバシバシと背中を叩いてくるボールスさんに、僕はもう一度苦笑いを返して、野営道具や食料を買わせてもらった。【ファミリア】の証文も取らなかったのは、支払い逃れなんてしないと信頼されているのだろうか。

品を持ってくるため、ボールスさんが倉庫へと姿を消した後……やっぱり行くべきだろうか、と上の階層に思いを馳《は》せ、天井を見上げていると、

『本当に騒動によく巻き込まれるな、ベル・クラネル』

「うわぁ⁉︎」

突如虚空より響いてきた声に、思わず度肝を抜かれてしまった。

って、今の声って、まさか……。

「……もしかして、フェルズさん、ですか？　『透明』になってます……？」

『ああ。主《ウラノス》の指示で様子を見に来た。今回の異常事態《イレギュラー》は流石に規模が規模だからね。そしてどうにも世界最速兎《レコードホルダー》と似た生徒を見かけて、今に至るというわけだ』

魔道具《マジックアイテム》で『透明』になったフェルズさんが、どうやら目の前にいるらしい。

フェルズさんが上手かったんだろうけど、気配にも気付けなかった。

安全地帯《リヴィラ》に来て、少し気を緩め過ぎていたかもしれない。

「でも、どうやってここに？　15階層からは道が全て塞がってる筈じゃあ……」

『人造迷宮《クノッソス》を経由したまでさ』

あ……忘れてた。

だけど、『鍵』を持ってるフェルズさんがいるなら、それこそ人造迷宮《クノッソス》を使って……。

「……今の詳しい状況って、わかったりしますか？」

『岩窟の迷宮に閉じ込められていた者達は、ほぼレオン達の手で救出された。一部の冒険者も眠らせて、私が人造迷宮《クノッソス》の方で保護している。生徒の安否確認も君達で最後だ。だから、君がもう働く必要はないよ、ベル・クラネル』

　これからダンジョンに戻ろうとしていた僕の胸の内を、フェルズさんはしっかり見抜いて、杞憂だと言い渡してきた。思わず、うっ、と声を詰まらせてしまう。

『17階層と18階層の連絡路さえ開けば、ダンジョンのルートは全て復旧する。それまでこの楽園でゆっくりするといいだろう。君だけなら地上に帰しても良かったが、何も知らない学区の生徒を人造迷宮《クノッソス》に通すわけにはいかないからね。少々申し訳ないが』

「いえ、大丈夫です。ありがとうございます、フェルズさん」

　お礼を告げてすぐ、「待たせたな！」とボールスさんが戻ってくる。

『では失礼させてもらうよ』と小声と一緒にフェルズさんの気配が遠ざかる中、僕も野営道具諸々を受け取り、店を後にさせてもらった。

　楽園でゆっくり、か……。

　とりあえず、ニイナ達と合流しよう。

「ラピ君、本当に大丈夫だったの……？　こんな野営設備、用意してもらって……」

「大丈夫。ちゃんと話したら、譲ってもらえたから」

ボールスさんの忠告通り、湖のほとりに簡易的な天幕を二つほど設置し終えた――前の『遠征』でも野営はしたから上手く設置できた――僕は、心配そうなニイナに笑って誤魔化した。

頭上はすっかり暗くなり、星空の代わりに水晶のきらめきが散らばっている。

幻想的なダンジョンの『夜景』を見やりつつ一息ついていると、ニイナは視線を足もとに落とした。

「本当に、そうだったらいいんだけど…………私達、ラピ君に助けられてばっかりだね」

浮かない顔をするニイナに、嘘を見抜かれているような気がして内心どきっとしていると、

「ニイナ～！　ラピ～！　ボクのスーパーデリシャスキャンプご飯できたよ～～～～！」

炊事を担当していたクリス達から声が投げかけられた。

ニイナには悪いけど、これ幸いと焚火《たきび》の方向へと向かう。

僕達が選んだ野営地は湖の北側で、三日月のように抉《えぐ》れた湖畔だった。天幕を岸と草原の境目、焚火を湖側に設置していて、後者にクリスやイグリン、レギが待っていた。

「しかし……君は本当にすごいな、ラピ」

「えっ、な、なに？　いきなり？」

ボールスさんに分けてもらった食料で簡単な米料理《リゾット》と温かな卵スープを作り、後はブロック

状の携行食でお腹を満たしていると、イグリンに真顔でそんなことを言われた。

焚火を囲む形で車座となっている中、何故か僕のもとに視線が集まる。

「私達も野外調査《フィールドワーク》や戦闘任務《バトル・ボランティア》で野営には慣れたものだが……君は要領もいいし、何よりあのいけ好かない冒険者から物資を融通してきた」

「うん、すごい……」

「交渉のコツとかあるの⁉」

「えーっと……何度もお願いする、とか？」

レギも頷き、クリスも身を乗り出してくる中、どう誤魔化したものかと苦しみながら、結局苦しい言い訳を口にする。「なんだそれは」とイグリンには呆《あき》れられ、「ラピらしいね！」とクリスは笑い飛ばしてくれた。

やがて食事を全て終えると、まるで本題に移るように、イグリンは尋ねてきた。

「君は冒険者志望と言っていたな？　進路はもう決まってるのか？」

「ど、どうして？」

「気になってしまうんだよ。腹立たしいが、君のことは。サポーターのくせに、すごくて……知りたいと思ってしまう」

少々面食らいながら、けれど真《ま》っ直《す》ぐな眼差しで見つめられ、答えに窮してしまう。

イグリンがこんなことを聞いてくれるなんて……。

本当の小隊《パーティ》として認めてもらえた、ってことなのかな。

でも……冒険者志望じゃなくて、現役冒険者というか……。『もし学生だとしたら』と仮定してみて、答えるんだったら【ヘスティア・ファミリア】なんだろうけど、正体がバレるわけにはいかないから……僕は散々迷った末に、次に入団してみたいと思える派閥の名を口にした。

「えっと、【ロキ・ファミリア】かなぁ……？」

ぴくり、とニイナの耳が揺れた気がしたけど、イグリンは気付かず言葉を続けた。

「冒険者志望なら、そうなるか。入団倍率は凄まじいという話だが、私はラピなら受かるような気がする。受からなかったら、【ロキ・ファミリア】の目の方が節穴だ」

「あっ、ありがとう……？」

びっくりするくらい褒《ほ》められて、ちょっと頬に熱が集まってしまう。

挙動不審になりかけた僕は、誤魔化すように話題を振った。

「えっと、それじゃあイグリンは？　進路は決まってるの？」

「私は鍛冶師だ」

「ええっ⁉　『戦技学科』なのに⁉」

素《す》っ頓狂《とんきょう》な声をあげてしまう僕に、イグリンはどこか誇らしげに語る。

「下界で今、最も優れた鍛冶師は椿《ツバキ》・コルブランドその人だ。あの最上級鍛冶師《マスター・スミス》が言っていたらしい。『武器の試し切りで深層にもぐれるくらいにならないと話にならん』、とね。だから私も鍛冶の腕とともに使い手の視点も学んで、最上級鍛冶師《マスター・スミス》を目指しているというわけさ！」

椿《ツバキ》さん、自分の発言に責任持ってください……！

「んんっっとっ……じゃあ、レギは？」

「私、暗殺者《アサシン》」

「んんんんっ⁉」

どう対応していいかわからず他の人に話題を振ると、更にどんな顔をすればいいのかわからない返答が来た！

「私、王族《ハイエルフ》……待ってる。黒《ダーク》の方。いつか白《ホワイト》、滅ぼす、すごい王族《ハイエルフ》」

「えっ、えっ？」

「だから、馴れ合い、なし。一人で、力、欲しかった。でも、ダンジョン、敵わなかった」

「！」

「一人より、沢山。強いの、当たり前。気付けた。だから……ありがとう、ラピ、みんな」

「レギ……」

「今、私……兵、鍛えてみたい」

ヘグニさんとの交流で培った翻訳直感を信じるなら、レギは多分黒妖精《ダーク・エルフ》の王族《ハイエルフ》が復権することを待ち望んでいる部族で、数でも圧倒的優勢の白妖精《ホワイト・エルフ》に勝つため暗殺者《アサシン》を志していた。

『学区』に入学した経緯はわからないけど、一人で戦う力を欲していた彼女は、今回の特別《ダンジョン》実習で、たった一人で戦うことの脆《もろ》さを知った。

だから兵を鍛える教官職に就きたい……そう思えるようになったと、彼女はそう伝えてるんだと思う。

「ボクはねぇ、帝国の騎士さ！　コーマックの名前もアルスターの誇りも失って、植民地支配ばっかりしてる腐敗した国を、内側から変えるんだ！」

聞いてもないのに自信満々に言うクリスが、何だか一番しっかりというか壮大な目標を持っていて、失礼かもしれないけど驚いてしまった。

「一族の誇りある騎士団の名を取り戻すんだ！　ボクは【勇者《ブレイバー》】よりすごいことをやってみせるよ！」

「フィ、フィンさんより？　さすがにそれは……」

「できるさ！　なんて言ったって、ボクは小人族《パルゥム》でLｖ.2になったんだから、ねっっ‼　まぁ【勇者《ブレイバー》】がどうしてもって言うなら、【ロキ・ファミリア】に入ってあげてもいいかな！　ラピと一緒になれるし、これからもボクの護衛獣にしてあげるよ！」

会った時と全く変わらず、両目を瞑って胸を張るクリスに、笑みを漏らす。

そして最後に、みんなの視線が、彼女のもとに集まる。

「そういえば、聞いたことがなかったな。ニイナ、君は何を目指してるんだい？」

「……」

まだ残っている、手もとのスープを見下ろすニイナが返すのは、無言。

時間が経って、顔を上げる彼女は、どこか寂しそうに笑った。

「私は、何もないかな……」

「………」

小隊の間で沈黙が生まれる。

僕達の中で、彼女だけが迷子のようだった。


ちょうど、十分。

十分前までイグリンと見張りをして、交代を言い渡され、仮眠をとった。

『深層』の五分間の休憩に比べれば、穏やかな18階層の十分間は極上と言えた。頭の中を流れる淀んだ沢《さわ》が透き通った清流に変わったように、思考が鮮明《クリア》になる。肉体はもとよりそこまで疲弊していない。Lv.5とはそういうことなんだと理解する。

いびきを立てるイグリンを起こさないように天幕から抜け出すと……焚火の前に、小さな背中をした女の子が一人、座っていた。

「ニイナ」

「ラピ君……？　見張り、さっき交代したばっかりだよ？」

「ちょっと、眠れなくて。……クリスは？」

「私達のテント。何度も瞬きして眠そうだったから、寝てていいよって」

二つ作った天幕は男性用と女性用に分けてたんだけど……まぁクリスなら大丈夫か。

振り返った茶褐色《ブラウン》の長髪が揺れ、正面の湖に視線を戻す。

僕は断りを入れ、若干の距離を置いて、ニイナの隣に腰かけた。

「ニイナ……何かあったの？」

「……」

「さっき……元気がなさそうだったから」

ニイナは何も喋らない。『学区』ではあんなに明るく、太陽のように誰にでも優しく接していたのに、今はじっと眺めている湖のように静かで、冷たそうで、寒そうだった。

「何か、悩みがあるんだったら……聞きたいんだ。僕は、今日までニイナに助けてもらったから」

勇気を出して、踏み込んだ。恩返しをしたい。そうも伝えて。

身じろぎ一つしていなかったニイナは、ぐっとうつむいた。

自分の膝に顔を埋めていたかと思うと、一房だけ翡翠色に染まった前髪を揺らし、ゆっくりと視線を上げる。

「私ね……『夢』を見つけられないんだ」

えっ？　と振り返ると、ニイナは前を向いたまま、微笑んでいた。

今にも崩れて消えてしまいそうな、そんな儚《はかな》い微笑だった。

「私は、『学区』に入学してくる人ってみんな、何か『不安』を抱いている人だって思ってる。何になれるかわからない、自分の将来がわからない……でもそんな学生に、『学区』は沢山の『夢』を見せてくれるの」

「……『夢』？」

「うん。沢山の国の風景を、文化を、仕事を、学問と研究を……世界の姿を、見せてくれる。そして生徒達は、これをやりたい！　っていう目標を見つけて、どんどん出ていくんだ」

繰り返される『夢』という単語が耳に残る中、ニイナは小さく、呟いた。

「だから……なんとなく、で入っちゃった人はきついのかも」

その時、浮かんでいるニイナの笑みが、自嘲の笑みに見えてしまった。

「私ね、お姉ちゃんがいるの」

「……ギルド本部にいた人？」

「うん。エイナって言って、私の自慢のお姉ちゃん」

知ってる。

けど今は知らない振りをする。

「ううん……みんなの自慢のお姉ちゃん、かな」

そしてニイナは、今度こそ、どこか陰りのある笑みを浮かべた。

「私が物心つく時にはもう、お姉ちゃんは『学区』に入学した後だった。私、お姉ちゃんの顔も声も知らなかったの。だから、ギルドで会ったあの時が、私の『初めまして』」

「……」

「でも、お姉ちゃんがすごいってことは知ってた。街のみんなが沢山言ってた。お姉ちゃんは賢かった、お姉ちゃんは優秀だった。そんな話を聞いて、私はいつも自分のことみたいに自慢してた。お父さんもお母さんも……エイナお姉ちゃんのことを、自慢の娘だと思ってる」

今、彼女は自分がどんな顔を浮かべているのか、気付いているのだろうか。

自身の顔を映す水面を覗《のぞ》き込む勇気は、あるのだろうか。

「うちのお母さん、体が弱いんだ。お母さんや、お母さんのために働くお父さんのために、お姉ちゃんは『学区』へ行ったの。いいお仕事に就くために。お姉ちゃんは『夢』は持ってなかったかもしれないけど、ちゃんと『目的』を持ってた」

そしてそんなものを、私は持ってなかった──と。

「私が『学区』へ行った理由は、お姉ちゃんがそうだったから。お姉ちゃんが進んだんだから、じゃあ私も同じ道を辿ればいいやって……そんな軽い気持ちで、『学区』の試験を受けた」

僕は、目を見開いていた。

自分はエイナさんが歩いた道をなぞっているだけ。

ニイナは、そう告白したのだ。

「そんな軽い気持ちで来ちゃって、入学しちゃって、ここまでズルズルきて……後悔してる」

ニイナが使った後悔という言葉に、衝撃を受けた。

あんな勉強熱心で努力家なのに、ニイナは『学区』の生活を苦痛に感じている？

「私が専攻した最初の授業、ラピ君はわかる？」

「……ごめん、わからない」

「『総合神学』」

「!!」

はっとする。

それは『履修科目』を決める際、ニイナがそれとなく止めていた科目だ。

「お姉ちゃんが合格したって、みんな褒《ほ》めてたから。だから私もやってみた。きっとできるんだろうって思って」

「……」

「でも、違った。そんなことなかった。全然わかからなかった。私、お姉ちゃんみたいに【神聖文字《ヒエログリフ》】を読めるようになんて、なれなかった」

ニイナが身を切るように、今も苦しそうに、自分の過去を吐き出し続ける。

――あんまり、お勧めはできないかな……。

――合格率一割を切ってるっていう話だし、【神聖文字《ヒエログリフ》】を実際解読できるようになった人は、もっと少ないって。

僕に教えてくれたあの忠告は、人づてに聞いた話じゃなく、ニイナ自身の話だったんだ。

「ギルドの模試も受けたの。またお姉ちゃんの背を追いかけて。でも、いくら勉強しても、いい判定をもらえなかった。お姉ちゃんの足もとにも及ばなかった。だから、『総合神学』の時みたいに、また逃げた」

「……」

「お姉ちゃんは『学区』を卒業した後も、色んな人が覚えてるくらい、すごい人だったの。私の故郷と同じ。だから私も、お姉ちゃんの真似ばっかりして、ずっと同じ道を辿って……同じにはなれなかった。私なんかより、お姉ちゃんの方がずっとすごかった」

瞳が、ゆっくりと泉の気配を帯び始める。

こんこんと、もう止まらなくなった想いと言葉と相反するように、揺れ動く緑玉《エメラルド》色が涙の粒を宿す。

「私、お姉ちゃんが小さい頃やってたことは全部できたんだ。だからお姉ちゃんの後を追ったの。それが楽なんだろうなって思って。でも……そんなこと、なかったんだよ」

「……」

「お姉ちゃんの真似事ばっかりして、自分では何も決められなくて……私、とっても惨めだった」

……違う。

多分、ニイナは勘違いしている。

バルドル様達、『学区』の神様が面接をして、入学希望者の想いを聞き、『嘘』がないか確かめて合否を見極めているというのなら。

ニイナが『学区』に入れた理由は、きっと……。

「それに、私はもともと『教養学科』だったけど……『戦技学科』に移ったの」

「えっ？」

「たまたま……本当にたまたま、『魔法学』を勉強してた私を見て、レオン先生が声をかけてくれたの。……『この杖《つえ》を持って、唱えてみなさい』って。私、『魔法』を発現させることができた。運動も、自分でも思ってた以上にできたんだ。……それで、沢山の人に褒められた」

「……それで、『戦技学科』に？」

「うん……。お姉ちゃんが運動は苦手だって聞いて……私、のめり込んだ。『夢』とか『好き』とかじゃなくて、自分の居場所を守るためだけに、武芸を磨いた」

多分それが、ニイナにとっての一番の『負い目』なんだろう。

エイナさんの『目標』や、イグリン達のような『夢』も持たず、ただ『逃避』のためだけに

『戦技学科』に身を置き続けてる自分を、誰よりも恥じている。

きっとそれは全部、自分の存在証明《アイデンティティ》を守るため。

だから彼女は、僕達が『進路』の話をする度に、置いていかれたような気持ちになっていたんだろう。

「『学区』に届いてた、お姉ちゃんの手紙に、最初は返事を書けてたのに……色んなことがあって、書けなくなっちゃった」

「…………」

「お姉ちゃんの真似ばっかりしてる自分が格好悪くて、お姉ちゃんのできないことを必死にやって私《ニイナ》を保ってる自分が……嫌で嫌でっ、仕方なくてっ……！」

「…………」

「優しいお姉ちゃんの文章にっ、何もお返事なんてっ、できなくてっ……！」

とうとう彼女の口から、嗚咽《おえつ》が漏れ始める。

目尻から溢れた透明の滴がいくつも頬を伝い、細過ぎる脚の上に落ちていく。

顔を膝に埋めて、肩を震わせて、ぎゅっと指が腕に食い込んだ。

今まで我慢してきたものを吐き出した、優等生でも何でもないただの女の子は、泣き続けた。

僕は何も言えなかった。

側に寄り添って、肩を抱いてあげることも、涙を拭ってあげることも、できなかった。

僕に兄妹はいない。姉弟もいない。家族は、お祖父《じい》ちゃんだけ。

同情や哀れみはおろか、彼女の悩みと苦しみを、僕はきっと欠片も理解してやることができない。

だけど――。

「ぁ……」

上着を脱いで、ちょっとくたびれた戦闘服《バトル・ユニフォーム》を、彼女の肩にかける。

湖面が揺れてる。まるで風が吹いているように。心なし気温も少し寒くなった気がする。

だから彼女がこれ以上、凍えないように。

ほんのちょっとだけ、ほんの少しだけ近付いて、隣に腰を下ろした。

「ニイナ……。ニイナがもし、自分のことを嫌いだとしても……」

今日まで、『学区』で学んだ日々を振り返りながら。

何も着飾らない『素直な想い』を口にした。

「僕は、ニイナのおかげで楽しかったよ」

「!!」

「ニイナのおかげで、『学ぶ楽しみ』がわかったんだ。君のおかげで……また新しい『目標』ができた」

隣は決して見ず、胡坐《あぐら》をかいて、湖面だけを見つめながら、想いを届け続ける。

「この実習で、イグリン達もニイナにいっぱい助けてもらった」

「っ……!!」

「君のお姉さんみたいに……誰かのために優しくなれるニイナに、沢山の人が救われてると思う」

空から星が降るように、きらめきが落ちた。

階層の天井から降った水晶の欠片が湖面に波紋を広げる。

小さな波紋を、いくつも、いくつも。

美しい涙のように。

もう一度顔を伏せ、息を震わせていたニイナは……ゆっくりと顔を上げ、こちらを見た。

その顔には小さな、けれど確かな、微笑みが咲いていた。

「ラピ君って……女の子泣かせだね」

「……ごめん」

「ううん……少し、意外なだけ」

「……ごめん」

「ふふっ、なんで謝るの？」

「……わからないけど、ごめん」

「謝らないで。私は……嬉しかった」

——ありがとう、ラピ君。

まだ乾いていない涙の痕を残しながら、顔を綻ばせるニイナに、僕は口を結んだ。

目はずっと前を向いたまま。だけど顔はすっかり火照《ほて》ってる。

ニイナもその様子に気付いていて、くすくすと肩を揺らした。

ちょっとだけ、彼女が隣にずれてくる。

僕もちょっとだけずれて、距離を置こうとする。

だけど伸ばされた彼女の指に捕まる。僕は観念する。

まだ恥ずかしくて顔は赤い。上着を貸して上半身は袖無し一枚《インナー》なのにやけに熱い。

女神様《イズン》が来て何とかしてくれないかなぁ、なんて馬鹿なことを考えながら、二人で蒼《あお》く輝く湖を眺め続ける。

「私、思うの」

おもむろに、先程とは違った声音《こわね》で、ニイナは言葉を紡いだ。

「やりたいことを見つけられた人は、幸せだって」

「えっ……?」

「嫌なことが沢山起こって、好きなことがつらくなることもあると思う。でもそれってきっと、みんな同じだよ」

振り向いて、ニイナの横顔を見てしまう。

彼女は湖から頭上に視線を上げ、星空の代わりに水晶《クリスタル》の海を見つめていた。

「適当に歩いて、適当に決めなくちゃいけなくて、適当に選んで……そんな漫然とした道を進んでいくより、真っ直ぐ歩いていく人の方が、格好いい。私なんかより、ラピ君達の方がずっとすごい」

「……」

「『夢』を持ってない半端者《ハーフ・エルフ》が言う、ただの知ったかかもしれないけど」

夢追い人になれない女の子は、偽物の空を見上げたまま、小さく笑った。

「それでも、『夢』を持ってる人は幸せで……素敵だって、私はそう思う」

それが僕には少し、悲しそうに……いや、虚しそうに見えた。

「……」

彼女と同じように頭上を見上げ、偽物だったとしても美しい、水晶の空に目を細めた。


翌朝。

階層の天井に張り巡らされた蒼水晶《ブルークリスタル》が僅かに光を宿し始め、地上の早朝のように白み始める。ニイナが舟をこぎ始め、こちらの太ももに顔を横たえて、眠りに落ちた後も、僕は一人見張りを続けていた。

焚火を絶やさず、彼女の体を冷やさないように。

「……アオハルー★」

「……アオハルー☆」

天幕からレギが出てきて、僕達に歩み寄るなり、無表情でイズン様語《ご》を使った。

僕も遠い目をしながら、ひとまず挨拶を返しておく。

「……ねぇ、レギ。このあとちょっぴり『冒険』ができるなら、レギはしたいと思う？」

質問の意図をはかりかねて、レギは小首を傾げたけれど、マスクの位置を直しながら、こくりと頷いた。

「迷宮の楽園《アンダーリゾート》……せっかく……新鮮……見たい……みんな、一緒」

笑みを浮かべ、ありがとう、と告げる。

ニイナを起こさないよう気を付けながら、彼女をレギに預け、僕は『リヴィラの街』へ向かった。

「おめぇも本当に、物好きだなぁ」

僕の『お願い』を一通り聞いたボールスさんは、呆れ半分の顔でそう言った。

「駄目ですかね……?」

苦笑しつつ、若干上目遣いになってしまう僕に、リヴィラの大頭は唇をニヤリと曲げる。

「どうせ今日中には階層の連絡路も開通しねえ。一日暇するだろうし、付き合ってやるぜ！　何度でも言うが、てめぇには返しきれねえ借りがあるからな！」

そう言ってボールスさんは僕の首に太い腕を巻きつけ、指で輪っかを作った。

「ちゃんともらうもんはもらってくぜぇ！　しっかり冒険者依頼《クエスト》として『護衛』させてもらおうじゃねえか！」

首を絞める太い腕に手を添えながら、感謝する。

地上に帰ったら頑張って稼いで、自分のお財布から出すことにしよう。


「「「『修学旅行』⁉」」」

宿場街《リヴィラ》から帰ってきた僕がそれを伝えると、ニイナ達は驚いた表情を見せた。

「うん。せっかく18階層に来たから、下の階層も見てみない？」

「その気持ちはわからなくはないが……ここから下は迷宮も様変わりするんだぞ⁉」

「事故で18階層まで下りた小隊はいても、この下まで探検した生徒はいないって話だよね！　むむっ⁉　ということは、このボクが前人未到の一歩を残す好機《チャンス》⁉」

「冒険、したい、言った……でも、危険？」

「そ、そうだよ、ラピ君っ。ここに来るだけでも、精一杯だったのに……」

みんなの反応は概《おおむ》ね反対。

でもクリスやレギのように、安全ならちょっと行ってみたい、という気持ちが少なからずありそう。だから……。

「リヴィラの街に行ってみたら、上級冒険者の人達が下に降りるって話なんだ。手伝うんなら連れてってやる、って言ってて……」

「「……！」」

「それに、ほら、戦利品を持ち帰れば『単位』も手に入るかも……」

「「……！」」

僕の説明にはっとするニイナとクリス、イグリンにレギ。

自分のことながら、無茶なこと言ってるなー、とは思う。

エイナさんに知られたら大目玉を食らいそうだ。

だけど同時に、安全だとも感じていた。

本来ならいくらＬｖに余裕を持たせても初見の階層は危険なんだけど、探索し慣れたボールスさん達《たち》第二級冒険者の護衛があれば、ずっと下の階層にも行けると確信があった。

第一級冒険者も支援《サポート》に徹しさえすれば、ニイナ達に『未知の景色』を見せてあげられるかもしれない。

「おぉーい！　来てやったぞぉー！」

「冒険者の人達が行くみたいだけど……どうする？」

手を振りながら野営地に近付いてくる上級冒険者の数、二十はくだらないか。

その光景に顔を見合わせた『第三小隊』は、悩みに悩んだ末、同行を決めるのだった。


「こ、この武器……すげぇ！　さっきからあんな乱暴に使いまくってるのに……刃こぼれ一つしねぇ！」

危なげなく大型級『マンモス・フール』を相手取るリヴィラの住人を見て、大鎚《ハンマー》を片手で持ったイグリンが驚嘆する。彼が特に注目するのは、冒険者達の得物だった。

「オラリオの武器を舐《な》めるんじゃねえぞ。てめえら『学区』が開発するお上品な得物より、ずっと頑丈なんだよ！」

「切れ味より、耐久力を上げてるのか？　いや、それでも威力は十分だし……！」

獣人の武器を何度も確かめさせてもらうイグリンは、早速『修学』に精を出していた。

鍛冶師志望の身として放っておくことはできないんだろう。

彼の他にも、クリスやレギが冒険者達の所持品や戦い方に何度も声を上げる。

「この回復薬《ポーション》、『調合学科』が支給してるやつとは効き目が段違い！　味はすっごく不味《まず》いけど！」

「待って……今の、何？」

「魔物が蓄えてる炎に引火させただけだ。武器も道具《アイテム》も使いようってこったな」

無法者達と侮りもしていた冒険者の『知識』や『知恵』に、三人とも驚いてばかりだ。

学生嫌いのボールスさんも一応冒険者依頼《クエスト》とあって、乱暴な真似はせず『第三小隊』を取り囲むように護衛に徹している。観光馬車《バス》なんて言うつもりはないけど、今のところはいい感じ。

「ねぇ、ラピ君！　あれは何⁉　家より大きいキノコがある！」

「毒キノコらしいよ。耐異常《アビリティ》が高ければ、食べられるって聞いたような……」

「食べられるの⁉」

ニイナもダンジョンの新しい光景を見つける度に声を上げていた。

『学区』の授業で調べられるダンジョンの情報は『岩窟の迷宮』まで。今のニイナにとって『ダンジョンの未知』とは不思議がいっぱい詰まっていて、興味がそそられる存在なのだろう。

ダンジョン探索一つとっても、沢山の職業、沢山の人達が関わっている。

迷宮の風景一つとっても、数々の神秘と様々な幻想が眠っている。

それを知ってほしかった。

ちょっと傲慢《ごうまん》で、僕の我儘《わがまま》かもしれないけど、イグリン達、そしてニイナに、何か興味を抱いてほしかった。

レオン先生に教えてもらった『修学旅行』って、きっとそういうものだ。

そういう切っかけが、何かの『目標』や『夢』を運んでくれるかもしれない。

「ねぇ、ニイナ。ニイナは昨日、お姉さんの真似事ばっかりやってて、何も『目標』がないなんて言ってたけど……僕は違うと思う」

「えっ？」

場所は24階層。

中層域の最深部ということもあってレギ達が緊張を隠せないでいる中、うっすらと蒼い洞窟を下っていく僕は、すぐ後ろのニイナに語りかけた。

「多分、ニイナは……お姉さん《エイナさん》以外の何かになりたかったんじゃないかな」

「！」

前を向いて歩く僕の背後で、息を呑む気配がする。

きっとニイナは、小さい頃からエイナさんと比べ続けられていたんだと思う。

顔も声も知らない優秀なお姉さんと、常に何かを。

小さい頃って繊細で、それに大人が思っている以上に鋭いところもあると思う。

他の子供よりきっと賢《かしこ》かった小さなニイナは、大人にその気はなくても『比較』されていると敏感に捉え、無意識のうちに負荷《ストレス》を感じていたんじゃないだろうか。

大人に悪気はないと思う。だけど事あるごとに比べられて、自分でもわからないくらい不安になって、ご両親の言葉も届かないくらい焦って、ニイナは『学区』へ行ったんだ。

だけどニイナは多分、そこで一度勘違いをした。

真面目な彼女は、お姉《エイナ》さんと同じ道を辿り続けていたのは『夢』を持っていない自分の悪癖だと考えたんだろうけど――きっと本当は、お姉《エイナ》さんよりすごい自分を見てもらいたくて、認めてもらいたくて、必死だったんだ。

お姉《エイナ》さんへの対抗心、羨望、そして憧れ。

失敗と挫折を何度も味わいながら、ニイナはそれを手放さなかった。

「だから、自分を嫌いになる必要なんてないよ」

お姉《エイナ》さんよりいい点数や、素晴らしい功績を残せば、『エイナ』ではなく『ニイナ』はすごいね、とそう言ってもらえると信じてたんだ。

自分はニイナ・チュールだと、きっとそう叫びたかったんだ。

「得意なことは得意だって、胸を張って自慢しようよ。ニイナはエイナさんに負けないくらい、すごい女の子なんだから」

「あ――――」

洞窟の終端に差しかかり、振り向いた僕に、ニイナは呆然と立ち止まっていた。

ぴくりとも動けなくなった彼女と、歩みが止まった『第三小隊』に、先頭を進んでいたボールスさん達が怪訝《けげん》そうな顔で振り返る。

一歩、そこから歩み出せない彼女に、僕は手を差し出した。

「行こう？　逃げ続けてきたって思い込んで、頑張ってきた君《ニイナ》だったから、ここに辿り着けたんだ」

ややあって。

時間をかけて、おずおずと、ゆっくり伸ばされた彼女の手を握り、洞窟の先へと連れ出す。

「――――――――」

僕達の視界に現れるのは、ダンジョン最大の大瀑布――巨蒼の滝《グレート・フォール》。

「すっげえええええええええええええええええ!!」

「すっごおおおおおおおおおおおおおおおおい!!」

「……やばば」

イグリンが、クリスが、レギが、興奮に身を委ねる。

ニイナもまた、その瞳をあらん限りに見開き、その壮大な光景に時を奪われた。

緑玉蒼色《エメラルドブルー》の滝が、まるで世界を覆い尽くさんばかりに階層を貫いていく。尽きることのない無限の水飛沫《みずしぶき》は数多《あまた》の水晶に乱反射し、神話の中に存在する大洋の風景を生み出しているかのようだった。

蒼く、鏤《ちりば》み、きらめいて。

美しく、残酷で、雄大に。

遥か地下にあって広がる新世界――水の迷都《みやこ》。

「すごい……」

大瀑布にたっぷり目を奪われた後、迷宮部に移動してもニイナ達の感嘆は途切れなかった。18階層のものとも異なる、大海から削り出したような青々とした水晶群。白き水蛇や姉妹のような人魚が泳ぐ永遠の水流《すいりゅう》、瑞々しい珊瑚《さんご》や蒼い桜は幻想の欠片であり、鼓動を狂おしいほどに震わせる。触れる全てのものは『未知』の光であり、学生達の胸をノックした。

彼女達を護衛する第二級冒険者達も抜かりはなかった。『経験』に基づく立ち回りで、混戦になる前にモンスターを撃退していく。何より今回は魔石や怪物の宝《ドロップアイテム》を狙う『探索』ではなく、様々な景色を見学させる『修学』。最短距離を選び、先へ先へと進み、異なる世界を覗いていく。運良くモンスターとの遭遇が少なかったこともあって、驚くほど早く25階層の『滝壺』に到着した。

「綺麗……」

階層上部の連絡路前から見下ろす巨蒼の滝《グレート・フォール》も壮大であったが、滝壺から見上げる大瀑布も圧巻の一言だった。

下界を巡る『学区』と言えど、これほどまでの光景はお目にしたことがない。

常に死と隣り合わせのダンジョンに、なぜ冒険者が魅入られるのか、ニイナはわかったような気がした。

「ニイナ、どう？」

「ラピ君……これって……」

「ご褒美、かな？」

「えっ……？」

「ニイナと、あとはイグリン達が頑張ってきた、ご褒美」

普段は弟のような少年は、前髪で瞳を隠しながら、兄のような笑みを浮かべた。

「泣いちゃうくらい色々なことを頑張って、得意なことを見つけることができて……それでも『夢』を見つけられないって言う君に、僕達が用意できる、ちょっとした贈り物《プレゼント》」

「……！」

「『第三小隊』に入って、強くなったニイナだから、世界《ぼくたち》も渡すことができたんだ」

それは『成長』の証だと。

たとえ『成功』は手に入らず、失敗し続けたとしても、君自身が強くなったからこそ新世界《ここ》へ連れてくることができたのだと、道案内を務める兎の少年は言った。

「ニイナ。僕はどんなことが『夢』になって、何をすれば『目標』になるとか、偉そうなことは言えない。だけど……『感動』できる何かがあったら、その人は報われると思う」

「感、動……？」

「うん。わくわくしたり、嬉しかったり、胸がじんとなって、泣いちゃいそうになったりした時……もう少し頑張ってみようかなって、顔を上げられる気がするんだ」

まるで自分の体験を振り返り、一つ一つの物語《おもいで》を噛みしめるように、言葉が紡がれる。

「このご褒美が、ニイナのことを少しでも勇気づけてくれたら……嬉しいな」

「ラピくんっ……」

最後に、少年は不器用に笑った。

髪で目が隠れていても不器用だとわかるくらい、ちょっとだけ情けなく。

ニイナの胸が疼《うず》く。昨夜はあんなに悲しかったのに、今はこんなにも温かい。

唇が上手く動いてくれなくて、ぎゅっと、右手で胸を握りしめる。

「――おっ！　てめえ等、運がいいぜ。『ブルードラゴン』だ！」

その時、階段状になって流れていく大瀑布を滝壺から覗き込んでいたボールスが声を上げた。

振り返ったニイナ達も一瞬、遥か下、26階層の先から『細長い何か』が宙を泳ぎながら昇ってくるのが見えた。

「隠れろ！」と言うボールスの指示に、戸惑うイグリン達と慌ただしく走り出す冒険者達とども従って、岩のように鎮座する群晶《クラスター》の陰に回り込む。

間もなく、25階層の滝壺まで昇ってきて、更に頭上へと上昇していくその『竜』に、ニイナもラピも言葉を失った。

「あれは……オーロラ⁉」

『長竜《ちょうりゅう》』とでも言う長躯《ちょうく》。全長で一〇M《メドル》は存在するか。

蒼と白の滑らかな鱗《うろこ》を持ち、長い鰭《ひれ》を翼のようにゆったりと動かし、空中をまさに海中のように泳いでいく。

何より目を引くのは、その『竜』の通り道に生まれゆく、赤や緑白《りょくはく》、青紫に輝く『光の襞《ひだ》』であった。

「『ブルードラゴン』……！　『下層』の稀少種《レアモンスター》！」

「おう。渾名は極光竜《きょっこうりゅう》。『カーバンクル』と並ぶほど、滅多にお目にかかれねえ竜だぜ」

ラピも知識はあっても初めて目にするのか驚きを隠せず、同じ群晶《クラスター》の陰に隠れているボールスが口端をつり上げる。

ニイナやイグリン達は勿論、他の上級冒険者達も頭上に目が釘付けとなった。

雄大な巨蒼の滝《グレート・フォール》と肩を並べるように描かれるオーロラの輝きは、この世のどんな景色より美しいとすら思えた。いくつもの水の飛沫と極光の破片が交錯し、あたかも精霊が戯れているようにも見える。

「地下空間《ダンジョン》で極光《オーロラ》なんて、信じらんねえ……」

「あの竜は尻尾《ケツ》から糞《フン》みてえに『魔力』を垂れ流してるらしくてな、それがこの階層の水晶光《ひかり》を反射して、あんな風に綺麗に見えちまうらしいぜ」

「説明、最悪……」

「それでもやっぱり、見とれちゃうくらい綺麗だよ！」

放心するイグリンの横で獣人の上級冒険者が説明し、レギが一気に気分《テンション》を落とし、最後にクリスが顔を輝かせながら、小声で器用に喝采《かっさい》する。

重力から解き放たれたように、宙空に長駆を浮遊させる様子は27階層の稀少種《レアモンスター》『ヴォルティメリア』とも似ているが、その優雅さは比較にならない。円《つぶ》らな瞳はどこまでも澄んでおり、冒険者と生徒達を照らす極光《オーロラ》を生み続けた。

（『感動』する、瞬間……）

頭上を仰ぎ続けるニイナは、両手を胸に添えた。

鼓動の高鳴りが、先程ラピが言っていた言葉と結びつき、形容しがたい熱を生む。

ニイナは、今、自分の心がどんな答えを導こうとしているのかわからないまま、この世のものとは思えないほど美しい光景をただただ瞳に焼き付けた。

『――グシュア！』

「って、うおおお!?　モンスターだ、危ねえ！」

その時。

眺めるのに夢中になっていたイグリン達の背後に、抜き足差し足で忍び寄っていた『ブルークラブ』が一匹、勢いよく飛びかかった。

既《すんで》のところで察知したイグリンが慌てて振り返り、手に持った大鎚《ハンマー》を振り下ろす。

地面に叩きつけられ、それでも粉砕しきれない硬殻《こうかく》に、もう一度、再びもう一度。

ドゴンッ！　ドゴンッ!!　と響き渡る炸裂音。

ようやく動かなくなる巨大蟹《ブルークラブ》。

そして、ぎょろりと眼下を向く竜の眼《まなこ》。

「「「「あ」」」」

物陰に隠れていた冒険者達と生徒をしかと捉えた瞬間、円《つぶ》らで透いた双眼が鋭く真っ赤な攻撃色《こうげきしょく》に変貌し、無数の牙が生え揃った大顎を、がぱっと開いた。

「「やべえ!!」」

いち早く物陰から逃げ出したのはボールス達《たち》冒険者。

次に動いたのは、一瞬呆《ほう》けてしまったラピ。啞然と立ちつくしていたニイナ達『第三小隊』

を群晶《クラスター》のもとから突き飛ばす。

直後、竜の口腔から眩《まばゆ》い『極光の渦』が解き放たれた。

『────────ッッッ!!』

目を焼こうかというほどのオーロラの放射。

凄まじい勢いで繰り出された光渦が、一秒前までニイナ達がいた群晶《クラスター》を呑み込み、グズグズに腐食させる。

「なぁ⁉」

「水晶が腐り落ちちゃった⁉　ね、熱線⁉」

「違《ちげ》え！　魔力の『息吹《ブレス》』だ!!　あの竜がぶちまける光は毒や麻痺なんつう『状態異常』の集合体《かたまり》だ！」

イグリンとクリスの驚倒に、今もとんずらしながらボールスが唾を飛ばして答える。

見る者を惹きつける極光《オーロラ》の残酷な正体とは、複数の症状をもって獲物を腐らせ崩壊させる『光蝕《こうしょく》』。

紅霧《ミスト》を吐き出す階層主『アンフィス・バエナ』と同様に、一風変わった息吹《ブレス》を持つのがこの『水の迷都《みやこ》』に棲息するモンスターの特徴でもある。

ダンジョンがもたらす美しき神秘の毒に、ニイナ達は絶句した。

『アアアァァァァァァァァァァァッ!!』

遥か上空に浮かぶ『ブルードラゴン』はやりたい放題だった。

二〇M《メドル》以上もの頭上から息吹《ブレス》を何度も放ち、逃げ回る獲物どもを悠々と狙い撃つ。

腐り落ちる水晶はおろか、水面さえ不気味な色に変色しては異臭の煙を上げ始める。

「に、逃げましょう！　滝壺《ここ》にいたら狙い撃ちされる！　迷宮の中へ――!!」

「ダメだ!!　ここで仕留めろ！」

「えっ!?」

光の渦を回避するラピが呼びかけるも、ボールスはそれを即座に却下した。

「あの竜の体軀は細長《ほそなが》え！　階層主《アンフィス・バエナ》とは違って、どんな細道でも入り込んで追ってくるぞ！」

「……………！」

「狭《せめ》え迷宮で息吹《ブレス》を連射される方が怖え！　ここで戦《や》る方がまだマシだ！」

知識はあっても戦闘経験のないラピの見識の浅さを指摘するボールスや宿場街《リヴィラ》の住人達は、一斉に親指を上げた。

「「「だから後は任せたぞ！」」」

「ええっ!?　い、一緒に戦ってくれないんですか!?」

「「「いやだって弓とか魔剣持《も》ってきてねえし」」」

「これは冒険者依頼《クエスト》の範囲外だ！　だからてめえが何とかしろ、依頼者《クライアント》！」

「そんなー!?」

清々しいほどに見切りをつけた上に、ちゃっかり迷宮部入口の安全地帯まで避難しているボールス達にラピはまさかという悲鳴を上げる。

そしてそんな間にも極光《オーロラ》の息吹《ブレス》は降りそそぎ、ラピは何度も地を蹴らなければならなかった。

(上空から降りてくる気配がない……！　壁を蹴って飛び上がるのは無茶だし、確かに『魔法』を使うしかなさそうだけど……！)

ボールス達の見立ては正しい。あれほどの高度を保つ『ブルードラゴン』に直接斬りかかることはまず不可能で、倒すには弓矢や『魔法』などの遠距離攻撃を用いるしかない。

そしてラピの『正体』を知っているボールス達からすれば、早く炎雷《ファイアボルト》で連射しちまえ、という至極真っ当な要求だった。

(だけど、ニイナ達に正体がバレちゃうのは……！)

バルドル達との契約が過《よぎ》り、逡巡《しゅんじゅん》したラピだったが、すぐにそれを放り捨てた。

右腕を突き出し、砲門を長竜に照準する。

「もっ、【燃えつきろ、外法の業】ぁ！」

悪あがきとして偽《フェイク》の呪文を唱えながら、炎の矛《ほこ》を射出する。

緋色《ひいろ》の炎雷は、しかしうねる長軀を捉えられず、空《くう》を一過した。

(っ……!!　動きが歌人鳥《セイレーン》や、半人半鳥《ハーピィ》より速い！)

そのまま連射するも、ことごとく躱される。

もとより敵はモンスター最強の種族と呼ばれる『竜種』。潜在能力《ポテンシャル》及び飛行能力は同階層の有翼種とは比べものにならない。

何より、彼我の間合いはベルの不得意な射程《レンジ》。

【ファイアボルト】はこれまで、ダンジョン内でも乱戦の制圧用として『近距離』、あとは精々『中距離』で多用してきた。『遠距離』はベルが最も苦手とするところ。遥か上空で素早く動く的となれば、難易度《ハードル》もぐんと上がる。

ヘディンのような『超精密狙撃』を『速攻魔法』で代替するのは、少なくとも純粋な魔導士や魔法剣士ではないベルには困難だった。

こんな時に課題が見つかるなんて——!!

そんな己への痛罵を胸中で放った、その時。

「うあああああああああ!?」

「——っ!?　イグリン！」

逃げ遅れたドワーフのもとに迫る死の極光《オーロラ》。

水晶の岸を蹴り砕いたラピは仲間の巨体を押し飛ばして——そこまでだった。

自分の体を広大な効果範囲から逃すことができず、『光蝕《こうしょく》』に呑み込まれる。

「ぐっっ————!?」

腕を交差して、防ぐ。

手にしていた短剣《ショートソード》があっという間に崩れ落ちる。

目を剝いて直ちに脱出しようとするも、何と次は岸まで腐敗していく。

（……⁉　足場が、沼みたいに！）

獲物を捉え、出力が上げられた極光《オーロラ》が凄まじい速度でラピとその周囲を腐らせていく。

まともに蹴ることができず、どころか地中に埋もれていく足にラピは顔をしかめた。

（肉体《からだ》は、耐えられるっ……！　それよりも、装備が……！）

高評価の『耐異常《アビリティ》』を備える第一級冒険者の体は、竜が苛立《いらだ》つほどに『光蝕《こうしょく》』を耐え抜いていた。肌がびりびりとひりつき、痺《しび》れる程度。だがもう一振りの短剣《ショートソード》はおろか、纏っている戦闘服《バトル・ユニフォーム》が虫食いのようにボロボロに朽ち果てていく。

まさかの『下層』での苦戦。

やはりダンジョンは、『未知』は、どれだけ階位《レベル》が上がろうと冒険者《ベル》達を脅かしてくる。

「ラピ君⁉」

一方、光渦の奥に呑まれ、碌《ろく》に視認できない人影《ラピ》に向かって悲鳴を飛ばすのはニイナ。

尻もちをついて蒼白になるイグリン、顔色を失うレギとクリスのもとから一も二もなく駆け出そうとしたが、太い手に二の腕を摑まれる。

「待て、行くんじゃねえ！　白兎《ラビット》の……ラピとかいうあのガキなら大丈夫だ！」

「大丈夫なわけない！　放してっ、放してくださいっ！」

ニイナを制止し、そしてイグリン達を庇うのはボールス達。

『生徒を護衛する』という冒険者依頼内容《クエスト》だけは守るならず者は、暴れる少女を何とか取り押さえようとする。

ボールス達は見抜いていた。

『第一級冒険者』の狙いを。これは『我慢比べ』であると。

しかしニイナには見抜けてはいなかった。当然だ。ニイナはボールス達も認める『第一級冒険者』なんて知らない。

彼女が知っているのは、心優しく、自分をここまで導いてくれた、あの弟のようで兄のような、白い少年のことだけだ。

「──【風の子守歌《うた》、花の揺り籠】」

だから、唱えた。

「……!!　て、てめえっ！　何をする気だ⁉」

驚くボールス達を尻目に、自分に許された高貴の歌を。

「【かつての壮麗、在《あ》りし日の雄大。母《はは》を護りし白き都《みやこ》、花々の丘の上】」

魔力集中のため閉ざした瞼に浮かぶのは、一人の半妖精《ハーフ・エルフ》の根源《ルーツ》。

城壁を持たず、遥かな高原を有し、幾つもの小輪が揺れ、純白の花弁が蒼穹に舞い、清らかな大気に満ちていた少女の故郷。

かつて飛び出した後、幾つもの挫折の中で幾度となく懐郷し、けれど何ものにも至れていない今の自分では戻れないと悲嘆に暮れ、枕を濡らす望郷の涙が発現させた、ニイナの汚点にして原点。

「【花よ、咲け。芽吹かぬ私《たね》の代わりに。光よ、歌え。尊《とうと》き旅人《たびびと》を照らすため】」

己の未来を描けない少女は、夢追い人《たびびと》達を羨《うらや》み、憧れ、せめて彼等《ら》彼女等《ら》の前途の幸福を祈るようになった。

身に流れる高貴の血に背かぬよう、他者への献身を厭わなかった。

見つけられぬ夢、叶わぬ自身の狂おしい想いを他者に委ね、無意識のうちに託するようになった浅ましき少女の願いにして、愚かなまでに心優しい妖精の歌。

「【青《あお》よ、高く。白《しろ》よ、清く。瘴気を祓《はら》い、花冠《かんむり》をここに】」

そうして、そんな浅ましく愚かな献身の先で、彼と出会った。

夢追い人《たびびと》になれない自分の旅路は、決して浅ましくなく、愚かなものではない、すごいものだと、そう言ってくれたあの少年に。

（私はラピ君に、沢山のものをもらってる！）

少年は自分を助けてくれたと言ってくれた。それは違う。それは逆だ。

ニイナの方が、ずっと彼に助けてもらっていた。

（私はラピ君に、まだ何も返せていない！）

だからニイナは、これからもずっと少年を助けなければならない。

あの少年の側にいたい。もっと沢山のことを教えて、沢山のことを教わりたい。

それが今の、私《ニイナ》の願い。

「うおおおっ⁉」

「ニイナ⁉」

高まる魔力に――魔力暴発《イグニス・ファトウス》を危惧し――ボールスがニイナの腕を咄嗟に放す。

長杖《ロッド》を構え、今まで見たことがないほど凜々《りり》しく、気高い少女の姿に、クリスが驚倒する。

次の瞬間、ニイナは走り出していた。

「【咲き誇れ、第二の霊峰――】」

習ったばかりの『並行詠唱』の真似事と一緒に、今も少年を蝕《むしば》む極光のもとへ。

『助けたい』という、ただそれだけの想いをもって、『冒険』に臨む。

光の渦の中に飛び込む間際、ニイナは最後の一小節を叫んだ。

「――【我が名はアールヴ】‼」

一房の翡翠の髪が『魔力』の輝きを帯び、その『魔法』を解き放つ。

「【ラグリエル・クリスヘイム】‼」

禍々しき極光を吹き飛ばす、『白花の領域』。

驚愕する長竜の視線の先で、同じく瞠目する少年を背で庇いながら、白き羽毛か、あるいは純白の花弁が舞い踊る光域《こういき》を生み出した。

「な、なんだありゃあ⁉」

「『浄化魔法』！　何でも解毒する、ニイナの結界だ！」

ボールスが度肝を抜かれ、クリス達が身を乗り出す。

【ラグリエル・クリスヘイム】。

治療師《ヒーラー》であるニイナが有する稀少魔法《レアマジック》。

クリス達が叫んだ通り、その力は『あらゆる異常浄化』。

毒や麻痺《まひ》を始めとした『状態異常』はおろか、呪詛《カース》や精神攻撃をも防いでは癒す中規模の結界――『妖精の聖域』を形成する。

病に伏せる愛する母親を原風景に持ち、いつか救いたいと願い続ける少女の心象が大きく影響を及ぼした、王森《おうしん》に代わる白き花園である。

「ニイナ……！」

驚愕するラピの体はもはや全快していた。

解毒は無論、領域内にいる者へ『継続治癒』を付与する浄化の光は穢《けが》れを隅々まで洗っていく。潜在能力《ポテンシャル》が遥か上の『ブルードラゴン』の『光蝕《こうしょく》』すら例外ではない。

「ううううっ……!!」

がくがくと膝が震える。放たれる極光が白き領土を脅かし、ニイナの守護を突き破ろうとしてくる。

だが、負けなかった。負ける気がしなかった。だって今、ニイナは生きてきて初めてこんなにも使命に燃えている。『目標』を持っている。すなわち『大切な人を守り抜く』という想いを。

決して退かない純白の花園に、長竜はとうとう業を煮やした。

極光《オーロラ》の息吹を中断し、その牙で直接噛み砕こうと急降下したのだ。

ニイナの目が見開かれる。直接的な攻撃及び魔法は、『障壁』ではない【ラグリエル・クリスヘイム】では防げない。

緑玉色《エメラルド》の瞳がぎゅっと瞼を閉じようとした瞬間、

「ありがとう――ニイナ」

後ろへ傾いたニイナの背を、細い腕が支えた。

自分が仕掛けた『我慢比べ』を肩代わりしてくれたハーフ・エルフの少女に礼を告げ、今度は自らが前に出る。腰から引き抜くのは――肌身離さず持っていた『漆黒のナイフ』。

『オオオオオオオオオオオオオオオオオオオッ!!』

「ふッッ!!」

牙が眼前に迫った瞬間、凄まじい斬撃をもって弾き、守り、瞠目するニイナの目の前で、少年は竜の長躯に取りついた。

再び急浮上する極光竜を放さず、鰭《ひれ》を摑みながら自らも遥か高く昇っていく。

「――――」

ニイナの瞳には、それが焼き付いた。

恐ろしくも美しい極光《オーロラ》を描きながら、竜とともに瀑布と水晶の空間を昇っていく少年の姿を。

その幻想的で、神秘的で、まるで英雄譚《えいゆうたん》のような『冒険の光景』に胸が打ち震える。

『ニイナ。私達は君の葛藤に答えを差し出してやることはできない』

以前、レオンに言われたことがある。

どうしようもなく『学区』という環境に追い詰められ、『戦技学科』を勧められた際、レオンが行ったのは『自問を絶やすな』というものだった。

レオンやバルドル達は決して『これをやりなさい』『あれを目指しなさい』と言ってはくれなかった。それを言ってくれれば、ニイナは感情を止め、盲目的に励んでは従うことができたのに。

『学区』の指導者達は、ニイナを『人形』には変えてくれなかった。

『あえて助言を与えるとすれば――ニイナ、その時が来たら正直になるんだ』

ただ、いつか巡り合うことを祈るように、それを教えてくれた。

『どうしようもなく、心が震えたその時――それこそが、君が夢に出会った瞬間だ』

『夢』が、雄々しき『炎』を灯す。

「【ファイアボルト】！」

身をよじる竜から吹き飛ばされる形で、頭上に躍り出たラピが、漆黒のナイフに緋色の焔《ほむら》を撃ち込む。

たちまち鳴り響く鐘の音。

白い光粒とともに収束し、莫大な炎の鎧を神の刃が装着する。

高まる熱光に、竜が怯え、最後の極光を放たんと顎《あぎと》の砲門を解放する。

四秒分の蓄力《チャージ》。

自然落下に身を任せ、零距離から放たれる竜の息吹に真っ向から対峙《たいじ》し、『冒険者』はその一撃を繰り出した。

「聖火の英斬《アルゴ・ウェスタ》!!」

紅斬。

『――――――――――――アアッッッ⁉』


収斂された聖火の斬撃が極光を呑み込み、竜を爆砕の彼方に消した。

見上げていたニイナ達が思わず目を瞑ってしまうほどの炎光と爆風。

階層が揺れ、巨蒼の滝《グレート・フォール》すら戦慄の嘶《いなな》きを上げる。

さらさらと降ってくるのは灰の雨。

竜の亡骸が無数の灰粉と化す中――だんっ！　と。

無事に滝壺のほとりに着地した少年を認め、肩を揺り動かしたニイナは駆け寄った。

「よっしゃあ！」と歓声も半ば、ボールス達やイグリン達も集まってくる。

「ラピ君！」

「ニイナ……大丈夫だった？」

顔を拭いながら、服をぼろぼろにして、それでも他人のことを気遣ってくる少年に、ニイナは本当は怒らなければならなかった。

けれど今だけは、鳴りやまない胸の高まりに従った。

その笑顔に。

その優しさに。

その『夢』に。

ニイナは確かに胸が打ち震え、それを告げていた。

「私、冒険者になりたい」

驚く少年の前で、そう叫んでいた。

「キミの隣で、沢山の景色を見たい！」

そんな風に、口走ってしまった。

「えっ」

「「「「「え？」」」」」

ラピだけでなく『第三小隊』、ボールス達まで固まって、半妖精《ハーフ・エルフ》の少女を凝視する。

しかし、今言ったことに少女が気が付き、顔を真っ赤にする──ということはなかった。

竜の極光《オーロラ》によって、装備も服も魔道具《マジックアイテム》もボロボロになった少年の頭から、ずるっ、と。

音を立てて鬘《かつら》が滑り落ちたのだ。

「あ」

「「「「「あ」」」」」

今度は少年と入れ替わって、少女が目を丸くする番だった。

ずっと前髪に隠れていた深紅《ルベライト》があらわになる。

長い兎の耳も消え、その処女雪のような髪が滝の飛沫を浴びて、きらきらと輝いた。

ラピが――いやベルが硬直する。

第三小隊が中途半端な姿勢で停止する。

ボールス達リヴィラの住人が肩をすくめる中、次には、大音声が打ち上がるのだった。

「「「あ――――――――――――――――――――っっ⁉」」」

エピローグ　だから私は走り始める

まだ太陽が顔を出していない早朝。

長い時間、ダンジョンにいて軽い時差ボケを絶賛味わっている僕は、『校長室』に呼び出されていた。

「『特別実習《ダンジョン》』、お疲れ様でした」

神殿塔《ブレイザブリク》の最上階。秦皮《トネリコ》製の大きな机を挟んで、腰かけているバルドル様の労わりの声に、僕は申し訳なさそうな顔を浮かべた。

「結局、最後は正体がバレちゃいました……」

「ええ、聞いています。しかし不思議なことに、『第三小隊』は25階層に現れた『第一級冒険者』について何も語りません。これでは噂《うわさ》になることもありませんね」

白々しい、なんて言っていいかはわからないけど、そんなことを口にする光を司る神様に、笑みを漏らしてしまう。

25階層で僕の正体が露見したあの後、18階層及び『岩窟の迷宮』の岩盤が完全撤去され、『第三小隊』は地上に帰還することができた。道中は誰も喋《しゃべ》ってくれなくて、僕からすると気まずいどころじゃなかったんだけど……素性を偽っていた『ラピ』を、誰も責めようとはしなかった。

ただ、どう接すればいいかわからない。

お互いに、そんな雰囲気だったように思える。

「ダンジョンで遭難した先で『修学旅行』とは……よく考えたものだ。オラリオの冒険者故《ゆえ》か、あるいは君であるからこそなのか」

　僕達の他に校長室にいる最後の一人、レオン先生は報告書に目を通しながら、苦笑する。

　この人が誰よりも尽力し、多くの遭難者を救ったことは話に聞いている。他の人達含め、18階層まで迎えに来てくれたのは他ならないレオン先生だった。

「ニイナの視界も、展望さえも、君が広げてくれた。予想通りだ」

「予想通り、ですか？」

「ああ。予想通り、期待を超えてくれた」

　目を見張ってしまう僕に、レオン先生は今までとは違う、それこそ悪童《いたずらっこ》のように、片目を瞑《つむ》りながら笑ってみせた。

　レオン先生は……僕を買ってくれていたのだろうか？

　それは僕が第一級冒険者になったから？　それとも世界最速兎《レコードホルダー》なんて呼ばれていたから？

　真偽はわからない。

　だけど最後に、レオン先生は僕に向かって言った。

「今度は『俺』が君と冒険をしてみたい。ベル」

　そんな風に、『約束』を取りつけるように。

「ところで、あれからニイナと話はできましたか？」

「あ、それは……気まずいっていうのもあって、大したことは話せてないんですけど……」

バルドル様に尋ねられ、少しだけ言葉を濁す。

だけど、「ただ」と付け足して、唇を綻ばせる。

「『お姉ちゃんに会ってくる』って……はりきってました」

窓の外を見る。

白み始める空、そして、ようやく姉妹が再会できる迷宮都市の方角を。


秋は去り、もう季節は冬。

多くの人々が寝台《ベッド》から出てくるのに苦労しているのか、誰もいない公園を一人通り抜けて『ギルド本部』に出勤しているエイナは、白い息をついた。

もうマフラーと手袋が欠かせない時期になってしまった。

ここから寒気《かんき》が消え、春が訪れる頃には、大切な家族と姉妹のように接する日がくるのだろうかと、そんなことを考えていると――。

「お姉ちゃん」

「！」

思っていたより早く、その時はやって来た。

この公園は『ギルド本部』に通じる近道。出勤する多くの職員が利用していることは調べればすぐにわかる。エイナが来るのを待っていたニイナは、『学区』の制服に身を包み、ゆっくりと歩み寄ってきた。

左右に並び、葉をほぼ失いつつある街路樹が、二人のハーフ・エルフを見守る。

姉と妹は街路の真ん中で立ち止まり、見つめ合った。

「……エイナ、お姉ちゃん」

「……うん」

「……ごめんなさい。私、やっぱり何も覚えてないや」

目を伏せがちにしながら、正直に打ち明ける妹は、けれど視線を合わせて、ぎこちなく笑いかけた。

「だから……『初めまして』。貴方の妹のニイナです」

エイナはそれだけで、ニイナと同じ色の瞳を潤ませ、上手に微笑《ほほえ》んだ。

「私は赤ん坊の頃の貴方を知っているから、『久しぶり』、って言うね。貴方の姉の、エイナです」

血が繋《つな》がった姉妹だというのに、二人の再会はまるで他人のような挨拶から始まった。

だが、年の違いはあれど、そっくりな面影を持つ二人は、鏡合わせのように笑い合った。

「お姉ちゃん、ごめんね。手紙のお返事を出せなくて。本当は、ずっと嬉《うれ》しかったの。でも、返すのが怖かった」

「そうなの？」

「うん。私、ずっとお姉ちゃんの真似《まね》ばっかりしてたの。ずっとお姉ちゃんの後を追って、勝手にいじけて、苦しんでた」

穏やかな笑みを絶やさず、話を聞いてくれる姉に相好を崩しながら、ニイナはこれまであったことを語った。

エイナの真似ばかりをしていたこと。

勉強は好きだけど貴方のように要領は良くないこと。

何度も挫折を味わったこと。

運動が実は得意だったこと。

自分は決して、『エイナ・チュール』にはなれなかったこと。

そして今は、『ニイナ・チュール』として『夢』を抱けたこと。

書けず、返せなかった手紙の代わりに、ニイナは何度も語った。

何枚もの便箋《びんせん》でも決して書ききれない言葉の数々が、胸の奥から溢《あふ》れてくる。

どうしてか目尻に水滴が溜まり、それを見守っていたエイナも、涙ぐむようになっていた。

「だからね、特別実習《ダンジョン》を通して沢山のことに気付けたの！　大切な人に、いっぱい大切なことを教わったの！」

「そう……いい出会いがあったんだね。貴方の大切な人って、『学区』の同級生？」

「ううんっ、ベル・クラネルさん！」

「────えっっっっっ⁉」

そして、『爆弾』が投下された。

終始穏やかだった筈の時間が木っ端微塵《こっぱみじん》に爆散し、エイナの素っ頓狂《すっとんきょう》な声が打ち上がる。

首を傾《かし》げるニイナだったが、どうしても実の姉に聞いてほしかったから、寒さとは関係なく頬を赤らめて、熱弁を始める。

「ベル・クラネルさん、ううんっ、ベル先輩はすっごい冒険者だったの！　これが第一級冒険者っていうくらい、何度も私達を助けてくれて……！」

「あ、あのっ、ニイナっ？　もしかして貴方、ベル君のことを……⁉」

「うんっ、決めたっ！　お姉ちゃん、私【ヘスティア・ファミリア】の入団を目指す！」

「えええええええええええええーーーーーーー⁉」

慌てふためく姉の様子にも気付かないほど自分の世界に没入し、青春空間《アオハル》を生み出すニイナは、満面の笑みと一緒に手を振った。

「だからお姉ちゃん！　いつか絶対、私の冒険者登録をしてね！　約束だよ！」

「ま、待ってニイナ！　お願いだから待って⁉　ベル君はヴァレンシュタイン氏に憧れてるし私もアレでソレでコレだから、とにかく目指さない方が……⁉」

「私、あの人の隣で沢山の景色を見に行くんだ！」

「ニイナーーーーーーーーーーーーーっ⁉」

姉の悲鳴はとうとう届かず、まだ何も知らない妹は背を向けて、駆け出した。

白い息をはいて、頬を赤く染め、遮るものなど何もない、真っすぐ伸びる街路にそって、『夢』の先へ。

輝かしいだけではない、苦難も挫折も待ち受けているだろう、けれどかけがえのない宝物が埋まっている、その『冒険』の彼方へ。

「なるぞーーーーー‼　すごい冒険者！」

『夢追い人』になった少女は、走り始める。

ステイタス

Lv. **1**

力：I30　耐久：I10　器用：I40　敏捷：I70　魔力：I10

《魔法》

【ボルトファイア】

・炎魔法

・詠唱式【燃えつきろ、外法の業】

《スキル》

[redacted]

【ラピ・フレミッシュ】

所属：【バルドル・クラス】

種族：獣人（兎人《ヒューム・バニー》）

職業：学生

到達階層：25階層

武器：鍛冶学科支給の《スクール・ナイフ》

所持金：40000ヴァリス

≪ラピの学生証≫

- バルドルが急遽手配したもの。
- 完璧に偽装された情報により、
これでどこかの白兎《しろうさぎ》もばっちり『学区』の生徒に。
- 【ステイタス】の内容はバルドルが適当に記したもの。
こちらは部外秘であり、神々と一部の教員しか確認できない。
- が、到達階層と能力値の隔たりに
「流石《さすが》に無理があります」とレオンからはツッコまれたらしい。
- 一時的な偽装処置と思いきや、
歴とした生徒の一人として登録されており、
いつでもベルを生徒として呼び戻せる準備が整えられている。

あとがき

新章に突入した第十九巻は、作家になって一度はやってみたかった学園ものです。

今回の内容は本来シリーズものの一巻でやることなのかなと、執筆していて感じました。

いわゆる『実力を隠した主人公』が学園に編入して、学友達と出会い、陰から支えながら、最後は力を発揮して大暴れする。王道の展開であり、ある種《しゅ》使いつくされているベタな内容でもあります。けれど『一巻でお約束の内容』を『十九巻』でやると、違った意味だったり、変わった印象が生まれるなぁと。

読者の皆さんに見守られながら走ってきた主人公はこんなに強くなった。沢山の冒険と仲間たちの助言のおかげで、あんなに情けなかった男の子がこんな風に成長した。今までの物語を思い出しながら、そんな風に感じて頂けたなら嬉しいです。

話は逸れますが、物語を書く際、登場人物の心情や思想には、なるべく私の今の考えを反映させたり、自分自身を投影しないよう気を付けています。

なので本巻の内容に書くかどうか散々悩み、結局書かなかった事柄があります。私のエゴと言いますか、読者の皆さんにとってはお節介かもしれませんが、この場で少しだけ語らせてください。

本巻の終盤で、『夢』や『目標』という言葉が何度も出てきましたが、別に持っていなくても大丈夫だと思います。あるなら越したことはないですが、必須ではないかなと。

漫然と生きることに不安を持っている人は、安心してください。

不安を持てることは前に進むための第一歩だと自分は考えております。

そう、「締め切りが迫ってる。書かなきゃ……！」と慌てるラノベ作家のように。

不安など何も抱かない鈍感の状態が、ひょっとしたら一番危険かも、とそんな風にも思います。

もし新たな進路を選ぶ上で色々悩んだり、不安に思っている方がいましたら、なんとなくで始めて大丈夫です。勉強も部活も仕事も。スポーツやアルバイトなんかも。

無責任なこと言うな、と思われる方もいるかと思いますので、とっても恥ずかしいですが、私の歴史話という名の一抹の根拠をほんの少しだけ。

今回の話を書くに当たり、学生時代の資料や思い出を色々探してみました。そこで小学校の頃の作文を見つけたのですが、将来の夢は「学校の先生」でした。目にした私は「ＵＳＯだろ」状態でした。

というのも学生時代、私は勉強が苦手でした。というか嫌いだったんだと思います。

これは実話ですが、テストの学年順位でビリから二番目の成績をとったことがあります。私は順位表を親に見せず、そっと机の奥底に隠しました。何だったら最も嫌いだった宿題は読書感想文です。

そんなダメダメ学生だった私ですが、気が付けばライトノベルという仕事に携わらせて頂いています。現代文も古文も壊滅的だった私がです。

全て、なんとなく、で始めたことです。

勿論興味はありましたが、始まりはやっぱり、なんとなく、なんです。

なので『夢』や『目標』とか、そんなキラキラしたものを持っていなくても、肩の力を抜いて、なんとなく、で始めてみてください。

興味を持ったら、勇気を出して飛びついてみましょう。

成功するかはわかりませんが、頑張った分だけ必ず成長はします。

恥ずかしい経験や苦《にが》い経験は苦《くる》しくて堪りませんが、それすらも財産と呼べるものになります。悔しさを抱けたら、それって成長の証です。誰かを恨んだり、嫉妬したり、環境のせいにしてしまうかはその人次第ですが、努力なんてものに変えられたら、もう最高です。

飛び付いてみて、少し我慢してみて、やっぱり違ったら、また違う何かを探しにいきましょう。探すこと自体にも疲れてしまったら、誰かと話をしましょう。家族でも、友達でも、知らない誰かでも大丈夫です。あとは晴れた空を見ましょう。多分、ちょっと心が楽になると思います。全てが上手くいくことは早々ないと思いますが、行動を起こした分だけレベルアップしていることを、どうか忘れないでください。

と、ここまで長々と語らせてもらいましたが、どうか皆様、話半分に聞いてくださいませ。

所詮、私個人の経験談です。自分一人なんかじゃ語りつくせないほど、人の人生って多様だと思うので。

ただ酷く不安になった時、勇気が必要になった時、お馬鹿な作家がこんなこと言ってた、とうっすら思い出して頂けたら。


それでは謝辞に移らせて頂きます。

担当の宇佐美様、イラストのヤスダスズヒト先生、ドラマCD特典を含めお力を貸してくださった関係者の方々、深くお礼申し上げます。皆さんのおかげで十二ヶ月連続刊行を乗り越えられました。誠にありがとうございます。本書を含め、沢山の物語を手に取ってくれた読者の皆様にも最大級の感謝を。

本巻で（回収できるか不安になるくらい）伏線をバラまいたので、恐らく次巻で『学区編』は終わるかと思います。続く物語も手に取って頂けたら幸いです。

ここまで目を通して頂いて、ありがとうございました。失礼します。

大森藤ノ

ファンレター、作品の
ご感想をお待ちしています

〈あて先〉

〒106－0032
東京都港区六本木2－4－5
SBクリエイティブ（株）
GA文庫編集部 気付

「大森藤ノ先生」係
「ヤスダスズヒト先生」係

本書に関するご意見・ご感想は
右のQRコードよりお寄せください。

※アクセスの際や登録時に発生する通信費等はご負担ください。

https://ga.sbcr.jp/

ダンジョンに出会いを求めるのは間違っているだろうか 19

発　行　　2023年9月30日　初版第一刷発行

著　者　　大森藤ノ
発行人　　小川　淳

発行所　　SBクリエイティブ株式会社
〒106－0032
東京都港区六本木2－4－5
電話　03－5549－1201
03－5549－1167（編集）

装　丁　　ヤスダスズヒト
FILTH

印刷・製本　中央精版印刷株式会社

ISBN978-4-8156-1970-1

Printed in Japan　GA文庫

試読版は
こちら!
入部届

試読版は
こちら!

ゲームで不遇職を極めた少年、異世界では魔術師適性MAXだと歓迎されて英雄生活を自由に満喫する／スペルキャスターLv100②

著：あわむら赤光　画：ミチハス

GA文庫

「そうだ。〈帝都〉、行こう」

九郎は女騎士さんの依頼で、今度は〈帝国圏〉へと冒険することに！〈魔術師〉が不遇職だったゲームでは、ずっとぼっちプレイヤーだった九郎にとって、女騎士さんはいわば初めてできた冒険仲間。そのお願いを断る理由はなかった。何より魔術の聖地にして、陰謀渦巻く〈帝都ガイデス〉は、ゲーム時代に最も親しんだゆかりの場所。セイラも連れて気分はまさに長期旅行!?そして着いた〈帝都〉で――

「ゲームで調べ尽くしたと思ってたのに、まだこんな発見があるとは！」

神ゲー以上の体験に満ちたMMORPGライクファンタジー第２弾!!

「キスなんてできないでしょ？」と挑発する生意気な幼馴染をわからせてやったら、予想以上にデレた2

著：桜木桜　画：千種みのり

GA文庫

「意識してないなら、これくらいできるわよね？」

　風見一颯《かざみいぶき》には生意気な幼馴染がいる。金髪碧眼で学校一の美少女と噂される、神代愛梨《かみしろあいり》だ。とある出来事から勢いに任せてキスしてもなお、恋愛感情はないと言い張るふたりだったが、徐々に行為がエスカレートしていき……、

「許さない？　へぇ、じゃあどうしてくれるの？」「……後悔するなよ？」

　挑発を続ける愛梨をわからせようとする一颯に、愛梨自身も別の感情が芽生えてきて――？

　両想いのはずなのに、なぜか素直になれない生意気美少女とのキスから始まる焦れ甘青春ラブコメ第2弾！